Anna Ruhe

Die Duftapotheke

Ein Geheimnis liegt in der Luft

Anna Ruhe wurde in Berlin geboren. Nach einem Abstecher an die englische Küste studierte sie Kommunikationsdesign und Illustration und arbeitete einige Jahre als Grafikdesignerin in großen und kleinen Designbüros. Spannende Geschichten hatte sie schon immer im Kopf, mit dem Schreiben begann sie nach der Geburt ihrer zwei Kinder. Mit ihrer Familie lebt sie in Berlin.

Claudia Carls erklärte in ihrer Kindheit abwechselnd, Schriftstellerin oder Künstlerin werden zu wollen, bis sich dieser Konflikt mit dem Beschluss, Buchillustration zu studieren, schließlich auflösen ließ. Als Diplom-Designerin lebt und arbeitet sie in Hamburg und gestaltet Bilderbücher, Kinder- und Jugendbücher, Sachbücher und Plakate.

Anna Ruhe

Die Duftapotheke

Ein Geheimnis liegt in der Luft

Mit Illustrationen von
Claudia Carls

Arena

Für Luk & Milo
… wie immer und alles

1. Auflage 2018

Cover und Illustrationen: Claudia Carls
Gestaltung der Handschriften: Anna Ruhe
Gesamtherstellung: Westermann Druck, Zwickau GmbH
ISBN 978-3-401-60308-7

Besuche uns unter:
www.arena-verlag.de
www.twitter.com/arenaverlag
www.facebook.com/arenaverlagfans

www.annaruhe.de

„Die Augen sind der
Schlüssel zur Seele,
aber die Nase ist das Tor.“

~ Daan de Bruijn, Duftapotheker, 1825 ~ 1898

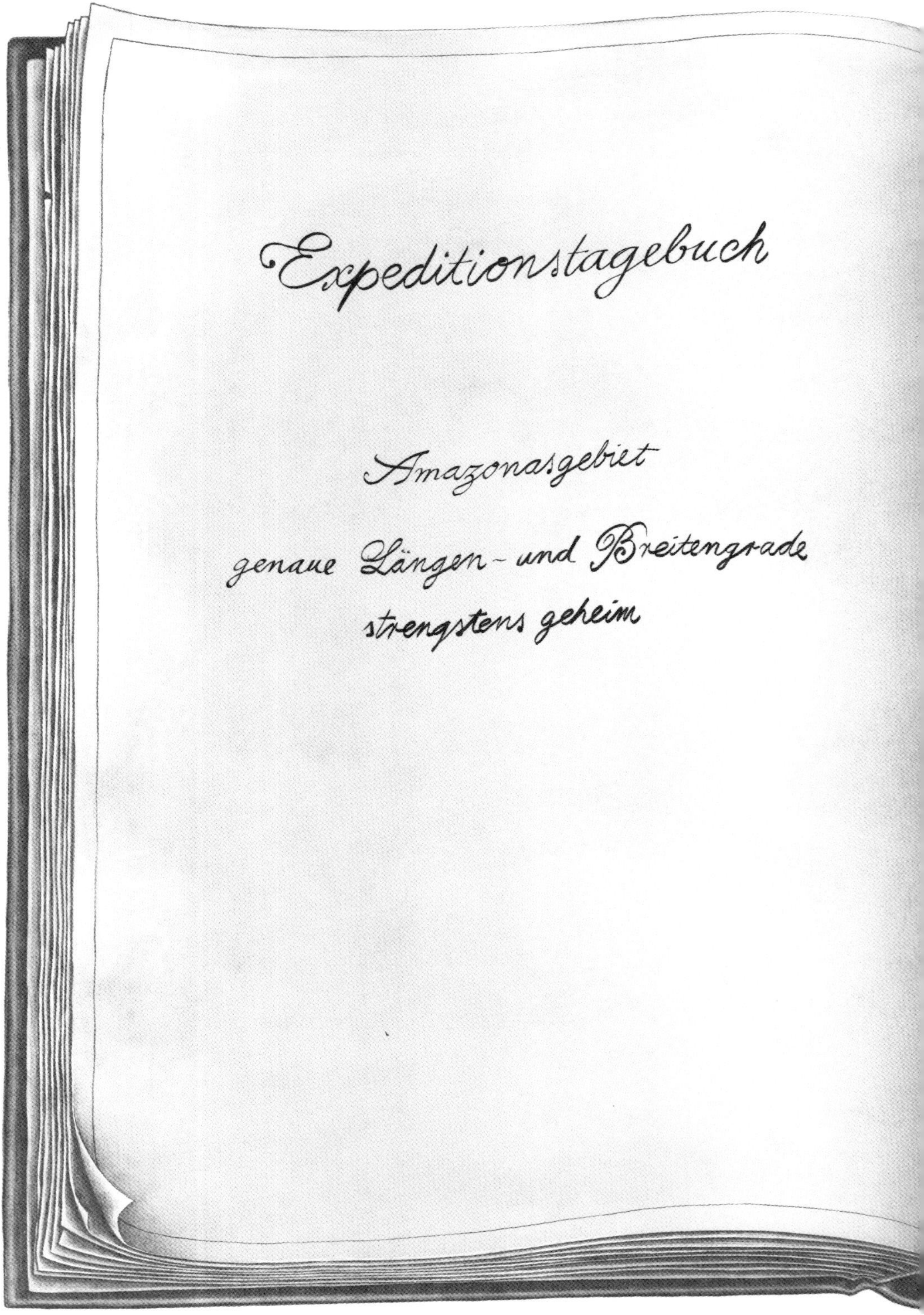
Expeditionstagebuch
Amazonasgebiet
genaue Längen- und Breitengrade
strengstens geheim

Eintrag vom 6. August 1869

Der Morgen war diesig und unser Marsch durch das unwegsame Gelände kräftezehrend, doch keine meiner Routen hat mich jemals glücklicher gestimmt. All die Mühen der letzten Tage haben sich gelohnt. Ich habe die Entdeckung meines Lebens gemacht! Sie ist mit nichts zu vergleichen und von unglaublichem Ausmaß.

Es ist ein funkelnder Gesteinsbrocken, dunkler und geheimnisvoller als der Himmel über uns bei Nacht. Hin und wieder steigt ein intensiver Duft daraus auf, der nach hundert Dingen gleichzeitig riecht.

Was ich entdeckt habe, wird alles, was wir bisher über Düfte glaubten zu wissen, infrage stellen.

Es wird einfach alles verändern.

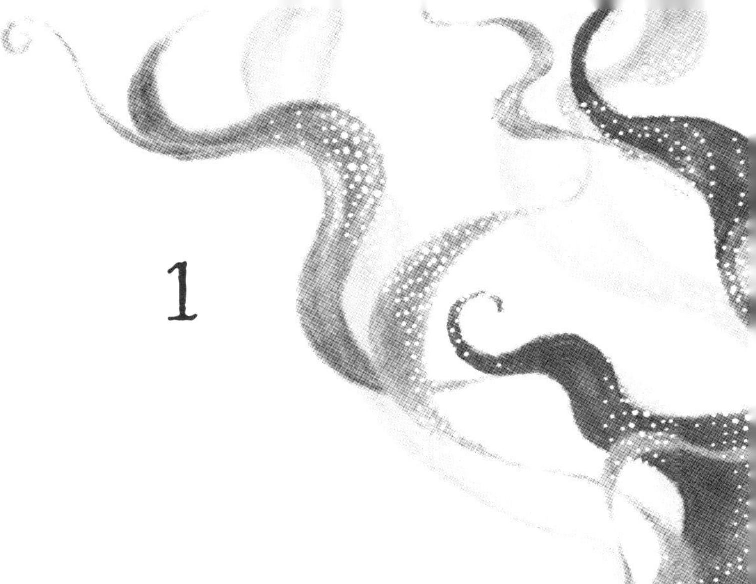

1

Das Erste was mich weckte, war dieser seltsame Duft. Fremd und ziemlich intensiv wehte er um mich herum. Er kam nicht nur aus den Möbeln oder der dunklen Holzvertäfelung an der Wand. Er kam von *überall.*

Das Zweite war mein kleiner Bruder, der von unten nach mir brüllte.

»Luzie! Kooomm!«

Eisern zog ich die Bettdecke höher. Ich war einfach noch nicht bereit für das, was auf mich wartete. Außerdem war es viel zu früh zum Aufstehen, auch wenn die Vögel draußen schon wie verrückt vor sich hin zwitscherten und es in meinem Zimmer taghell war. Aber das lag vor allem an der blöden Oma-Gardine. Die hing nämlich nur vor der unteren Hälfte des Fensters. Mein erster Gedanke, als ich das hässliche Teil gestern bei unserer Ankunft gesehen hatte, war, es sofort nach dem Aufstehen verschwinden zu lassen. Schließlich war ich nicht hundertzwanzig wie dieser gehäkelte Lappen an der Stange. Aber dann dachte ich, wenn die Gardine es trotz ihres Aussehens geschafft hatte, dort hundert Jahre zu hängen, dann sollte sie wenigstens eine faire Chance bekommen.

Jedes andere Mädchen hätte bestimmt keinen einzigen Gedanken darüber verschwendet und einfach einen neuen Vorhang verlangt. Aber Ma hatte mir schon immer viel zu viel Respekt vor allem, was alt war, eingebläut. Manchmal sagte sie alberne Sätze wie: »Gebrauchte Dinge hüten Geschichten.« Ob irgendjemand diese Geschichten hören wollte oder nicht, interessierte sie dabei überhaupt nicht. War etwas alt, war es automatisch wertvoll. Punkt. Diesen Grundsatz stellte man in meiner Familie besser nicht infrage. Außer man wollte Ärger mit Ma bekommen. Und Ärger war nicht so mein Ding.

»Luuuzie! Früüühstück!«

Benno war wie immer hartnäckig.

Ich seufzte. Für meinen Bruder war unser Umzug ein riesiges Abenteuer. Die alte Villa, der Garten und der ganze altmodische Krimskrams. Alles war höllisch aufregend.

Klar, Benno war ja auch erst fünf.

Ein letztes Mal betrachtete ich die Risse in der Stuckdecke und rutschte dann aus dem Bett. Meine erste Nacht in der Villa Evie hatte ich also schon mal hinter mich gebracht. Und so wie es aussah, würden noch Hunderte folgen.

Ich schlüpfte in Jeans und T-Shirt und stieg die Treppe runter. Dabei knarrte jede einzelne Holzstufe und kündigte mich Schritt für Schritt an.

Hier unten roch es genauso komisch. Irgendwie nach zu vielen Dingen gleichzeitig. Nicht unangenehm, aber definitiv komisch. Und dieser Geruchsmischmasch waberte mir gleichzeitig hinterher und entgegen. Er hing überall wie ein zu stark aufgesprühtes Parfüm, das Leute manchmal in engen Räumen wie Fahrstühlen zurückließen und dort einsperrten. Hoffentlich blieb er ab jetzt nicht auch an mir hängen und kündigte mich in Zukunft schon aus der Entfernung an, ob ich das wollte oder nicht.

Zum Glück gab es auch ein paar vertraute Gerüche, wie den Duft von heißem Toast, geschmolzener Butter und Kaffee, also drückte ich mich im Erdgeschoss zwischen den Umzugskisten durch Richtung Küche. Alle anderen in meiner Familie saßen längst am Esstisch. Benno leckte gerade die Marmelade von seinem Toast und kippelte auf seinem Stuhl.

»Marmelade pur zählt nicht als Frühstück!« Pa hörte sich an, als erwähnte er das heute nicht zum ersten Mal.

»Morgen«, sagte ich.

»Guten Morgen, mein Schatz!« Ma schlürfte ihren Kaffee und blätterte in einer Zeitung.

Es war also alles wie immer. Ich schnappte mir einen Toast, beschmierte ihn ebenfalls, so dick es ging, mit Marmelade und setzte mich neben Benno.

»Gut geschlafen?« Ma warf mir einen ihrer Blicke zu, die Eis zum Schmelzen bringen konnten. Normalerweise gelang ihr das. Heute nicht.

»Geht so«, nuschelte ich und biss in meinen Toast.

Pas rechter Mundwinkel schob sich nach oben. »Jaja, die erste Nacht ist immer die härteste. Bei uns im Schlafzimmer zieht's wie auf einer Bergspitze. Mein Nacken ist steif wie ein Brett.« Übertrieben rieb er sich die Schulter. Dazu zog er eine selbstmitleidige Grimasse, als müsste er gleich sterben. So war Pa eben. Er versuchte, jede Situation mit einem Scherz zu retten. Aber auch mit denen biss er bei mir heute auf Granit.

»Wir hätten ja einfach zu Hause bleiben können«, sagte ich nur. »Oder wenigstens in ein *richtiges* Haus ziehen. Eins mit elektrischer Heizung zum Beispiel?«

Ma lachte ungläubig auf. »Wie bitte? Die Villa Evie ist ein Traum! Wir können froh sein, dass wir sie so günstig bekommen haben. Alle anderen Mädchen würden platzen vor Neid!«

»Ja, aber nur, wenn unser bröckeliges Museum nicht vorher zusammenkracht und sie unter sich begräbt.« Ich atmete einmal tief ein. »Und wenn ich ihnen erst erzähle, dass ich den Badeofen eine Stunde vorheizen muss, damit mal ein bisschen warmes Wasser aus dem Hahn kommt, dann platzen sie ganz sicher alle sofort vor Neid.«

»Luzie!« Ma klappte ihre Zeitung zu und funkelte mich an. »Das bisschen Vorheizen haben die Leute früher auch hinbekommen. Du solltest froh sein, dass die Villa Evie kein gesichtsloses Neubauhaus ist! Sie ist alt und genau deshalb ist sie so atemberaubend schön. Wer hat heutzutage schließlich noch einen antiken Badeofen?«

»Eben! Niemand!«

Ich verdrehte die Augen. Meine Ma arbeitete als Restauratorin, was bedeutete, dass sie alles anhimmelte, was verstaubt oder kaputt war. Am glücklichsten sah sie immer aus, wenn sie Altes wieder zum Glänzen brachte. Manchmal nannten wir sie deshalb nur *Flohmarktkrankenschwester,* aber nicht mal das ärgerte sie. Das Kleidungsstück, das ich an Ma am häufigsten sah, war ihr mit Farbe und Gips verschmierter Arbeitskittel. In dem saß, kniete oder lag sie oft in irgendwelchen Kirchen auf Baugerüsten und pinselte Wandgemälde nach, die außer ihr niemand mehr erkannte. In der Villa Evie gab es zwar keine Wandgemälde, dafür aber haufenweise gruftigen Kram, der – zugegebener Weise – ihre Hilfe ziemlich nötig hatte.

Ich beobachtete Benno, der die Gelegenheit genutzt hatte: Die Marmelade war in seinem Mund verschwunden und der Toast irgendwo unter dem Tisch. Jetzt stand er auf und machte sich auf die Suche nach seinem Lego. Ich musste mir ein Grinsen verkneifen, um ihn nicht zu verraten.

»Leider hat der Bäcker hier am Samstag nur vormittags geöffnet.« Ma nahm einen letzten Schluck aus ihrer Tasse und sah mich an. »Wir brauchen dringend noch ein Brot für morgen. Ich weiß, du bist gerade erst aufgestanden, aber wir müssen so viel …«

»Jaja, ich mach das schon. Kein Problem.« Seit letztem Jahr zählte es zu meinen Aufgaben, am Wochenende zum Bäcker zu gehen.

»Danke, mein Schatz«, flötete Ma mir zu. »Die Bäckerei ist gleich die Straße runter, nur bis zur Kreuzung.«

»Okay.« Schnell stellte ich meinen Teller ins Waschbecken. Eigentlich war ich ganz froh über einen Grund, vor die Tür zu kommen.

Beim Zähneputzen überlegte ich einen Moment, wie ich am schnellsten meine Haare zu einer Frisur überreden konnte. Aber auch heute fiel mir zu meinen dunkelblonden Schnittlauchlocken nicht viel ein. Also machte ich mir einfach einen Zopf. Das war erstens nichts, womit man übermäßig auffiel, und zweitens ging es schnell.

In der Diele griff ich mir das Geld, das Ma mir hingelegt hatte, schlüpfte in meine Turnschuhe und ließ die Eingangstür nach einem »Bis gleich!« hinter mir zufallen. Die vier Stufen unserer Veranda sprang ich nach unten und lief den Lavendelweg entlang Richtung Bäcker. Rechts und links reichten mir die Gartenzäune nur bis zum Knie, was echt ungewohnt war für ein Großstadtkind wie mich.

Zum Bäcker war es wirklich nicht weit. Das Schild mit dem aufgemalten Croissant erkannte ich schon von Weitem. Am Ende des Lavendelwegs öffnete ich die Ladentür und erschreckte mich kurz über das Bimmeln einer Messingglocke über mir. Der Raum war altmodisch eingerichtet, eng und die Leute drängelten sich. Ein richtiger Tante-Emma-Laden! Ich mochte unseren neuen Bäcker sofort und stellte mich ans Ende der Warteschlange. Es roch herrlich nach warmen Brötchen, Vanille und Zimtschnecken.

Vor mir standen zwei Jungs, von denen sich einer zu mir umdrehte. Er war fast einen Kopf größer als ich und bestimmt zwei Klassen über mir. Bevor ich weggucken konnte, hob er eine seiner Augenbrauen. Sofort wurde mir warm. Jetzt fing er auch noch an zu grinsen. Hoffentlich lief ich nicht gleich wieder rot an! Das konnte ich nämlich super, wenn mir etwas unangenehm war.

»Hi«, sagte er. »Bist du neu hier?«

Zack! Sofort begann sich mein Körper in ein Streichholz zu verwandeln. Stocksteif und mit knallrotem Kopf.

»Ähm ... wir sind gestern in die Villa Evie gezogen«, sagte ich, um einfach irgendwas zu sagen. »Das ist das alte Haus mit dem –«

»Echt jetzt? Du wohnst in der *Villa Evie*?« Der Junge riss die Augen auf und stieß den dunkelhaarigen Jungen neben ihm in die Seite. Dann grinste er noch breiter. »Hey, Mats, was sagst du dazu? Die wohnt neben uns, in deiner geliebten Gruselvilla!«

Gruselvilla? Na, das fing ja toll an. Noch keinen Tag hier und schon war es für einen Lacher gut, dass ich in der Villa Evie wohnte. Ich holte tief Luft und kniff die Lippen aufeinander.

Mats, der Junge mit den dunklen Locken, verzog nur ärgerlich den Mund. »Halt doch die Klappe, Leon!«

Der Blonde lachte und klopfte Mats auf die Schulter. »Hör nicht auf ihn«, meinte er und drehte sich wieder zu mir. »Mein Bruder ist von der Villa Evie total besessen. Bestimmt kommt er dich jetzt ständig besuchen und will dann jedes Mal eine Führung durchs Haus bekommen.«

Kurz beugte er sich ein Stück näher und flüsterte: »Um das ›große Geheimnis‹ zu lüften.«

»Mann, du nervst!« Mats lief jetzt genauso rot an. Aber bei ihm sah es mehr nach Wut als nach Verlegenheit aus. Für den Bruchteil einer Sekunde warf Mats mir einen Blick zu, den ich schwer deuten konnte. Dann drehte er sich einfach zu der Frau hinter der Theke um. »Äh, hallo. Sechs Brötchen, zwei Croissants und ein Krustenbrot, bitte.«

Leon grinste mich weiter an. »Und? Hast du auch einen Namen, Mädchen aus der Villa Evie?«

»Ja. Hab ich«, sagte ich nur und hob mein Kinn, weil mir das alles so unangenehm war. Im gleichen Moment bezahlte Mats und drückte Leon eine seiner Tüten in den Arm. Mit einem Nicken in meine Richtung verschwand er samt seinem Bruder durch die Ladentür. Schnell bestellte ich ein Brot und vier Hörnchen und tat so, als hörte ich Leons »Tschüss dann, Mädchen *mit* Namen!« einfach nicht mehr.

Zurück lief ich doppelt so schnell. Erst vor unserem Haus blieb ich stehen. Ich überlegte, was dieser Leon damit gemeint haben könnte, dass sein Bruder von der Villa Evie *besessen* war. Welcher Junge war bitte schön von einem alten Haus besessen? Und was meinte er überhaupt mit »Gruselvilla«? Langsam öffnete ich das Gartentor und sah an den Hausmauern hinauf.

Von außen betrachtet sah die Villa Evie eigentlich wie ein in Zuckerguss getauchtes und verziertes Minischloss aus. Zumindest wenn man ganz weit weg stand und dabei die Augen halb zukniff. Gestern bei unserer Ankunft hatte

Ma ständig das Wort »zauberhaft« geflötet und dabei auf die gusseisernen Schnörkel-Geländer, die endlosen Fenstersprossen und bunten Glasscheiben gezeigt.

Aber spätestens wenn man direkt davorstand, war klar: Die Hütte war einfach nur kurz vorm Zusammenkrachen. An allen Ecken bröckelte die Fassade, die Fenster schlossen kaum noch, der Lack blätterte, es roch superkomisch und überall wucherte wilder Efeu die Hauswände und Glasscheiben hinauf. Aber das Schlimmste von allem war der Ort, an dem die Villa stand. Ganze sechs Stunden hatten wir uns im Auto gelangweilt, bis wir endlich hier angekommen waren – irgendwo kurz vor der holländischen Grenze in einem verträumten Kleinstadt-Nirgendwo. Mit fünf fand man solche Umzüge vielleicht lustig, aber mit dreizehn? Bestimmt nicht!

Langsam ging ich auf die Veranda vor der Eingangstür zu. Hätte Pa sich nur nicht mit dem Direktor seiner Schule verkracht, dann hätte er nicht nach freien Stellen für Musiklehrer gesucht und er hätte niemals vorgeschlagen umzuziehen. Und ich würde jetzt nicht im Lavendelweg 33 von Schnarchhausen hocken.

Wie so oft stellte ich mir vor, was wäre, wenn ich geheime Superkräfte hätte, mit denen ich alles verändern könnte. Da gab es nämlich ein paar Dinge. Als Erstes würde ich natürlich jemand sein, der nicht immer gleich rot anlief. Ich würde nie mehr vor mich hin stammeln, wenn mich jemand anquatschte, und mir müsste nichts mehr peinlich sein.

Vor allem aber würde ich mich zurück in mein altes Zuhause zaubern.

Aber leider konnte ich nicht zaubern und Superkräfte hatte ich erst recht keine. Ab jetzt würde mein Leben also nicht nur langweilig werden, ich war auch noch völlig allein.

Mit Gänsehaut auf den Armen dachte ich an die bevorstehende Zeit, in der ich auf die Schule gehen würde, in der mein Papa unterrichtete. Sehr viel uncooler konnte es gar nicht mehr werden. Schnell schob ich den Gedanken beiseite. Jetzt waren erst mal Sommerferien und ein bisschen Schonfrist hatte ich noch, jedenfalls wenn ich diesen Leon nicht mehr traf.

Ich griff nach meinem Handy, aber es war das Gleiche wie gestern: kein Empfang. Ich konnte also nicht mal meiner besten Freundin Mona ein paar »Bruchbuden«-Fotos von hier schicken und auf Mitleid hoffen. Ich seufzte. Wenn Mona nur nicht in Berlin und Hunderte von Kilometern weit weg wohnen würde, dann wäre alles halb so schlimm. Was machte ich jetzt plötzlich ohne sie? Ob ich schon anrufen konnte? Aber bestimmt lag sie noch im Bett. Wenn keine Schule war und Mona nicht aufstehen musste, tat sie es auch nicht so schnell. Außerdem war sie, genau wie jede Sommerferien, mit ihren Eltern in Italien. Ich tröstete mich damit, dass es eh zu teuer war, dort anzurufen, und steckte mein Handy wieder weg.

So gut es ging, verscheuchte ich meine Gedanken und sah zu Benno, der im Vorgarten einen Ball hin und her kickte. Also legte ich erst mal die Brötchentüte neben der Haustür ab, setzte mich auf die Stufen unserer Veranda und sah ihm zu.

Über mir klapperte ein Emailleschild im Wind. Die Buchstaben darauf waren angeschlagen und nur noch schwer zu entziffern. *Die Augen sind der Schlüssel zur Seele, aber die Nase ist das Tor,* las ich mit Mühe.

Nase? Sollte das eine Anspielung auf die vielen seltsamen Gerüche im Haus sein? Ein komisches Gefühl machte sich in meinem Magen breit. Plötzlich war ich mir nicht mehr sicher, ob ich das alles lustig oder doch ein bisschen unheimlich fand.

Wo waren wir hier nur hingezogen?

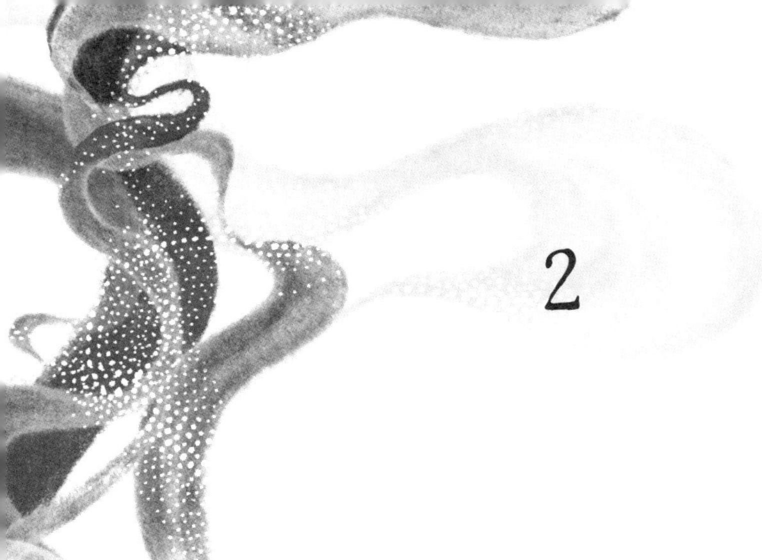

2

Noch während ich über den Spruch auf dem Schild nachdachte, klapperte es neben mir. Ich drehte mich zur Seite und entdeckte Hanne van Velden im Vorgarten.

»Einen ganz wundervollen, schönen guten Morgen!« Sie winkte mir mit ihrer Gartenschere in der Hand zu.

»Morgen«, antwortete ich und zwang mich zu einem Lächeln. Aber Hanne kümmerte sich längst wieder um ihre Rosensträucher und schnitt die vertrockneten Blüten ab.

Hanne van Velden war die Erbin der Villa Evie und unsere Mitbewohnerin. Na ja, zumindest fast. Sie hatte meinen Eltern den größten Teil der Villa verkauft. Nur die ehemalige Dienstbotenwohnung im seitlichen Teil des Erdgeschosses hatte sie behalten. In der wohnte sie angeblich schon seit Ewigkeiten, weil sie die ganze Villa zu groß für sich allein fand und keine Lust mehr hatte, sich darum zu kümmern.

Hanne war eine »etwas durchgeknallte, aber liebenswürdige Dame«. Zumindest hatte Pa das bei unserem Einzug in mein Ohr geflüstert. Mit ihrer flatternden Blumenbluse, den vielen Perlenketten um Hals und Handgelenke wirkte sie, wie aus einem anderen Jahrhundert übrig geblieben. Hoffentlich war sie nicht so altmodisch, wie sie aussah, und meckerte bei jeder Gelegenheit gleich rum. Mit alten Damen in Erdgeschosswohnungen war ja meistens nicht zu scherzen – auch so ein Spruch von Pa. Aber zum Glück ließ Hanne mich gleich wieder in Ruhe.

Benno verschwand mit seinem Ball hinterm Haus, also stand ich auf und lief ihm nach. Unter meinen Sohlen knirschte der Kies. Ich blinzelte und schaute an den verwaschenen Backsteinmauern hinauf zum Dach. Moos wuchs überall auf den Ziegeln und ein Blitzableiter schwankte besorgniserregend auf der Hausspitze.

Hinter mir auf dem Kopfsteinpflaster vor der Villa Evie bremste plötzlich ein Auto und hupte. Ich drehte mich um und hoffte für eine Sekunde, dass Mona gleich auf mich zustürzen würde. Aber aus der dunklen Limousine stieg nur eine ältere Frau. Ich drehte mich enttäuscht weg. Das musste Besuch für Hanne sein.

»Was hupen Sie hier rum? Gibt es irgendeinen Grund dafür?« Hanne klang ziemlich gereizt. Okay, befreundet waren die beiden also doch nicht.

Ich blieb erst mal stehen und schaute zum Auto. Die Frau war gar nicht selbst gefahren. Vorne am Steuer saß ein Chauffeur. Mannomann! Der trug einen dunklen Anzug und sogar Handschuhe und die Frau sah noch übertriebener aus. Und mindestens zwanzig Mal so altmodisch wie Hanne! Sie hatte echt ein violettes bodenlanges Samtkleid an, das so aussah, als gehörte es eigentlich einer vor hundert Jahren ausgestorbenen Schlossherrin. War heute irgendwo ein Karnevalsumzug?

»In der Tat gibt es einen Grund!« Die verkleidetet Lady ging auf das Gartentor zu. »Ich suche einen Herrn Boer, wenn Sie gestatten. Wäre es möglich, mich zu ihm zu geleiten?«

Ge…leiten? Ich kicherte in mich hinein. Die war ja schräg.

Hanne winkte sie barsch weiter. »Gehen Sie einfach nach hinten durch. Willem treibt sich bestimmt irgendwo im Gewächshaus rum. Sie finden ihn schon selbst.«

»Besten Dank.« Die Lady raffte ihren Rock und öffnete unser Gartentor. Mit erhobenem Kopf stolzierte sie an mir vorbei und ich überlegte, wie lange sie wohl für ihre kringelige Hochsteckfrisur unter dem winzigen Hütchen gebraucht hatte.

Nur ganz kurz sah sie mich im Vorbeigehen an und sofort strömte mir ihr schweres Parfüm entgegen. Oh Mann, roch das muffig! Irgendwie dunkel und erdig. Ugh! Das war doch kein Duft, den man sich freiwillig aufsprühte?

Als ich meinen Hals nicht mehr weiter verdrehen konnte, um sie zu beobachten, schlich ich ihr nach. Auf dem Rasen hinter dem Haus hielt Benno seinen Ball gerade unter dem

Arm und sah zu einem älteren Mann in dreckverschmierter Latzhose hinauf. Er stand ungefähr einen Meter von Benno entfernt. Sein halbes Gesicht bedeckte der Schirm eines abgeschabten speckigen Basecaps. Ich erkannte nur seinen Mund und der sah so aus, als gebe er unfreundliche Töne von sich. Genau verstand ich sie nicht, aber seine Handbewegung machte unmissverständlich klar, dass Benno woanders spielen sollte.

»Hey, Benno, komm mal her!« Ich winkte meinen kleinen Bruder zurück und warf dem Alten einen bösen Blick zu.

Von einem Gärtner, der sich um das Gewächshaus hinter der Villa Evie kümmerte, hatte ich schon gehört. Auch dass es für uns alle strengstes Tabu war und nicht mehr zur Villa dazugehörte.

Dieses Gewächshaus war wieder so eine Sache. Fast das komplette Grundstück hinter der Villa Evie bestand aus einem uralten Glashaus von der Größe eines Einfamilienhauses. Eine *»viktorianische Schönheit«*, hatte Ma das Ding genannt. Okay, es war zugegeben ganz hübsch, ich verstand nur wirklich nicht, wieso es so riesig war.

Benno stapfte mir schlecht gelaunt entgegen, während sich der alte Mann an sein Basecap tippte und die Lady fast unterwürfig ins Gewächshaus führte.

Was die beiden wohl zu besprechen hatten?

Als ich mich wieder umdrehte, hatte Benno schon was Neues entdeckt. *Jemanden*, um genau zu sein. Gegenüber auf dem Nachbargrundstück ließ dieser Mats, der Junge, der angeblich *besessen* war von unserem Haus, einen Basketball hüpfen. Na super, die zwei Jungs wohnten also wirklich nebenan.

Ich spürte, dass er mich aus den Augenwinkeln beobachtete. Am besten, ich tat erst mal so, als hätte ich ihn nicht gesehen. Auf die Art konnte ich ihn prima ignorieren. Ich starrte geradeaus auf den Kiesweg und ging schnell weiter. Nichts wie weg, bevor ich mich noch mit ihm unterhalten musste. Bestimmt fiel mir nach einem »Hallo« sowieso wieder nichts ein.

Aber Benno lehnte schon am Gartenzaun und rief: »Haaallo? Was machst duuu?«

Mats lächelte, als hätte er nur auf das Stichwort gewartet, und kam näher. »Basketball spielen. Willst du auch mal?«

Benno juchzte vor Freude und kletterte sofort über die kniehohen Holzlatten auf das Nachbargrundstück. Geschlagen verabschiedete ich mich von meinem Plan, Mats zu ignorieren, und ging Benno hinterher. Mit genügend Sicherheitsabstand blieb ich hinter dem Zaun stehen.

Ich tippte darauf, dass Mats ungefähr in meinem Alter war, auf jeden Fall war er der jüngere der zwei Brüder.

Es war gut, dass ich mir Zeit gelassen hatte. Mittlerweile machte Mats Benno vor, wie man den Ball zum Korb hochwerfen musste, um ihn durchs Netz zu bekommen. Mats schaffte es jedes Mal und ein kleines bisschen nervte mich das. Es wäre zwar albern gewesen, wenn er mit Absicht danebengeworfen hätte, aber ich fand es trotzdem angeberisch von ihm.

Ich blieb erst mal, wo ich war, schob meine Hände in die Hosentaschen und beobachtete die beiden. Mats trug eins dieser bunten Basketballshirts aus Nylon, das hinter ihm herflatterte, wenn er rannte.

»Ihr seid also die Alvensteins, die neuen Nachbarn?«, rief er zu mir rüber und strich sich dabei durch seine kurzen dunklen Locken.

Ich nickte nur, weil er seine Frage und die Antwort darauf bereits in einen Satz gepackt hatte.

»Sorry wegen Leon vorhin«, redete er einfach weiter. »Vergiss, was er gesagt hat. Er kann ein ziemlicher Idiot sein.«

Da konnte was dran sein. Aber ich fragte mich trotzdem immer noch, was Leon vorhin genau gemeint hatte mit der »Gruselvilla«. Nachhaken wollte ich aber auch nicht, also hob ich nur die Schulter. »Ist schon okay.«

»Ich bin übrigens Mats, aber das weißt du ja schon.« Er lächelte und in seinen Backen tauchten Grübchen auf. »Und du?«

»Luzie. Und der Kurze heißt Benno.« Ich lächelte knapp zurück. »Hilf meinem Bruder nachher wieder über den Zaun, wenn ihr fertig seid, ja?« Damit nickte ich Benno zu und verdrückte mich Richtung Haus.

Hanne stand nach wie vor an den Rosensträuchern und schnitt einen verblühten Ast nach dem anderen ab.

»Ich wünschte, ich könnte sie noch einmal riechen«, sagte sie ganz plötzlich in meine Richtung.

Verwundert drehte ich mich zu ihr um. »Was möchten Sie gern riechen?«

»Meine Rosen natürlich.« Hanne winkte mich zu sich hinüber. »Als Kind habe ich den Duft so geliebt, weißt du?«

Ich ging zu ihr an die Sträucher. Hanne hielt mir eine

der dicksten rosa Blüten hin. Also beugte ich mich vor und atmete den zarten Duft aus Sommer und Leichtigkeit ein. Die Rosen rochen wirklich gut, genau so, wie Rosen es eben taten.

Ich deutete leicht irritiert auf die Blüte. »Was ist so besonders an ihnen?«

»Ach, nichts im Grunde.« Hanne betrachtete verträumt ihre Rose. »Ich rieche sie nur kaum noch. Mein Geruchssinn hat mich vor langer Zeit verlassen. Schlimm, nicht? Das Leben verliert irgendwie an Farbe, wenn man nichts mehr riecht. Selbst das Essen schmeckt nach nichts.«

»Oh, das tut mir leid.« Extra für sie roch ich deshalb noch einmal an der rosa Blüte.

Verzückt sah mich Hanne an. »Ach ... nur ein einziges Mal den Duft von blühenden Rosen, von Lavendel oder Flieder riechen können ... das wär's. Als Kind konnte ich von den vielen Düften rund um das Haus nie genug bekommen.« Sie seufzte und warf mir einen langen Blick zu. »Wie gefällt es dir denn so in der Villa Evie?«

Ich zuckte mit den Schultern. »Ist schon okay.«

»*Schon okay?*« Hanne hielt für einen Moment die Luft an. »Na, hör mal, Kindchen! Die Villa Evie ist ein ganz und gar einzigartiges Haus. Weißt du das denn gar nicht? Glaub mir, sie ist prall gefüllt mit Geschichten. Und Geheimnissen!«

In dieser Sekunde hatte sie meine volle Aufmerksamkeit. »Was denn für Geheimnisse?«

Aber Hanne schüttelte nur ihren Kopf und wandte sich einem neuen Rosenstock zu. »Manchmal direkt nach dem

Aufwachen glaube ich, mich im Traum an etwas erinnert zu haben. Etwas, das ich vor sehr vielen Jahren im Haus entdeckt habe. Aber sobald ich wach bin, ist alles wie weggeblasen. Liegt bestimmt am Alter. Dafür scheint sich deine Mutter mit Leib und Seele auf die Suche nach den alten Geschichten im Hause zu machen, nicht?«

Ich verzog leicht genervt die Lippen und nickte. »Ist ihr Job. Sie findet alles toll, was alt ist. Je älter, desto besser.«

Hanne seufzte wieder und dabei klangen ihre Worte, als hätte sie mir gar nicht richtig zugehört: »Mir hat die Villa Evie nicht viel Glück gebracht. Ich habe in diesem Haus nur verlernt, die Dinge um mich herum zu riechen. Eigentlich bin ich froh, dass ich mich nicht mehr um das Haus kümmern muss. Aber es ist schön zu sehen, dass deine Mutter darin so aufgeht.«

»Na ja …«, fing ich an, aber da knirschten plötzlich die Sohlen der verkleideten Lady über den Kiesweg. Ihre Limousine wartete immer noch vor der Villa.

Hanne nickte in ihre Richtung. »Guck mal, sie würdigt uns keines Blickes. Aber das tun die nie. Alle, die Willem besuchen kommen, sind schrecklich eingebildet.«

Ich hob meine Augenbrauen. »Bekommt Willem denn oft Besuch von solchen Leuten?«

»Nein, das nicht. Aber alle von denen tragen ihre Nasenspitze viel zu hoch in der Luft!« Hanne legte die Heckenschere in ihren Korb, während die Limousine davonfuhr.

Einen Moment lang schaute sie an der Villa Evie hinauf, als wäre ihr plötzlich wieder etwas eingefallen. Aber dann griff Hanne sich schon ihren Korb und nickte mir zum Abschied zu. »Also dann, es war nett, mit dir zu plaudern, Lizzie.«

»Luzie«, murmelte ich und sah ihr nach, bis sie hinter ihrer eigenen Wohnungstür seitlich im Haus verschwand – während in meinem Kopf nur noch die Worte »Gruselvilla« und »Geheimnisse« umherschwirrten.

3

Am nächsten Tag machten wir uns daran, die Berge von Umzugskisten auszuräumen und die Villa Evie in etwas zu verwandeln, was grob an unser Zuhause erinnerte. Aber jedes Mal wenn ich endlich eine Kiste ausgeräumt und für all die Dinge darin einen neuen Platz in den Schränken und Regalen gefunden hatte, stand nur die nächste Kiste vor mir und alles fing wieder von vorn an.

Ding-Di-Dong!

Oh Mann. Schon seit Stunden schrillte die Türklingel und irgendein neuer Nachbar stand vor unserer Haustür. Wer war es wohl diesmal? Ich öffnete die Tür und schaute in das Gesicht einer Frau, die freudestrahlend einen Gugelhupf vor sich hielt. »Ja bitte?«

»Einen schönen guten Tag«, trällerte sie. Hinter mir kam Ma an die Tür. Zum Glück.

»Ich wollte Ihnen ganz herzlich zum Einzug gratulieren!« Die fremde Frau drückte Ma den Kuchen in die Hand und reckte ihren Kopf in unseren Flur hinein. Offensichtlich versuchte sie, mit einem Blick so viel wie möglich von der Villa Evie in sich hineinzusaugen.

»Ich bin Silvia Norman von schräg gegenüber, das gelbe Haus.« Sie zeigte hinter sich auf irgendeins der Häuser, aber jetzt, da Ma da war, nutzte ich die Chance, mich schnell wieder zurück zu den Kisten zu schleichen. Benno war nämlich gerade damit beschäftigt, zwischen den Kartons herumzutoben, und schaffte es, unser Durcheinander in ein noch größeres Chaos zu verwandeln.

Plötzlich kam mir eine Idee.

»Wollen wir Entdecker spielen?«, schlug ich Benno vor, um ihn davon abzuhalten, alles noch kurz und klein zu treten. Und weil ich so vielleicht endlich herausfinden konnte, woher diese seltsamen Düfte kamen, die sich über jeden Zentimeter des Hauses gelegt hatten. Ob sie irgendetwas mit den Geheimnissen zu tun hatten? Mir ging einfach nicht aus dem Kopf, wie Hanne darüber gesprochen hatte. Sie hatte ihre Stimme gedämpft, wie jemand, der einem etwas Verbotenes erzählt.

»Hausentdecker?«

»Au ja!« Benno war sofort Feuer und Flamme.

»Dann los!« Ich verstellte meine Stimme, damit sie tief und schaurig klang. »Heute suchen und entdecken wir den geheimen Schatz der Villa Evie!«

»Jaaa!« Benno hüpfte vor lauter Aufregung über ein neues Spiel hoch und runter.

»Also gut.« Ich winkte ihn vom Flur durch die Küche. »Unsere Hausentdeckertour startet im Erdgeschoss!«

Hinter der Küche lag das frühere Esszimmer. In Zukunft würde hier aber kein Esszimmer mehr sein, sondern Mas Arbeitszimmer. An den Wänden stapelten sich schon die endlosen Bücher und Aktenordner zum Thema Epochen, historische Stilelemente und anderem alten Dekokram.

Ma freute sich riesig auf ihr erstes eigenes Büro und begrub den Esstisch unter ihren Pinseln, Schabern und Lappen. Ein ganzes Esszimmer brauchten wir eh nicht und wir vier an einem so langen Tisch beim Abendessen? Das konnte ich mir sowieso nicht vorstellen. Wir aßen zwar immer gemeinsam, darauf bestand besonders Pa, aber es war jedes Mal laut und wuselig und das ging am besten an unserem kleinen, runden Tisch. Pa hatte ihn in der Küche aufgebaut und genau da gehörte er auch hin. Manche Dinge durften sich einfach nicht verändern, weil sie einem dieses besondere Zuhausegefühl gaben.

Ich zog Benno weiter in die Diele, die uns an der Treppe vorbei in den Salon führte. Der Raum war so groß wie drei normale Wohnzimmer zusammen. Unsere kleine Couch mit den zwei Sesseln wirkte hier drin wie eine Puppenhauseinrichtung.

Eine Schiebetür aus buntem Glas führte in die Bibliothek. Alles in diesem Raum war aus Holz. Die Wände, die geschnitzten Bücherregale und das Parket. Selbst die Decke war mit quadratischen Holzplatten verkleidet. Bücher über Bücher reihten sich hier aneinander. Die Bibliothek hatten meine Eltern, genau wie ein paar andere Räume, mitsamt der ganzen Einrichtung gekauft. Ich strich mit den Fingern über ein paar der ledernen Buchrücken. Die meisten Titel waren aus goldenen Buchstaben gedruckt worden und auf fast allen stand etwas, das mit Pflanzenkunde, Aromen oder Düften im Allgemeinen zu tun hatte. Ich wischte mir den Staub von den Händen. Die Villa Evie war echt eine Reise in die Vergangenheit.

Zwischen zwei Lesesesseln stand ein alter Globus und mittig im Raum führte eine gusseiserne Wendeltreppe ins zweite Stockwerk. Benno interessierte sich nur für die Weltkugel, die fast so hoch war wie er selbst.

»Guck mal, Luzie!«, rief er. »Eine Riesenkugel mit Beinen.«

Ich lachte und ging zu Benno hinüber. »Das ist ein Globus und er steckt in einem Ständer.«

»Was ist ein Glubos?«

»*Globus* nennt man das Ding und es zeigt unseren Planeten in miniklein.«

»Aber die Kugel ist nicht mini, sondern fast so groß wie ich!«, protestierte Benno.

»Stimmt! Aber wenn unsere Weltkugel so groß wäre wie du, dann könnten wir auf der Erde keine Häuser bauen. Und darauf herumlaufen könnten wir auch nicht.«

Benno drehte ratlos am Globus und ich versuchte, ihm zu zeigen, wo wir uns darauf befanden. Nur leider war das unmöglich. Der Globus war nämlich gar keine Miniaturweltkugel, sondern etwas völlig anderes. Es waren überhaupt keine Kontinente darauf eingezeichnet, sondern etwas, das aussah wie ein Grundriss aus Pflanzenbeeten.

Was war das denn? So etwas hatte ich ja noch nie gesehen! Einige Pflanzen waren als Symbole auf der Kugel hervorgehoben. Ich versuchte, die Zeichnungen zu verstehen, aber Benno fand die komische Kugel dann doch langweilig und sprang die Stufen der Wendeltreppe hinauf.

»Komm!«, rief er, also folgte ich ihm. Gemeinsam klirrten wir beim Besteigen der metallenen Treppenstufen um die Wette.

Im ersten Stockwerk hatten wir doppelt so viel Platz. Hanne bewohnte ja nur das halbe Erdgeschoss, der erste Stock gehörte komplett zu unserem Teil der Wohnung.

Ich hatte keinen richtigen Überblick über die vielen verwinkelten Zimmer. Bei der Hausbesichtigung hatte Hanne uns hauptsächlich die »hübschen Details« der Villa gezeigt, wie sie es nannte: einen Speiseaufzug, verschnörkelte Türklinken, geschnitzte Blumen und Blüten auf allem, was aus Holz bestand, eine runde Badewanne, die auf vier silbernen Löwenfüßen stand, und so weiter und so fort.

Ich überlegte, wo der Speiseaufzug noch mal gewesen war, vielleicht passten Benno und ich ja hinein und konnten dann damit aus Spaß ein bisschen Fahrstuhl fahren?

Wieder schrillte die Türglocke.

»Das ist das Erste, was hier repariert werden muss!«, meckerte Pa durch den Flur. »Davon kriegt man ja einen Hörsturz.«

Benno lugte durch das Treppengeländer nach unten. »Wer ist daaaa?«

»Ein Junge von nebenan. Er sagt, er heißt Mats!«, rief Pa zurück.

Ich stockte. Wieso war *der* denn hier? Hatte Leon wirklich recht gehabt und Mats wollte jetzt von mir durch die Villa Evie geführt werden?

»Komm doch rein!«, trällerte Pa im nächsten Moment. »Luzie freut sich bestimmt, wenn sie hier so schnell Anschluss findet. Sie tut sich ja immer etwas schwer damit. Sie ist nämlich etwas schüch…«

»Hör auf!«, rief ich, so laut ich konnte, und beeilte mich, nach unten zu kommen, damit Pa mich nicht noch mehr blamierte. Das war nämlich neben der Musik sein zweites Spezialgebiet. Darin war er sogar einsame Spitzenklasse.

Unten hielt Mats uns zwar einen Basketball entgegen, sah mich gleichzeitig aber mit todernster Miene an. Was sollte das denn jetzt? Nach zusammen Spaßhaben sah das ja nicht gerade aus.

»Können wir rausgehen?«, fragte er.

»Klasse Idee!« Pa lehnte am Türrahmen, klatschte in die Hände und versuchte, trotz seiner ausgebeulten Cordhose und dem Vollbart so lässig auszusehen, als wäre er nur ein kleines bisschen älter als wir. »Unsere fleißigen Stubenhocker brauchen dringend mal ein bisschen frische Luft!«, lachte er.

Während Benno schon jubelte, lächelte ich verkniffen

und wünschte Pa zusammen mit seinen Sprüchen an den Nordpol.

»Eigentlich waren wir gerade dabei, das Haus zu erkunden«, rechtfertigte ich mich.

Als Pa aus dem Zimmer ging, verdunkelte sich Mats' Miene noch mehr. »Es ist aber wichtig!«

»Meinetwegen«, seufzte ich und folgte ihm.

Draußen lehnte ich mich misstrauisch gegen die Hauswand und schaute Mats und Benno zu, wie sie ihre erste Runde dribbelten. Benno himmelte Mats an, wie es nur kleine Jungs taten, wenn sich ein größerer für sie interessierte. Alles, was Mats sagte oder tat, war für Benno sofort Gesetz.

»Und?«, fragte ich schließlich, als Mats den Ball unter dem Korb auf und ab hüpfen ließ. »Was war jetzt so wichtig?«

»Ich will dich warnen«, sagte er knapp und da war er wieder: dieser ernste Blick.

Ich runzelte die Stirn. »Warnen … wovor?«

»Das Haus, in das ihr gezogen seid, ist …« Mats stockte kurz. »Hast du denn noch gar nichts bemerkt? Es gibt haufenweise Gerüchte über die Villa Evie – und ich glaube, ihr solltet davon wissen.«

Ich verschränkte meine Arme und sah ihn an. »Und was für Gerüchte genau, bitte?« Langsam glaubte ich Leon. Mats machte wirklich den Eindruck, als ob er von einer »Gruselvilla« besessen war.

Seine dunklen Augen fixierten mich, bevor er die Stimme dämpfte. »In der Schule haben sie mal erzählt, dass die Villa früher das Versteck eines Geheimbundes war. Irgendein Alchemisten-Orden, der sich heimlich versammelt hat, um giftige Pflanzentränke zu brauen. Andere meinen, dass ein Hexenmeister gefährliche Zaubertränke von hier in alle Welt verschickt hat und deshalb ein Fluch auf der Villa liegt. Manche glauben sogar an Geister, die im Haus herumspuken, und so Zeug. Die ganze Stadt … alle hier kennen unheimliche Geschichten über die Villa Evie. Außer euch wär niemand freiwillig da eingezogen. Nicht mal wenn Frau van Velden das Haus verschenkt hätte.«

Mir fiel die Kinnlade runter. Das also hatte Mats' Bruder mit »Gruselvilla« gemeint? Hier sollte es ernsthaft spuken? Das war doch völliger Schwachsinn!

Neben mir fing Benno langsam an zu quengeln, weil er weiterspielen wollte, aber ich ignorierte ihn.

»*Deshalb* bekommen wir so oft Besuch? Alle wollen gucken, ob sie einen Geist finden?« Ich konnte nicht anders und prustete los.

Mats nickte, lachte aber nicht mit. »Ganz genau. Ich meine … klar, die Leute hier sind alle bloß neugierig, aber …« Er nahm einen tiefen Atemzug. »Die alte Hanne hat früher nie jemanden einfach mal so ins Haus gelassen. Nie! Ihr seid die Ersten. Das sollte euch doch zu denken geben.«

»Na ja, wir sind ja auch die neuen Hausbesitzer.« Ich schmunzelte, verkniff mir aber einen Kommentar dazu, dass Mats selbst ein gutes Beispiel für die neugierigen Leute hier war. »Also für mich klingt das nach abergläubischem Quatsch oder einfach nur nach schwer gelangweilten Nachbarn.«

Was in dieser winzigen Stadt auch kein Wunder war, fügte ich in Gedanken hinzu.

Hinter mir quietschte etwas und ich drehte mich um. Am Gartenzaun bremste der Postbote mit seinem Fahrrad und winkte uns zu.

»Post für die Villa Evie!«

Ich ging zu ihm rüber und nahm eine Postkarte und einen Umschlag mit ausländischen Briefmarken und Stempeln entgegen. Ich überflog den Namen, der fein säuberlich in schwungvollen Buchstaben auf den Brief geschrieben worden war. »Hier wohnt aber kein *Daan de Bruijn.*«

»Aber die Adresse stimmt«, erwiderte der Postbote. »Gebt Willem den Brief. Wie immer. Der nimmt alles für diesen Herrn de Bruijn entgegen. Der meint, er kennt den.«

»Willem, der Gärtner?«, fragte ich sicherheitshalber.

Der Postbote trat wieder in die Pedalen. »Genau, Willem Boer! Gebt ihm einfach den Brief.«

Ich sah dem Postfahrrad hinterher und drehte erst mal die Karte um. Vorne war ein Foto von einem menschenleeren weißen Strand und einem türkisblauen Meer drauf. Sofort bekam ich gute Laune und las.

Hi, Landei!
Wie wohnt es sich denn so im neuen Schloss? Benimmt sich der Butler und kocht die Köchin auch gut? Ich will alles wissen! Ich bin schließlich schon seit einer Woche hier und will endlich hören, wie es dir geht. Meld dich doch mal und schick mir ein paar Angeberfotos vom Schloss.
Ich vermiss dich! Mona

Ich kicherte über Monas Art, mit der sie seit Wochen versuchte, mir den Umzug leichter zu machen. Natürlich wusste sie längst, dass die Villa mehr Bruchbude als alles andere war. Glücklich drehte ich ihre Karte in meiner Hand und lief um das Haus herum zum Gewächshaus. Wenn man Willem irgendwo traf, dann wahrscheinlich dort. Aber heute war er nirgends zu sehen und die Tür zum Gewächshaus war geschlossen. Ein knallgelbes Schild mit der Aufschrift *Betreten verboten!* hing sperrig darüber. Ich ging trotzdem darauf zu und griff nach der dunkel angelaufenen Messingklinke. Die Glasscheiben des Gewächshauses waren dampfig beschlagen, weshalb man nicht ins Innere sehen konnte. Hinter mir knirschten Schritte im Kies.

Dann hörte ich Mats' Stimme: »Du solltest da echt nicht reingehen.«

Ich drehte mich um und funkelte ihn an. »Hat dir schon mal jemand erklärt, was das Wort *aufdringlich* genau bedeutet?«

Mats hob abwehrend die Hände. »Ich bin nur an meiner Umwelt interessiert.«

Ich verzog das Gesicht und drehte mich wieder dem Gewächshaus zu. Von mir aus sollte dieser Nervtyp eben zugucken, wie ich einen Brief ablieferte. Ich drückte auf die Türklinke und betrat das Glashaus. Feuchte Luft schlug mir entgegen. Puh, war es hier drin schwül! Zwischen unzähligen Pflanzenbeeten standen Kübel mit Bäumen und exotischen Gewächsen. Weiter weg reihten sich auf langen, hüfthohen Tischen grüne Pflänzchen. Für einen Moment war ich fast geblendet von den Tausenden Blüten um mich herum. Wie ein magischer Regenbogen breiteten sie sich unter dem Glasdach aus. Noch nie hatte ich so viele fremde Blumen und knorrige Gewächse auf einmal gesehen. Kurz fühlte ich mich wie in einem verzauberten Märchenwald.

»Hallo?«, rief ich durch die Pflanzen, die an manchen Stellen fast bis zu meinen Schultern wuchsen. »Willem Boer? Sind Sie da?«

Als ich die ersten Schritte in den Gang machte, fielen meine Augen auf ein paar Pflanzenbeete, in denen kleine violette Blumen wucherten, die flach über die Erde rankten.

Ich wollte mich ihnen gerade entgegenbücken, als mich plötzlich jemand lauthals anbrüllte: »Was zum Henker erlaubt ihr euch!«

Vom anderen Ende polterte der Gärtner in schweren Stiefeln auf mich zu. Über seiner Schulter trug er eine Harke. Die Art, wie er sie trug, erinnerte mich an einen Baseballspieler. Instinktiv wich ich ein paar Schritte zurück und stolperte geradewegs in Mats hinein, der auf einmal hinter mir stand.

»Verschwindet, ihr Lausebälger!«

Lausebälger? Echt jetzt? Wer redete denn bitte heute noch so?

»Sie ... sie hat einen Brief«, kam Benno mir zu Hilfe. Mein kleiner Bruder war uns also auch hinterhergeschlichen.

Der Gärtner blieb breitbeinig vor mir stehen. »Einen Brief?«

Wir standen uns so nah gegenüber, dass ich die frische Erde, in der er wahrscheinlich gerade gegraben hatte, stark an ihm roch. Obwohl. Seltsam – als ich auf seine Hände schaute, waren sie blitzsauber.

Ich streckte ihm den Brief entgegen. »Das nächste Mal können Sie ihn sich selbst bei der Post abholen.« Okay, normalerweise war ich eher schüchtern, aber unfreundlich sein? Das konnte ich auch!

Als hätte er Angst, ich könnte ihn wieder einstecken, riss mir der Gärtner den Brief aus der Hand. »Der ist für mich!« Seine Worte knurrte er so undeutlich, dass ich mir nicht sicher war, ob er nicht etwas anderes gesagt hatte.

Er ließ den Brief in der Brusttasche seiner grünen Latzhose verschwinden, als hätte es ihn nie gegeben. »Wagt es ja niemals, einen meiner Briefe zu öffnen! Und nun empfehlt euch gefälligst! Na los, raus hier! Mein Gewächshaus ist kein passender Ort für unartige Blagen, wie ihr es seid!« Der Gärtner wedelte mit einer Hand Richtung Tür. Es war die gleiche Handbewegung, mit der man lästige Fliegen verscheuchte.

Ich drehte mich ohne ein weiteres Wort um und stapfte davon. Die Jungs folgten mir schweigend im Gänsemarsch.

Draußen warf ich Mats einen fragenden Blick zu, aber er kam mir zuvor: »Siehst du? Ich hatte dich ja gewarnt!« Mats wurmte es anscheinend immer noch, dass ich ihn vorhin *aufdringlich* genannt hatte.

»Pfff! Normalerweise bedanken sich Leute, wenn man ihnen ihren Kram hinterherschleppt«, beharrte ich, obwohl sich langsam, aber sicher Zweifel in meinem Kopf auftaten.

Warum war es überhaupt verboten, das Gewächshaus zu betreten? Was stellte sich der Alte so an?

»Kooomm!« Benno reichte es und er zog Mats am T-Shirt, damit er endlich mit ihm Basketball spielte. »Du hast es versprochen! Und Versprechen muss man halten.«

»Na gut, Kumpel!« Mats strubbelte Benno durch die Haare und winkte mich hinterher.

»Ich komm gleich nach«, versuchte ich, mich rauszureden, und verdrückte mich eilig, bevor einer der beiden protestieren konnte. Als die Jungs außer Sichtweite waren, huschte ich zurück zum Gewächshaus und überlegte, wie ich mich seitlich an den beschlagenen Scheiben entlangschleichen konnte. Vielleicht entdeckte ich ja etwas, das Willems komisches Verhalten erklärte.

Zwischen dem Gewächshaus und der Villa Evie lagen bestimmt fünfzig Meter, aber zum Glück wucherte der Garten wild vor sich hin. Hecken und Büsche schoben sich ineinander und taten ihren Teil, dass ich zwischen ihnen verschwand. Ich kniete mich in ein Versteck aus Ästen und Blättern und wartete. Mitten im wuchernden Unkraut hatte ich Zeit, an den Scheiben hinauf zur Dachspitze zu sehen. Die Sonne spiegelte sich im Glas und warf mit Lichtfunken um sich. Zugegeben, das alte verschnörkelte Glashaus war, trotz all des Rosts daran, wirklich schön.

Drinnen war es jetzt völlig still, also traute ich mich näher heran. Ich schlich an der Wand des Gewächshauses entlang zur Hinterseite. Leider wuchsen die Büsche dort viel zu dicht, sodass ich nicht nah genug herankam. Außerdem waren die Glasscheiben komplett beschlagen. Wie feucht musste die Luft dadrin wohl sein? Absolut nichts konnte ich von außen erkennen.

Aber eine Sache fiel mir auf, als ich mich noch näher an die Scheiben drückte. Es war ein Geruch, der mir bekannt vorkam und der aus den Ritzen kommen musste. Ein Duft, der kräftig nach Erde und noch irgendetwas anderem roch. Etwas *Unnatürlichem.* Jetzt fiel es mir wieder ein! Nicht nur Willem hatte danach gerochen, sondern auch die verkleidete Frau, die ihn besucht hatte …

4

Auch am nächsten Tag klingelte es wieder an unserer Tür. Aber noch bevor sich irgendjemand in meiner Familie über den schrillen Ton der Klingel beschweren konnte, rief Benno lauthals: »Für miiich!«, und riss fröhlich die Haustür auf.

Tja, und da war er wieder. Offensichtlich wollte Mats nun endlich unsere berüchtigte Villa von innen sehen und ließ sich zuallererst von einem stolzen Benno das Kinderzimmer vorführen.

Wieso war ihm das so wichtig? Konnten ihm die Gerüchte um unser Haus nicht völlig egal sein? Dass es hier nicht wirklich Geister oder Hexenmeister gab, musste ihm doch klar sein.

Vorsichtig lugte ich durch die offene Kinderzimmertür und beobachtete Benno dabei, wie er seine Dinosaurier- und Piratenbücher auf dem Boden ausbreitete. Wenigstens schien Mats meinen kleinen Bruder ehrlich zu mögen, trotzdem bemerkte ich genau, wie er in die anderen Räume schielte.

»Und?« Ich lehnte mich an den Türrahmen. »Bist du jetzt enttäuscht, dass die Villa Evie doch nur irgendeine alte Bruchbude ist?«

Mats sah auf. »Äh … nö. Und nur *irgendeine alte Bruchbude* ist sie ganz sicher nicht.«

»Nicht? Was denn dann? Wieso interessierst du dich so wahnsinnig für das Haus?«

Jetzt war Mats derjenige, der nicht wusste, was er sagen sollte. An seinem Gesichtsausdruck konnte ich sehen, wie er angestrengt nach einer Erklärung suchte. »Also … sooo wahnsinnig interessiere ich mich gar nicht. Nur so wie alle anderen in der Stadt auch.«

»Na ja, Leon interessiert sich eher mäßig für die Villa, oder?«

Benno ließ seine Dinobücher los und stand auf. »Ich hab eine gute Idee! Wir spielen noch mal Hausentdecker, ja?«

Mats sah erleichtert aus. Ob das daran lag, dass Benno meine Fragen bremste, oder daran, dass er jetzt endlich das gesamte Haus gezeigt bekam, konnte ich schwer sagen. Andererseits, wenn es ihm so wichtig war, die Villa zu sehen, warum eigentlich nicht? Konnte mir ja egal sein, welchen Quatsch er sich dabei zusammenspann.

Also nickte ich. »Na dann spielen wir Hausentdecker, bevor Mats noch vor Neugierde platzt.«

Natürlich haspelte Mats irgendwas davon, dass er nicht platzen würde und schon gar nicht vor Neugierde, aber Benno zog ihn längst am Arm hinter sich her und hörte nicht weiter zu.

Als Erstes führte mein Bruder den Speiseaufzug vor. Dort hatte er ein paar seiner Kuscheltiere hineingesetzt und ließ sie hoch- und runterfahren. Benno zeigte im Vorbeigehen, dass sich im Treppengeländer die geschnitzten Blumen drehen ließen, und präsentierte die alten Einbauschränke, die es in fast jedem Zimmer gab. Die Schränke waren für ihn ein Riesenspaß, sie versteckten sich nämlich in den Holzvertäfelungen. Man musste nur auf einen senkrechten schmalen Spalt im Holz achten. Dann wusste man, dass sich dahinter die Wand öffnen ließ und wie von Zauberhand einen Schrank, groß wie eine Abstellkammer, erscheinen ließ.

In den Dingern konnte man so gut Verstecken spielen, dass man kaum eine Chance hatte, sich gegenseitig zu finden. Benno und ich hatten es an unserem ersten Tag einmal versucht, aber schnell wieder aufgegeben. Es hatte Benno dann doch keinen Spaß gemacht, mich eine gefühlte Stunde lang zu suchen. Außerdem gruselte er sich selbst so sehr in den dunklen Schränken, dass er jedes Mal absichtlich in seinem Versteck kicherte, damit er da schnell wieder rauskonnte.

Mats sah sich alles ganz genau an. Fast ein bisschen zu genau. Es fehlte nur noch, dass er sich Notizen machte und jeden Raum fotografierte. Deshalb beendete Benno seine Hausführung auch erst, als wir auf der Aussichtsplattform ankamen. Es war ein runder Raum in einem verglasten Turm auf dem Hausdach. Von hier blickte man weit über die Dächer.

In der Wand entdeckte ich eine rostige Kurbel. Ich griff danach und drehte sie. Erst quietschte es entsetzlich, aber dann machte mein Herz einen Satz. Wahnsinn, das Türmchen fing an, sich langsam um sich selbst zu drehen! Der Boden unter uns ruckelte und die Landschaft zog in Zeitlupe an uns vorbei.

Ich schnappte nach Luft und Benno klatschte in die Hände. »Unsere Villa hat ein Drehzimmer!« Er quiekte vor Freude und auch ich musste lachen.

Mats dagegen hing ein paar Sekunden die Kinnlade runter, doch dann fasste er ebenfalls nach dem Griff, um mir zu helfen. Jetzt, da wir zusammen daran kurbelten, bewegte sich der Raum fast doppelt so schnell.

Mats' Hand und meine berührten sich. Aber weil es ihm nichts auszumachen schien, drehte ich einfach mit ihm zusammen weiter. Wahrscheinlich bemerkte er es gar nicht.

Trotzdem ließ ich jetzt den Knauf los und lehnte mich gegen eins der Fenster. Abwechselnd beobachtete ich die drehende Landschaft um uns herum und dann wieder Mats, der vor sich hin staunte.

»Warum bist du eigentlich immer allein?« Die Frage rutschte mir einfach so raus.

Für einen Moment sah er richtig geschockt aus, aber

dann machte er wieder dieses Gesicht, das absolut nichts über ihn verriet. »Äh … bin ich doch gar nicht.«

Mir fiel auf, wie gemein meine Frage laut ausgesprochen klang, dabei hatte ich das gar nicht gewollt.

»Du hast ja auch nicht gerade eine Horde gackernder Mädchen im Schlepptau«, fügte er hinzu.

»Na ja, ich bin immerhin die Neue hier«, sagte ich nur und biss mir im nächsten Moment auf die Zunge. Die Antwort ließ meine erste Frage ja noch fieser klingen!

»Hör auf, ihn zu ärgern!« Benno knuffte mich in die Seite. »Mats ist mein Freund und gar nicht allein.«

Erleichtert lächelte Mats Benno an. »Danke, Kumpel!«

Mir tat meine Frage jetzt leid, obwohl ich mich schon fragte, warum er andauernd zu uns kam.

»Wart ihr eigentlich mal auf dem Dachboden?«, wechselte Mats einfach das Thema und ich war ihm dankbar dafür.

Benno schüttelte den Kopf und machte sich gleich auf die Suche. Als Erster kletterte er die steilen Stufen wieder runter, die in unseren drehbaren Aussichtsturm geführt hatten. Zusammen stöberten wir durch das oberste Stockwerk, bis wir eine schmale Tür in einer der Ecken unseres verwinkelten Flurs fanden. Hinter der Tür führten Stufen nach oben.

Der Dachboden wirkte wie ein Blick in die Vergangenheit. Und das hieß einiges in der Villa Evie. Rechts und links erhellten zwei runde Fenster den Raum unter einem spitzen Dach. Sonnenstrahlen beleuchteten den flirrenden Staub, wie Scheinwerfer die Artisten im Zirkus erhellten.

Überall reihten sich alte Seemannskisten, Schränke und Schachteln in allen möglichen Formen und Größen aneinander.

Mats sah sich hier oben noch interessierter um, als er es sonst schon tat. Vor einem der Fenster stand ein riesiger viereckiger Korb. Benno kletterte sofort hinein und verschwand bis zu den Schultern darin.

»Was ist das?«, fragte er und verhedderte sich dabei in ein paar Seilen und einem Stück Stoff.

Mats ging einmal um den Korb herum. Er zeigte auf einen alten Kompass und ein Ledertäschchen, das an der Außenseite befestigt war. »Könnte ein alter Heißluftballon sein«, vermutete er.

Beeindruckt fuhr ich mit den Fingern über die geflochtenen Kanten und zog eine dunkle Spur. Ich wischte mir den Staub an meiner Jeans ab und stellte fest, dass die vielen Gerüche, die durch die Villa Evie waberten, auch hier zu riechen waren. Ich beugte mich in den Korb und entdeckte einen ausgelaufenen Parfümflakon. Er hatte einen mächtigen Fleck auf den Stoffbahnen des Heißluftballons hinterlassen.

Kurz wunderte ich mich und überlegte, ob ein einzelnes Parfümfläschchen die gesamte Villa mit ihrem Duft füllen konnte. Mit zusammengekniffenen Augenbrauen näherte ich mich mit der Nasenspitze dem Flakon. Aber der roch nach nichts mehr, genau wie der Fleck. Von hier kam es also nicht. Was ehrlich gesagt auch komisch gewesen wäre. Schließlich war es nicht nur *ein* einziger Geruch, der durch unsere Villa zog, sondern es waren mehrere gleichzeitig.

Ein blumiges und herbes, süßes und bitteres Duftgemisch, für das mir absolut kein Name einfiel. Es erinnerte mich an nichts, was ich kannte. Vielleicht hatte ich deshalb das Gefühl, dass es nach einer Zeit roch, die längst vergangen war. Und die zog sich durch die Ritzen, saß in all dem alten Kram und verströmte ihren Duft noch stärker, sobald man eine der Gardinen bewegte oder sich auf eines der abgeschabten Samtpolster setzte.

Außerdem veränderte sich der Geruch, wenn man das Zimmer wechselte. Es roch in allen ähnlich, aber nie gleich. Je nach Zimmer stach einer der Düfte stärker heraus.

Ich legte den Flakon zurück und drehte mich weg, um mir den Rest anzusehen. Mein Blick blieb an einem der Schränke hängen, in dem ein paar Holzwürmer eine Party gefeiert hatten.

Die Schranktüren knarrten beim Öffnen. In der Innenseite hing ein ovaler Spiegel und ich schaute meinem mittelgroßen Ich mit den hellbraunen Haaren und den blaugrünen Augen entgegen.

Durchschnittlicher als ich ging echt nicht mehr. Nichts, absolut gar nichts Besonderes guckte mir aus dem Spiegel entgegen.

Schnell wendete ich mich den Kleidungsstücken zu, die im Schrank hingen. Ein barockes Ballkleid stach mir ins Auge, also zog ich es heraus. Ich hielt es mir hin und drehte mich damit. Wow, war das schön! Die Perlen auf dem bestickten Samtstoff schillerten, wenn man sie im Licht bewegte. Das Kleid sah aus wie aus einem Prinzessinnenfilm.

Selbst die Jungs bestaunten einen Moment lang die alten Klamotten. Sie fischten sogar aus ein paar Hutschachteln die passenden Zylinder, Hüte und Perücken und setzten sie sich nacheinander auf. Doch dann lehnte sich Mats an den Schrank und zog aus einer Hutschachtel einen von unzähligen leeren Parfümflakons. »Was ist das denn?« Er deutete auf die Fläschchen. Sie waren noch unbenutzt und sahen alle identisch aus.

Ich beugte mich ebenfalls darüber und zog einen vergilbten Zettel heraus, der dazwischenlag. Schnörkelige, kaum zu entziffernde Buchstaben in Tinte verrieten, dass hundert Flakons der Marke *Priscilla* an einen Herrn Daan de Bruijn geliefert wurden, nachdem die Flakons für vier Taler, dreizehn Groschen und acht Pfennig vorab bezahlt worden waren.

Ich stockte und hielt Mats den Zettel unter die Nase. »Guck mal. Ein Daan de Bruijn hat vor zwei Jahrhunderten leere Parfümflaschen bestellt. Meinst du, das ist derselbe wie in dem Brief, den der Postbote für Willem gestern vorbeigebracht hat?«

»Ach Quatsch. Das gibt's doch nicht.« Mats nahm mir den Zettel aus der Hand und las ihn leise. »Du hast recht. Das ist echt ein Lieferschein aus dem Jahr 1869! Vielleicht war er einer der alten Besitzer?«

»Oder der Hexenmeister?«, fragte Benno dazwischen und kicherte.

Auch Mats musste grinsen. »Oder das.«

»Aber was hat dann Willem mit dem zu tun?«, überlegte ich laut vor mich hin. »Und warum kriegt der die Briefe?

Müssten die nicht an Hanne gehen? Das Haus hat ja der Familie van Velden gehört, oder?«

Mats zuckte nur mit den Schultern, aber in seinen Augen sah ich genau, dass er auf diese Frage unbedingt eine Antwort haben wollte.

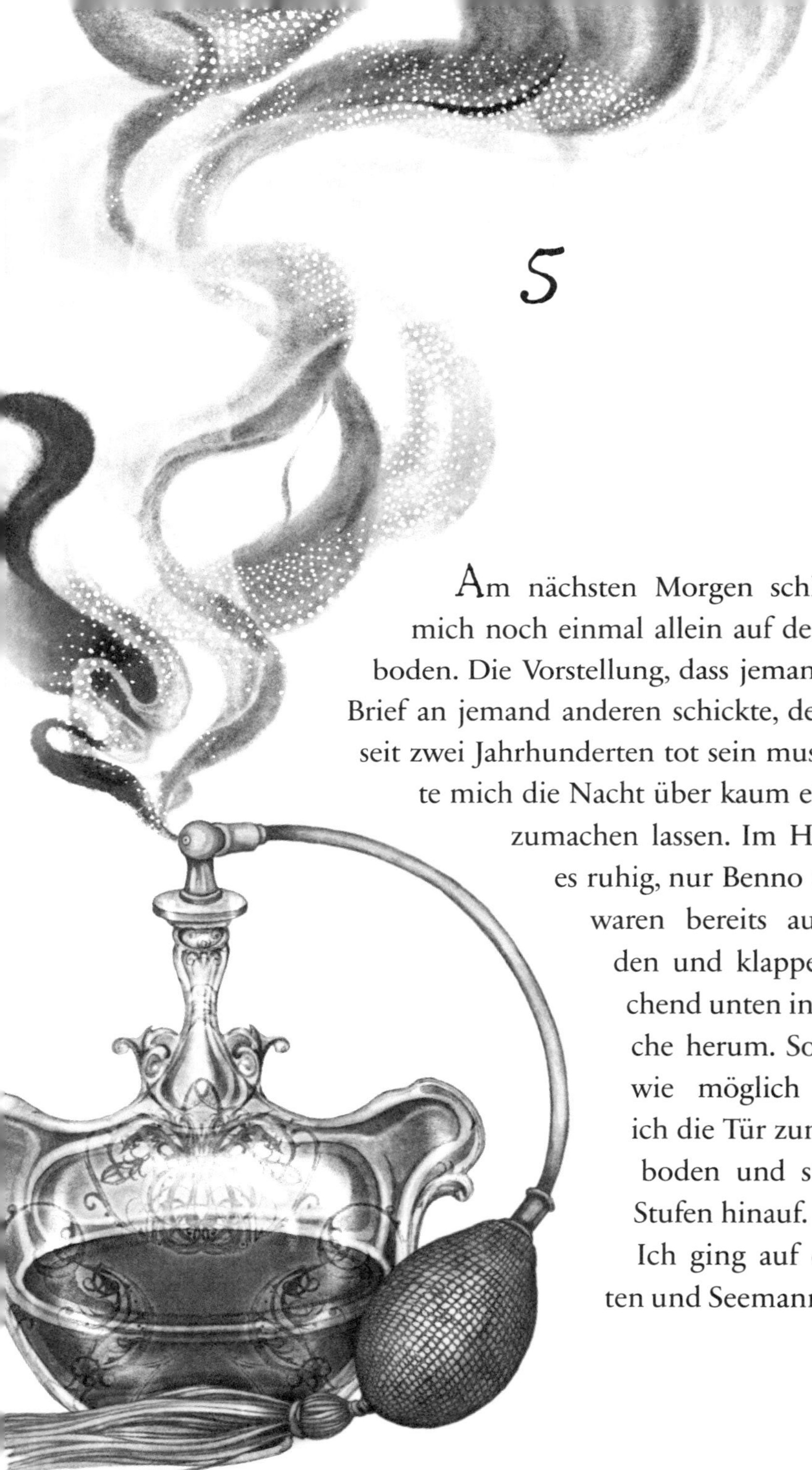

5

Am nächsten Morgen schlich ich mich noch einmal allein auf den Dachboden. Die Vorstellung, dass jemand einen Brief an jemand anderen schickte, der schon seit zwei Jahrhunderten tot sein musste, hatte mich die Nacht über kaum ein Auge zumachen lassen. Im Haus war es ruhig, nur Benno und Ma waren bereits aufgestanden und klapperten lachend unten in der Küche herum. So lautlos wie möglich öffnete ich die Tür zum Dachboden und stieg die Stufen hinauf.

Ich ging auf die Kisten und Seemannskoffer

zu, die noch niemand von uns angerührt hatte. Mit hochgekrempelten Ärmeln machte ich mich an die Arbeit. Ich würde auch ohne, dass ich Willem danach fragen musste, herausfinden, wer dieser Daan de Bruijn war.

Mit spitzen Fingern öffnete ich eine Holztruhe. Spinnweben zogen sich dabei in die Länge. Ich spähte in die Truhe hinein und fluchte, weil ich keinen Lappen mitgebracht hatte.

Mehrere Kisten in Schuhkarton-Größe stapelten sich aufeinander. Sie waren mit bedruckten Banderolen verklebt. Hatte etwa noch niemand die Schachteln geöffnet, nachdem sie gekauft worden waren? Eine von ihnen nahm ich heraus und drehte sie vor mir herum. Auf die Banderole war ein schnörkeliges Firmenzeichen gedruckt: *Bernard.* Darunter stand *Anno 1887* und eine französische Adresse. Vorsichtig streifte ich die Banderole vom Karton. Sie bestand aus hauchdünnem Papier und war bei jeder Bewegung kurz davor zu zerreißen.

Mein Herz klopfte, als ich endlich den Kartondeckel anhob. Eigentlich war es nur ein Dachboden, vollgestellt mit altem Krempel, aber trotzdem fühlte ich mich, als wäre ich etwas Großem auf der Spur. Vielleicht lag die Antwort auf alle Gerüchte um die Villa Evie genau hier versteckt? Mit Kiste Nummer eins ging ich zu dem runden Fenster, um mehr zu erkennen, doch es lagen nur Korken darin. Allerdings sehr kleine Korken, nicht solche, wie ich sie von den Weinflaschen im Keller kannte.

Etwas enttäuscht schloss ich den Karton und griff mir einen anderen aus der Truhe. Diesmal zog ich einen uralten

Zerstäuber heraus. Ich erinnerte mich, dass Oma so einen immer auf ihre Parfümflaschen geschraubt hatte. Mit ausgestrecktem Arm hatte sie sich dann großzügig damit eingenebelt, bis ihre Wohnung wie eine Kaufhaus-Parfümerie stank.

Bevor ich die Truhe wieder schloss, legte ich alles zurück an seinen Platz. Offensichtlich hatte dieser Daan de Bruijn Parfüm geliebt. Auch in den anderen Truhen, die ich öffnete, fand ich entweder Fläschchen oder Verschlüsse.

Irgendetwas musste aber doch über den Mann selbst zu finden sein, wenn all sein Kram noch hier lagerte! Ratlos schloss ich hinter mir die Tür zum Dachboden und ging die Treppe runter Richtung Küche. Ich versuchte zu verstehen, was an dem Brief für diesen Daan de Bruijn nicht stimmte. Als ich schon fast am Ende der Treppe im Erdgeschoss angekommen war, setzte ich mich erst mal auf eine der Stufen und wischte mir die Spinnweben von der Jeans. Dabei stieß ich mit dem Ellenbogen an eine der geschnitzten Blüten am Geländer. Sie ließ sich wie fast alle von ihnen drehen.

Ich schüttelte nur den Kopf darüber. Wieso hatte sich bitte jemand die sinnlose Mühe gemacht, Holzblüten in eine Treppe zu schnitzen, die sich um sich selbst drehten?

Über mir quietschte plötzlich eine der Holzstufen. Dabei hatte ich sie nicht mal berührt! Ich zuckte zusammen, als sich mit einem Mal eine der Treppenstufen öffnete. Unglaublich! Das Holzbrett schob sich einfach von selbst auf! Lag das daran, dass ich die Holzblüte verdreht hatte?

Ich kniete mich vor die geöffnete Stufe und starrte in ein Fach – ein *Geheimfach.* Es sah aus wie alles, das lange nicht mehr benutzt worden war, nämlich dreckig. Mit der Hand tastete ich vorsichtig hinein. Und da. Meine Finger streiften etwas! Es fühlte sich kühl und hart an. Ich griff danach und hielt einen Schlüssel in der Hand, der an einer Kette baumelte. Er war verschnörkelt und dunkel angelaufen wie alles in der Villa Evie.

»Luuuzie, bist du oben?«, hörte ich Benno unten durch die Diele rufen. Bestimmt hatte er das Quietschen gehört. Jetzt kam er die Treppe hoch und strahlte mich an.

»Ich muss dir was zeigen!«, flüsterte ich und winkte ihn näher. »Ich hab was gefunden, was Geheimes!«

Benno gluckste vor Aufregung und kam näher.

Ich zeigte auf die geöffnete Treppenstufe und hielt ihm den Schlüssel vor die Nase. »Der lag dadrin versteckt!«

Benno starrte mich mit offenem Mund an. »Ich hol Mats! Der soll das auch sehen!« Noch bevor ich protestieren konnte, stürmte Benno schon aus der Haustür hinaus.

Oh Mann, wenn Mats davon erfuhr, würde der uns wahrscheinlich gar nicht mehr in Ruhe lassen.

Fürs Erste ließ ich den Schlüssel in meiner Hosentasche verschwinden und drehte wieder an der Blüte am Holzgeländer. Knarrend schob sich das Brett zurück auf die Stufe. Ich stand auf und ging den Flur im ersten Stock entlang, vorbei am Schlafzimmer unserer Eltern. Wozu gehörte dieser Schlüssel und warum lag er in einem so ausgetüftelten Versteck?

Was, wenn er genau das verschloss, worüber sich alle den Mund fusselig redeten? Was, wenn Mats recht hatte?

Ob Hanne davon wusste? Ich hörte die Gummisohlen von Turnschuhen die Holztreppe hochrennen und ging zurück.

Im nächsten Moment standen ein nach Luft schnappender Benno und Mats vor mir.

»Was ist denn passiert?«, keuchte Mats.

Mit Absicht lächelte ich nur und schwieg, um ihn auf die Folter zu spannen. »Rate mal.«

Mats hob die Augenbrauen und machte ein ahnungsloses Gesicht.

»Sie hat einen Geheimschlüssel!«, platzte es aus Benno heraus. »Zeig ihn endlich! Bittebittebitte!«

Übertrieben langsam zog ich den Schlüssel an seiner Kette aus meiner Hosentasche. Dann drehte ich wieder an der Holzblüte. »Du glaubst nicht, wo ich den gefunden habe. Guck mal.« Knarrend schob sich das Holzbrett wieder auf und zeigte das Versteck in der Treppenstufe.

Mats sah einen Moment sprachlos zwischen Schlüssel und Treppe hin und her. »Und wozu ist der gut?«

Ich musste lachen und drehte wieder an der Holzblüte, damit sich das Brett zurückschob. »Keine Ahnung? Eine Bedienungsanleitung lag leider nicht dabei. Aber ein Schlüssel öffnet normalerweise verschlossene Dinge.«

»Okay«, sagte Mats sofort, »dann lass uns das passende Schloss suchen!«

Ich sah ihm an, wie ihn meine Entdeckung anstachelte, mehr herauszufinden. Plötzlich wurde mir etwas klar. Mats musste nach irgendetwas Bestimmten suchen. Vielleicht wusste er ja sogar etwas über die Villa, das er mir nicht verraten wollte?

Aber warum? Ich nahm mir vor, ihn genauer zu beobachten.

Zusammen durchstöberten wir Zimmer für Zimmer und versuchten, den Schlüssel in alles Mögliche hineinzuschieben, aber keins der Schlösser wollte passen. Wir fanden nicht mal etwas, das verschlossen war. Selbst die unsichtbaren Einbauschränke oder die Seemannskisten und Truhen auf dem Dachboden waren nicht verriegelt. Also gaben wir irgendwann auf.

»Habt ihr hier einen Computer?«, erkundigte sich Mats.

Ich sah ihn verwundert an. »Wieso fragst du?«

»Na ja, dann könnten wir nach diesem Daan de Bruijn googeln. Vielleicht hilft uns das irgendwie weiter?«

Ich verzog meinen Mund. »Unser Internetanschluss funktioniert noch nicht.«

Das war offensichtlich nicht genug, um Mats von seiner Mission abzubringen. Er lächelte breit. »Dann kommt eben mit rüber zu mir.«

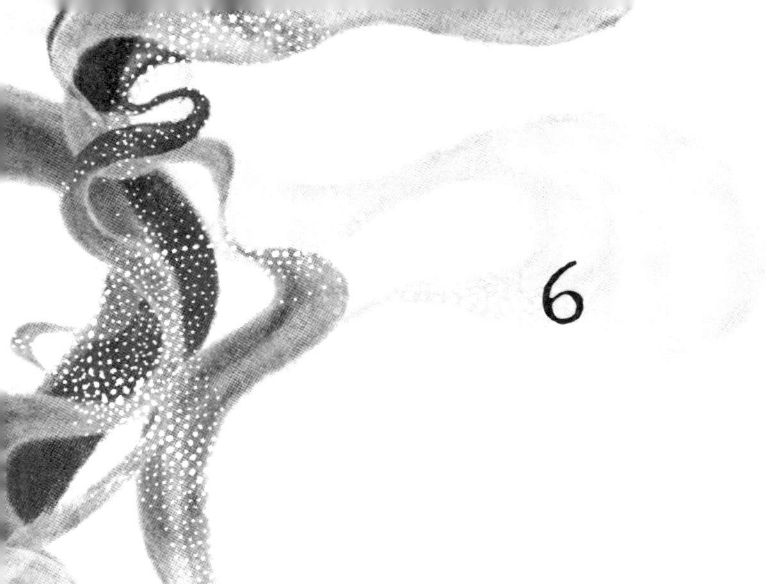

6

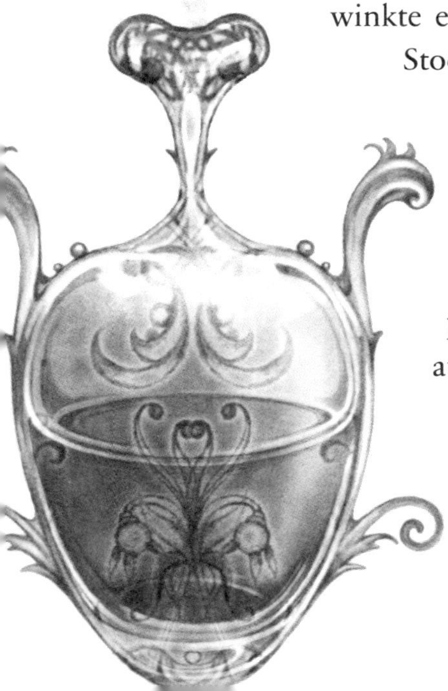

Mats wohnte nicht in einer heruntergekommenen Villa, sondern in einem ganz normalen Einfamilienhaus. Sein Zuhause war supertoll stinknormal.

Er ließ uns einen kurzen Blick in die Küche und das Wohnzimmer im Erdgeschoss werfen, dann winkte er uns die Treppe hoch in den ersten Stock. Durch die hinterste der vier Türen schob er uns in sein Zimmer. Ich sah sofort, dass in diesem Haus definitiv keine Mutter wohnte, die ständig auf Flohmärkten herumschlenderte. Alles war neu und entweder nach praktischen oder bequemen Kriterien ausgesucht worden.

Mats' Zimmer war wahrscheinlich das kleinste im ganzen Haus, aber mir gefiel es sofort. Es gab ein Bett, einen Schrank, ein Regal mit ein paar Büchern und Comics und einen Schreibtisch, auf dem ein Computer stand. Also alles, was man so brauchte.

Benno war schon auf Mats' Bett geklettert und bewunderte die Poster und Sportabzeichen, die über der Nachttischlampe hingen.

Ich setzte mich auf den Schreibtischstuhl. »Bestimmt ist der Daan, an den der Brief geschickt worden ist, irgendein Nachfahre und hat nur denselben Namen wie sein Urur-großvater bekommen. So was gibt es doch?«

»Möglich wär's.« Mats zog einen kleinen Hocker heran und schaltete den Computer an. »Komisch nur, dass dann ein Brief an ihn in die Villa Evie geschickt wird, er aber gar nicht dort wohnt.«

Das Hintergrundbild auf dem Monitor war irgendein Basketballspieler, den ich natürlich noch nie gesehen hatte. Aber das erwähnte ich lieber nicht. Bestimmt war der superberühmt und Jungs konnten sich ja meistens nicht gut vorstellen, dass das, was sie selbst total super fanden, andere nur mittelmäßig bis gar nicht interessierte.

Mats tippte den Namen *Daan de Bruijn* ins Suchfeld ein und sofort erschienen eine Menge Bilder von Männern um die vierzig, manche mit Schlips, andere im Pulli. Schlauer wurden wir dadurch nicht, also suchten wir noch mal nach *Daan de Bruijn* und *Villa Evie.* Dazu erschien kein einziges Suchergebnis.

»Komisch«, sagte ich. »Irgendetwas muss es doch dazu geben, wenn hier immer wieder Post für ihn ankommt? Zu dumm, dass ich den Absender nicht gelesen habe.«

Ich stand auf und sah durchs Fenster zum Gewächshaus hinüber. »Was passiert eigentlich mit den ganzen Pflanzen und Blumen? Weißt du das? Ich meine, wer beauftragt Willem, das Gewächshaus am Laufen zu halten?«

»Willem verkauft seine Pflanzen an Blumenmärkte, glaub ich.« Mats klickte sich, ohne aufzuschauen, weiter durch irgendwelche Fotos.

Ich setzte mich aufs Fensterbrett und ließ die Beine baumeln. »Ist Willem denn nicht schon Rentner?« Er musste jedenfalls schon über siebzig sein, schätzte ich.

Mats sah jetzt ebenfalls rüber zum Gewächshaus, seine Stirn in Falten gelegt. »Hm. Hab ich noch nie drüber nachgedacht. Willem war schon uralt, seit ich denken kann, und die Pflanzen sind wahrscheinlich sein Hobby. Irgendwas muss man ja machen, wenn man sonst nichts mehr zu tun hat.«

Das klang logisch, trotzdem kam es mir eigenartig vor. »Es ist aber schon komisch, dass außer Willem niemand da reindarf. Sind Hobbygärtner denn nicht immer extrem stolz auf ihre Pflanzen und freuen sich, wenn jeder sieht, wie schön sie blühen? Wer bitte hält so einen tollen Garten versteckt? Ich finde das verdächtig.«

»Verdächtig? *Willem?*« Mats lachte auf. »Was meinst du damit?«

Benno hatte sich mittlerweile alle Sportabzeichen und Medaillen umgehängt, die er finden konnte, und schlug vor, jetzt draußen »Basektballchampions« zu spielen.

Die Zimmertür öffnete sich und Leon schob seinen Kopf zu uns rein. »Naaa, Bruderherz?« Er grinste, als hätte ihm gerade jemand irgendetwas besonders Lustiges erzählt.

»Was gibt's?« Mats' Stimme klang kühler als sonst.

Leon schob die Tür ganz auf und kam ins Zimmer. Außer der Tatsache, dass sich beim Grinsen die gleichen Grübchen in Leons Backen gruben wie bei Mats, hatten die beiden nicht viel Ähnlichkeit miteinander. Leons Augen und Haare waren heller und nicht so lockig. Um den Hals trug er dicke Kopfhörer. Er gehörte definitiv zu der Sorte Jungs, die genau wussten, wie gut sie aussahen.

»Was für ein Zufall. Das *Mädchen mit Namen* ist hier!« Leon warf mir einen langen Blick zu und grinste dann noch breiter. »Lass mich raten: Mats hat seine Geisterhausbesichtigung bei euch schon hinter sich, stimmt's?«

Mats stöhnte und stand auf. »Mach's kurz, Leon. Wir wollten gerade rausgehen.«

»Genau! Wir spielen jetzt Basketballchampions!« Das war Bennos Stichwort und er stand auf. Meinem Bruder dauerte das alles hier sowieso viel zu lange.

»Na, dann viel Spaß.« Leon verabschiedete sich mit einem übertriebenen Augenzwinkern in meine Richtung. »Nervt Mats dich noch nicht mit seiner Verschwörungstheorie zu unseren Familienproblemen?«

»Was denn für Familienprobleme?«, fragte ich und sah zu Mats rüber.

Aber der schob Leon schon aus der Tür und hatte es plötzlich ziemlich eilig, mit Benno und mir aus seinem Zimmer zu kommen.

Draußen mühte ich mich ab, endlich einen Ball in den

Korb über mir zu bekommen. Dabei warf ich immer wieder Blicke zu Mats und brannte darauf, ihn zu fragen, was Leon genau mit *Verschwörungstheorien* gemeint hatte. Welche Probleme gab es wohl in seiner Familie? Aber Mats ließ einfach keine Verschnaufpause entstehen, sondern scheuchte uns geradezu um den Basketballkorb. Dabei waren sein Gesichtsausdruck so verschlossen und seine Augen so … *traurig*, dass ich es nicht übers Herz brachte, ihn jetzt auszuquetschen.

Vielleicht war es besser, ich wartete, bis er es von selbst erzählen wollte.

Mein Puls hämmerte von Mats' Gehetze, also kniete ich mich irgendwann erschöpft hin. Dabei spürte ich wieder den mysteriösen Schlüssel in meiner Hosentasche. Mir kam die Idee, dass er vielleicht zum Gewächshaus gehören könnte. Warum war ich darauf nicht schon früher gekommen? Ein versteckter Schlüssel passte doch perfekt zu einem verbotenen Haus.

Schnell ließ ich mir eine Ausrede einfallen und sagte, dass ich noch mit Mona zum Telefonieren verabredet war. Was sogar zur Hälfte stimmte, weil ich mir vorgenommen hatte, sie heute noch anzurufen. Ich würde es nur etwas später tun.

Allein machte ich mich zum Gewächshaus auf. Ich wollte Benno da lieber raushalten. Er war wirklich noch zu klein, um Detektiv zu spielen. Unauffällig schlich ich mich zum zweiten Mal um das gläserne Haus. Aber auch heute waren die Scheiben beschlagen und man sah rein gar nichts. Ich überlegte, ob ich den Schlüssel besser am Abendausprobieren sollte, wenn ich sicher sein konnte, dass der Gärtner nicht mehr hier war. Entfernt hörte ich, wie sich die Tür öffnete und wieder schloss. Metall klackte dreimal in Metall, dann sah ich, wie Willem Boer mit dem Rücken zu mir über den Rasen zur Straße davonging.

In Gedanken jubelte ich. Sobald der alte Gärtner außer Reichweite war, schlich ich mich zum Eingang und versuchte, den Schlüssel in das gusseiserne Schlüsselloch zu stecken. Aber er passte nicht. Außerdem war die Tür mit einer Kette und einem zweiten Schloss verschlossen.

Geknickt, dass ich mich getäuscht hatte, umrundete ich ein letztes Mal das Gewächshaus und bemerkte, dass sich die Glasscheiben wie Fenster nach innen öffneten. Auf der Suche nach einer, die nicht verriegelt war, drückte ich mich gegen jede einzelne Scheibe, bis endlich eine nachgab und sich aufschieben ließ. Vorsichtig quetschte ich mich durch den Spalt und kletterte ins Gewächshaus hinein.

Zwischen den Pflanzenkübeln und Beeten sah ich mich um. Es war immer noch wunderschön hier. Langsam ging ich zwischen den endlosen grünen Feldern hindurch. Ein paar Blüten kannte ich sogar. Hier wuchsen Veilchen, weiße Lilien, Orchideen und Vergissmeinnicht. Das Gewächshaus war kaum zu überblicken, so riesig und neblig war es. Und jetzt, so ganz allein, bildete sich doch eine Gänsehaut auf meinen Armen und mulmig war mir auch. Was ich wohl entdecken würde, wenn ich herausfand, wozu dieser Schlüssel gehörte?

Ich atmete die vielen ungewohnten Gerüche ein, die die Pflanzen verströmten. In einem Beet, das bestimmt fünf

Meter lang war, wuchs ausschließlich Lavendel. Ich ging dicht daran vorbei und strich mit meiner Hand durch die lila Blüten. Der kräftige Kräuterduft stieg dadurch noch intensiver aus den Pflanzen auf.

»Luzie? Bist du hier irgendwo?« Mats' Rufen riss mich aus meinen Gedanken. Er stand draußen vor dem Gewächshaus und versuchte, durch die beschlagenen Scheiben hineinzuspähen.

»Hier bin ich! Hier drinnen.« Ich suchte nach dem Fenster, das sich öffnen ließ, und schob meinen Arm hindurch, um Mats zu winken. Benno folgte ihm natürlich auf Schritt und Tritt.

»Wusste ich's doch. Ich hab Willem weggehen sehen und dich nirgends mit einem Telefon entdeckt. Was machst du da?« Mats funkelte mich an. »Was, wenn er dich erwischt?«

Ich verzog etwas genervt das Gesicht. »Was soll schon sein? Es ist doch nur ein Gewächshaus! Na los, kommt rein!«

Mats zögerte. Aber Benno kletterte längst durch die Öffnung, hing allerdings im Nullkommanix mit seinen kurzen Beinen in der Luft. Mats grummelte vor sich hin und half ihm. Dann schob er sich hinterher.

Zusammen gingen wir die Gänge entlang. Zwischendrin verlor ich ein paar Mal die Orientierung, weil die Beete um uns herum einfach kein Ende nahmen. Die feuchte Luft duftete nach so vielen fremden Dingen. Es roch kräftig und schwer nach dunklen Kaffeebohnen, bitter wie Kardamon und süß wie Kakao. Dann wehte wieder eine frische Sommerbrise aus Minze und Melisse. Es duftete zuckrig nach Süßholz und Anis, unerwartet nach scharfem Ingwer, der mich sofort wach rüttelte, als wäre ich mit jemandem zusammengestoßen.

Manche Düfte wirkten laut und schrill, andere sanft und leise. Manchmal verschwammen sie ineinander, dann konkurrierten sie plötzlich, als kämpften sie um einen Platz auf dem Siegertreppchen. Und irgendwie fiel es mir schwer zu glauben, dass all diese Düfte nur von den Blumen kommen konnten.

Erst als Mats an der geöffneten Glasscheibe stehen blieb, und uns wieder nach draußen winkte, war mir klar, dass wir das Gewächshaus einmal umrundet hatten. Nichts hatten wir gefunden. So ein Mist!

Benno zog an mir, damit ich stehen blieb. »Luzie? Ist das Gewächshaus wie die Welt auf dem Glubos?«

»Was meinst du damit? Was für ein Glubos?«

»Na, der Glubos aus der Bibliothek. Der, der so groß ist wie ich!« Benno strahlte mich stolz an und ich begriff endlich, was er mir sagen wollte. Mein kleiner, genialer Bruder hatte etwas entdeckt, auf das ich von allein nie gekommen wäre.

Ich nahm Benno an die Hand und nickte Mats zu, der ziemlich erleichtert wirkte, endlich von hier verschwinden zu können.

»Wir müssen dir was zeigen«, sagte ich nur und winkte Mats in Richtung Villa. »Benno hat was herausgefunden!«

7

Die Holzregale umringten uns wie endlose Mauern aus jahrelang ungelesenen Büchern. Benno hopste aufgedreht voraus.

»Was wollt ihr mir denn zeigen?«, fragte Mats.

»Das hier!« Benno blieb vor dem alten Globus stehen und drehte ihn.

Mats sah uns unbeeindruckt an. »Eine Weltkugel?«

Ich hob eine Augenbraue und schob ihn näher zu Benno. »Guck doch mal genau hin. Da ist nämlich keine Landkarte drauf.«

Benno hörte auf, den Globus zu drehen, und Mats beugte sich tiefer. Sein Blick wanderte über den Grundriss und die darin eingezeichneten Pflanzensymbole. »Soll das ein Garten sein?«

»Erkennst du es nicht?« Benno sah zu Mats hinauf und zeigte auf eine Stelle, an die eine Lavendelblüte gemalt war.

»Oh Mann. Ist das ein Grundriss vom Gewächshaus?« Mats sah ungläubig zu mir über Bennos Kopf hinweg.

Ich nickte. Mit meinem Finger fuhr ich an dem eingezeichneten Lavendelbeet entlang, bis ich auf eine Art Mauer oder Begrenzung zeigte. »Da ist das Fenster, durch das wir reingeklettert sind.«

Mats bückte sich noch tiefer. »Du hast recht! Das gibt's doch nicht. Das ist echt das Gewächshaus. Aber wozu?«

Ich schob meine Hände in meine Hosentaschen. »Gute Frage. Vor allem: Warum malt das jemand auf einen Globus?«

Benno klatschte in die Hände und sah abwechselnd zu mir und Mats hoch. »Vielleicht ist das eine geheime Schatzkarte?«

Ich lächelte. »Du glaubst, Willem hat eine Kiste mit Gold in einem der Blumenbeete vergraben?«

»Ja! Bestimmt ist da ein Schatz.« Benno drehte aufgeregt am Globus herum. »Vielleicht war Willem ein Pirat und hat Gold geklaut.«

Mats klopfte Benno auf die Schulter. »Sorry, Kumpel, aber ich glaub nicht, dass du auf dem Globus eine gezeichnete Schatztruhe findest. Da sind nur Pflanzen und Blumen drauf.«

Aber Benno ignorierte Mats' Kommentar einfach. So machte mein Bruder es mit jedem, der etwas sagte, was ihm nicht gefiel. Stattdessen hielt er den Globus an.

»Und das da?« Benno zeigte auf ein Symbol, das nicht zu den anderen passte. Es war eine schnörkelige Flasche, die einem Parfümflakon ähnelte. Nur stand daneben keiner dieser lateinischen Pflanzennamen wie sonst an allen Zeichnungen, die zum Beispiel *Viola odorata* oder *Lavandula officinalis* hießen.

»Die hat Ähnlichkeit mit den Fläschchen, die wir auf dem Dachboden gefunden haben«, murmelte Mats nachdenklich.

Ich pfiff beeindruckt und versuchte, mir das Symbol und den Grundriss genau einzuprägen. »Stimmt! Na los, finden wir heraus, was da ist!«

Mats zog sein Handy aus der Hosentasche und machte ein Foto. Dann liefen wir alle aus der Bibliothek. Im Gewächshaus brannte kein Licht, also waren wir uns sicher, dass Willem nicht zurückgekommen war.

Wieder empfing uns das dampfige Duftgemisch. Mats ging diesmal voraus, sein Gesicht stur auf das Handyfoto des Globus gerichtet. Mir kam es vor, als würden wir ewig zwischen den Stauden, Blumenbeeten und kleinen Bäumchen herumschleichen, bis Mats endlich stehen blieb und auf sein Handy zeigte. »Hier müsste es laut Grundriss sein.«

Ich stellte mich neben ihn und drehte mich um meine eigene Achse. Vor uns wuchsen zwei Zitronenbäumchen neben drei mächtigen Palmen. Sonst sah ich nichts, was irgendwie ungewöhnlich war.

Mats hatte den Kopf in den Nacken gelegt und suchte die Glasdecke über uns ab. »Was soll es denn hier geben, das etwas mit einem Flakon zu tun hat?«

Benno kroch auf allen vieren um die Palmen und Bäume herum und fing an, in den Blumentöpfen zu buddeln. Mats half ihm, während ich mich weiter umsah. Und da entdeckte ich es: Wenn man sich direkt vor die Zitronenbäumchen stellte und durch die Blätter hindurchschaute, sah man sie. Es war eine Tür, die zu einem Schuppen gehörte, und der stand wie ein viel zu großes Paket mitten im Gewächshaus.

»Ich hab's!«, rief ich, stolperte aufgeregt zur Tür und riss an der Klinke. Es war nicht abgeschlossen und somit fiel ich fast hintenüber bei meinem Schwung. Während ich meinen Kopf durch die geöffnete Tür steckte, hörte ich Benno und Mats näher kommen. Keine Ahnung, was ich erwartet hatte, aber das, was ich sah, war es ganz sicher nicht.

Vor mir lag ein fensterloser Raum von der Größe einer Abstellkammer. Innen wirkte der Schuppen viel kleiner, als er von außen aussah. Rechts standen auf ein paar Holzbrettern nur noch mehr Tontöpfe und an der anderen Wand hingen Harken, Spaten und alle möglichen Gartengeräte.

»Ein Geräteschuppen?« Hinter mir atmete Mats einmal tief ein und wieder aus und ich konnte seine Enttäuschung förmlich hören. Dann drehte er sich wieder um und ging hinaus.

Ich legte den Kopf in den Nacken und betrachtete die Holzdecke. Über mir baumelte eine alte Gaslampe. Ich fuhr mit meiner Handfläche über die Bretter der Wände und ertastete einen Drehschalter. Kaum hatte ich ihn betätigt, zischte es über mir und die Lampe flackerte auf. Ich ging ein paar Schritte im Schuppen herum. Dabei stieß ich gegen einen der Blumentöpfe am Boden. Er klirrte und brach auseinander.

Keine zwei Sekunden später steckte Mats seinen Kopf wieder zu mir in die Kammer. »Nicht so laut!«

Ich verdrehte die Augen. »Ach was!« Die Bemerkung war so was von überflüssig. Als hätte ich mir vorgenommen, mit Absicht einen Blumentopf hier drin zu zerdeppern!

Hastig fing ich an, die Tonscherben einzusammeln. Bestimmt fiel Willem ein fehlender Blumentopf bei den Massen gar nicht auf. Doch dann, als ich für die Scherben einen größeren Topf suchte, in dem ich sie unauffällig verschwinden lassen konnte, fiel mein Blick auf etwas anderes.

Da! Hinter einem Turm aus ineinandergestapelten Töpfen glänzte es. Es war ein Metallhebel oder ein Schalter, der wie die Handbremse im Auto schräg aus dem Boden ragte. Kurz entschlossen zog ich an ihm. Aber nichts passierte, also drückte ich ihn nach unten. Ich hörte, wie Mats ernsthaft mit Benno über einen möglichen versteckten Schatz diskutierte, den Willem laut meinem Bruder bestimmt in einem der Blumentöpfe vergraben hatte. Ich lächelte. Dafür mochte ich Mats wirklich.

Unter mir vibrierte der Boden. Erst ganz sacht, dann stärker, bis ein plötzlicher Ruck mich nach vorn stolpern ließ und ich gegen die Holzwand fiel. Die Steinplatten knirschten. Sie bewegten sich.

Ungläubig stützte ich mich mit den Armen an der Wand ab und sah auf meine Füße. Wirklich! Der Boden unter mir drehte sich. *Ich* drehte mich! Sogar die Wand kam in Bewegung.

Es war, als stünde ich auf einem Karussell.

Als die Steinplatten in eine neue Position einrasteten, lag dort, wo gerade noch die Tür des Schuppens gewesen war, eine Wand. Es war die Wand, die sich mit mir gedreht hatte.

Sie teilte den Schuppen also in zwei Hälften. Jetzt verstand ich auch, warum mir der Schuppen von außen viel größer vorgekommen war. Ich hatte einen geheimen Raum gefunden. Das hier war echt ein gutes Versteck!

Ich drehte mich um und blickte auf eine schwere Holztreppe, die nach unten führte. Ging es da etwa in den Keller runter? Unter die Erde? Vorsichtig trat ich auf die oberste Treppenstufe und testete, ob sie mich halten würde. Auf dem Geländer lag Staub, in dem ich Handabdrücke erkannte. Es roch nach abgestandener Luft.

Das Holz der Stufen unter mir hielt. Ich trat auf die zweite, dann auf die dritte, bis ich auf der letzten Stufe angelangt war. Es war dunkel, nur von oben drang Licht aus dem Schuppen hierher. Vor mir lag ein Gang oder ein Flur. Genau konnte ich es nicht erkennen. Oben im Schuppen trommelten Benno und Mats gegen die Wand hinter den Werkzeugen.

»Wo bist duuu? Luuuziiie?« Bennos Kinderstimme klang verzweifelt.

»Hast du dir wehgetan?«, hörte ich Mats dazwischenrufen.

»Nein. Alles in Ordnung!« Ich stolperte wieder die Treppe hoch und zog diesmal den Hebel nach oben. Wieder hörte man das Geräusch von aneinanderreibendem Stein und der Boden samt Trennwand drehte sich zurück.

Mit feuchten Augen starrte Benno mich durch die Tür an, vor der gerade noch eine Wand gewesen war. Im nächsten Moment schlang er seine Arme um mich. »Wo warst du?«

Mats betastete die Wände und schwieg, so verdattert war er von dem, was gerade passiert war.

Ich griff mir Bennos Hand und winkte Mats in die Abstellkammer hinein. »Ich zeig's euch.« Wieder drückte ich auf den Hebel und im nächsten Moment drehten wir uns zusammen um hundertachtzig Grad.

»Das gibt's nicht!«, staunte Mats, als ich die beiden die Treppe runterwinkte und er in den Flur vor uns schaute. Benno drückte meine Hand fester und schob sich enger an mich heran.

Ich fand wieder einen dieser Lichtschalter, die man drehen musste, anstatt einfach draufzudrücken. Sekundenlang zischte die Luft, dann flammte eine Gaslampe auf und warf ihr flackerndes Licht auf uns. Benno entspannte sich in der Helligkeit und ging zwischen mir und Mats in den Flur hinein. Die Blümchentapete, die Steinfliesen und die Bilderrahmen an der Wand erinnerten mich sofort an die Villa Evie.

Mats blieb stehen und betrachtete ein paar der schwarzweißen Fotografien in ihren goldverzierten Rahmen. Das Fotopapier war an den Rändern vergilbt und die Porträts darauf ziemlich unscharf. Aus jedem Rahmen schaute uns derselbe Mann entgegen. Am unteren Rand waren kleine Messingschildchen genagelt und darin jeweils ein Datum und ein Ort eingraviert. Unter dem Foto vor mir stand: *23. April 1869, Amazonas.* Auf dem dazugehörigen Foto sah man den Mann mit Tropenhelm in einem Kahn stehen, der über einen Fluss schipperte. Um ihn herum stapelten sich Holzkisten und im Hintergrund erkannte ich etwas wie Urwald.

Unter einem anderen Foto stand: *4. Dezember 1846, Tiroler*

Alpen. Darauf war derselbe Mann abgebildet, nur diesmal steckte er in einer uralten Bergsteigerausrüstung. Er war zwischen zwei anderen Männern angeseilt und stieg mit Spitzhake in der Hand einen Eisgletscher hinauf.

»Guckt mal!« Benno langweilten die Fotografien und er lief weiter in den Flur hinein. »Da ist noch eine Tür!«

Mats und ich drehten uns gleichzeitig zum Ende des Flures. Benno zog schon an der Türklinke, aber sie öffnete sich nicht. »Ist abgeschlossen.«

Tatsächlich: Da war eine kräftige Holztür mit einem gusseisernen Schloss. Ich drückte auf die Klinke und versuchte, die Tür zu öffnen.

»Ich hab doch gesagt, die ist abgeschlossen«, beschwerte sich Benno.

Ein bisschen mulmig war mir plötzlich. Immerhin standen wir in einem Kellergeschoss, in das man nur durch eine Geheimtür kam und von der offensichtlich niemand etwas wusste, außer vielleicht diesem Willem. Und jetzt war die Tür auch noch verschlossen. Bestimmt war dahinter das versteckt, worüber sich alle in der kleinen Stadt den Kopf zerbrachen. Aber was war so geheim – und womöglich so gefährlich –, dass jemand ein ganzes Untergeschoss baute, um es zu verstecken?

Mats sah mich schweigend an. Auch in ihm schienen Fragen herumzuwirbeln. Ich schob eine Hand in meine rechte Hosentasche und zog die Kette mit dem alten Schlüssel heraus.

»Was meint ihr?«, fragte ich. »Wie lange ist hier schon niemand mehr gewesen?« Ich versuchte, cool zu tun, obwohl mir vor Aufregung fast schwindlig war. Mit flattrigen Fingern schob ich den Schlüssel ins Schloss.

»Finden wir es heraus«, sagte Mats und sah dabei aus, als ob auch ihm das Herz bis zum Hals pochte.

Diesmal passte der Schlüssel perfekt und ich drehte ihn einmal und dann noch mal, bis er anschlug. Das Schloss klackte und die massige Tür öffnete sich. Mit angehaltenem Atem schoben wir sie auf.

Etwas erkannte ich sofort wieder: den Geruch. Es roch genau so wie in unserer Villa. Hinter mir drehte Mats an einem der alten Lichtschalter und vor uns erhellte sich der Raum in einem unendlichen Teppich von Farben.

»Ich wusste es!« Mats triumphierte. »Die Villa Evie hat ein Geheimnis!«

8

Es roch viel zu intensiv, um natürlich zu sein. Der Duft haute mich für einen Moment regelrecht um und ich konnte mich ein paar Sekunden kaum bewegen. Selbst Benno stand ganz still da, ohne einen einzigen Ton von sich zu geben.

Was vor uns lag, war unglaublich. Über die gesamten Wände zogen sich polierte Holzregale. Geschnitzte Blüten, Pflanzen und Ranken verzierten die Bretter, genau wie am Treppengeländer der Villa Evie. Darauf reihten sich Glasflakons in den verschiedensten Formen und Farben aneinander. Dazwischen gab es Kisten und Schubladen mit funkelnden Kristallen und Mineralien. Von ganzen Steinen bis feinem Pulver schien es alles zu geben.

Über uns flammten die Gaslampen so warm wie das Sonnenlicht. Ich vergaß völlig, dass ich gerade unter dem Gewächshaus stand, also unter der Erde. Langsam traute ich mich Schritt für Schritt vorwärts. So musste sich Ali Baba gefühlt haben, als er endlich die Höhle betreten hatte, in der sich Tausende glitzernde Gegenstände türmten. Das hier war zwar ganz sicher keine Schatzkammer, aber es sah wie eine aus.

Der Geruch in der Villa Evie kam also von *hier*.

In Körben an der Wand lagerten getrocknete Blüten und darüber hingen getrocknete Sträuße aus Kräutern. In der Mitte des Raumes stand ein Holztresen, ähnlich einer Theke. Darauf stapelten sich mehrere Notizbücher.

Der Raum hatte etwas Magisches an sich. Alles hier unten wirkte wie in einer alten vornehmen Apotheke und gleichzeitig erinnerten die zahllosen bunten Flakons an eine verrückte Hexenküche.

Ich überlegte, ob das früher einmal ein Laden gewesen war. Aber unter der Erde? Wie waren die Leute dann hierhergekommen? Eins war schließlich nicht zu übersehen: Dieser Raum war *absichtlich* versteckt worden.

Mats streifte mit seiner Hand über die alten Notizbücher auf dem Tresen. Das Papier darin war abgegriffen und die Tinte darauf halb verblasst.

»Handbuch der wirkungsvollsten Rezepturen«, las er laut vor, dann blätterte er die ersten Seiten um.

Ich ging an den unzähligen Glasflakons entlang. In einigen von ihnen wallten die farbigen Flüssigkeiten wie Rauchwolken, aus manchen glitzerte und funkelte es, in einigen blubberten dicke Blasen schwerfällig auf und ab und in anderen sprudelte es wieder wie in einem Glas mit Mineralwasser.

Jeder einzelne Flakon war mit einem handgeschriebenen Etikett beklebt. Um die alte Schrift überhaupt entziffern zu können, musste ich ganz nah an die Fläschchen herangehen. Es gelang mir nicht bei allen, aber ein paar der Aufschriften bekam ich hin. Ein schmaler Flakon mit rundem Bauch hieß »Wahrhaftiges Aroma«, ein zartrosa Fläschchen »Traumhafte Brise« und ein schnörkeliger hellblauer nannte sich »Ein Duft von Freiheit«.

An die Regalbretter waren Metallschildchen angebracht, in die genau wie bei den Bilderrahmen etwas eingraviert war. Scheinbar waren es Duftkategorien. Sie hießen: »Ewige Düfte« oder »Flüchtige Düfte«. Ich las aber auch von heilenden, vergangenen, zeitverschiebenden, gefährlichen, traumhaften und sogar schmerzhaften Düfte.

Bei den schmerzhaften Düften konnte ich nicht mehr anders und kicherte los. »Mit *schmerzhaft* sind bestimmt diese eklig stinkenden Altdamenparfüms gemeint, bei denen man immer versucht, nicht mehr einzuatmen, bis man fast dabei erstickt?« Ich schüttelte mich und lachte. *»Das* ist also das Geheimnis, warum eure Stadt so aus dem Häuschen ist? Der Hexenmeister und der gruselige Alchemistenclub waren in Wirklichkeit nur eine alte Parfümerie?«

»Mag sein, aber warum versteckt die jemand unter der Erde?«, fragte Mats. Er lachte nicht mit und er sah auch nicht so erleichtert aus, wie ich mich fühlte. Mit zusammengezogenen Augenbrauen schaute er sich stattdessen weiterhin alles ganz genau an. Dabei sah er aus, als erwartete er jeden Moment, dass etwas schiefging.

Ich strich mit der Hand an dem Regal mit den flüchtigen Düften entlang. Ein großer Flakon mit grüner Flüssigkeit fiel mir auf. Ich griff danach und nahm ihn aus dem Regal. Das Glas war kalt, trotzdem spürte ich unter meiner Handfläche, wie sich die Flüssigkeit darin sanft hin und her bewegte.

»*Duftranke*«, las ich auf dem Etikett. Gespannt zog ich den Korken heraus und wartete. Der Duft von Gras und frischem Grünzeug stieg mir in die Nase. Dabei erinnerte ich mich plötzlich an einen Waldspaziergang letztes Jahr mit Pa, bei dem es in Strömen geregnet hatte. Unter den tropfenden Blättern der Bäume mussten wir eine Ewigkeit warten, bis wir endlich wieder nach Hause konnten. Der feuchte Wald hatte an diesem Tag genauso gerochen wie das, was jetzt aus dem Flakon aufstieg.

»Oh, verdammt! Was ist *das* denn?« Mats riss mich aus meinen Gedanken. Ich war so vertieft in meine Erinnerung, dass ich erst jetzt die hellgrünen Pflänzchen entdeckte, die sich auf einmal aus dem Fußboden schoben. In Windeseile verschwand ein komplettes Regal hinter wachsenden Blättern.

Wahnsinn! Während uns allen noch die Kinnladen herunterhingen, überwucherte längst eine Ranke das nächste Regal. Sie war so dicht und kräftig, als müsste Dornröschen dahinter schlafen.

Benno gluckste. »Luzie! Was machst du da?«

Unsicher, ob ich lachen oder schreien sollte, hielt ich mir meine Hand vor den Mund und starrte zu Mats.

Dem war jedenfalls gar nicht nach Lachen zumute. »Mach das Ding sofort zu, Luzie!« Er klang fast panisch.

Ich nickte, verkorkte die »Duftranke« wieder und stellte das Fläschchen zurück ins Regal. Direkt daneben stand ein Flakon mit der Aufschrift »Verblühende Note«. Vielleicht ließ der die Ranken ja wieder verschwinden? Also öffnete ich auch das Fläschchen, bevor Mats mich davon abhalten konnte. Diesmal durchströmte ein Geruch von duftenden Blüten den Raum. Es roch nach Flieder und Rosenblättern.

Und wirklich, an den kräftigen Stängeln entwickelten sich plötzlich Knospen, die größer wurden, immer größer, bis sie sich auseinanderfalteten. Zwischen die dunkelgrünen Blätter der Ranke schoben sich Blüten in allen Farben und Formen. Ein wahres Blumenmeer rauschte über die Wand. Aber bevor jemand von uns wusste, was er dazu sagen sollte, ließen die Blüten ihre Blätter herabfallen und auch die Ranke verwelkte. Als alle Blätter auf dem Boden lagen, verdorrten sie langsam und alles fing an, sich aufzulösen, bis der Raum wieder so aussah wie vorher.

Mein Kopf schwang zwischen Benno, Mats und dem Regal mit den »Flüchtigen Düften« hin und her. Benno bückte sich nach einem welken Blütenblatt, aber sobald er es aufhob, löste auch das sich in seiner Hand auf und verflog als farbige Rauchwolke.

»Unglaublich«, brachte ich schließlich hervor.

»Das *muss* ein Traum sein«, murmelte Mats ratlos.

Ich schüttelte den Kopf, obwohl ich mich wirklich ein bisschen wie in Trance fühlte. »So verrückte Träume habe ich nicht.«

Auf der Suche nach einer Erklärung durchsuchte ich die Regale. Auf dem für »Zeitverschiebende Düfte« las ich Namen wie »Jahrhundertduft«, »Ein Hauch Zeitverschiebung«, »Der gestrige Geruch« oder »Rückspulender Dampf«.

Ich drehte mich zu Mats um und wartete darauf, was er sagen würde. Um die Nase herum wirkte er richtig blass, außerdem guckte er immer noch viel zu ernst. Vor ihm auf dem Tresen lag das aufgeschlagene Notizbuch, in dem er geblättert hatte.

»Was steht denn dadrin?«, fragte ich.

Mats beugte sich über den Tisch und ich stellte mich neben ihn. Ein paar der Blätter waren lose, wahrscheinlich weil jemand sie herausgerissen hatte. Vielleicht war das Notizbuch aber auch nur sehr oft benutzt worden und die Heftung deshalb so mitgenommen, dass die Seiten herausfielen?

Das Buch bestand aus handschriftlichen Notizen, die zu unterschiedlichen Zeiten aufgeschrieben worden sein mussten. Die Tinte mancher Sätze war hell und verblichen, während andere noch gut lesbar waren. Wirre Skizzen, noch mehr lateinische Pflanzennamen, Formeln und Rezepte, wie in einem Backbuch, verteilten sich auf den Seiten.

Mats blätterte zurück zum Anfang und schob mir das Buch hin. *Geheime Aufzeichnungen*, stand dort in Schönschrift. Und etwas kleiner darunter: *Wer die Geheimnisse der*

Duftapotheke aufdeckt, trägt größte Verantwortung und wird in ständiger Gefahr leben.

»Eine *Duftapotheke?*« Ich kicherte, als ich Mats' fassungsloses Gesicht sah. »Ach komm schon, guck nicht so. Was auch immer das gerade war, gefährlich sind ein paar Blümchen jetzt wirklich nicht.«

Mats strich sich über die Stirn. »Vielleicht haben wir einfach nur Glück gehabt.« Er sah richtig mitgenommen aus.

Ich versuchte, mich von seinem mulmigen Gefühl nicht anstecken zu lassen. »Du glaubst doch nicht wirklich an die Märchen vom alten Hexenmeister? Das ist Quatsch. Hier stehen ein paar Fläschchen mit lustigen Namen rum. Okay, das mit den Blumen war echt der Hammer, aber gefährlich? Komm schon!«

Mats klappte das Notizbuch zu und hob einen seiner Mundwinkel in die Höhe. »Na ja, wenn du meinst ...« Aber wirklich überzeugt klang er nicht. »Wir haben also eine Duftapotheke gefunden! Was auch immer das sein soll.«

Benno hatte in der Zwischenzeit eins der unteren Regale mit den »Flüchtigen Düften« ausgeräumt und baute fröhlich einen Turm aus den Fläschchen. Wie eine Pyramide aus Bauklötzchen wackelten und schwankten die bunten Flakons aufeinander. Noch bevor ich etwas sagen oder tun konnte, setzte Benno einen viel zu großen auf die Turmspitze und brachte das gesamte kleine Bauwerk zum Einsturz. Der oberste Flakon knallte auf die Steinfliesen und zersprang in tausend Scherben.

»Was machst du denn da?«, blaffte ich Benno an. »Muss man wirklich jede Sekunde auf dich aufpassen?«

Mein kleiner Bruder sah mich mit Kulleraugen an und kniff die Lippen aufeinander. Ich folgte Bennos Blick, der zur Flüssigkeit zwischen den Scherben wanderte. Sie war hell, aber nicht so klar wie Wasser, stattdessen schillerte sie blaugrün wie Öl. Ein feiner Dunst in der gleichen blaugrünen Farbe hatte sich knapp über dem Boden gebildet und schwebte wolkig darüber. Langsam stieg immer mehr Nebel aus den Scherben auf. Erst nur ganz schwach, doch im nächsten Moment zog er dichter und immer dichter um Benno herum. Bald füllte er den gesamten Raum aus. Um uns herum schwebten farbige Dunstschwaden zur Decke hinauf.

Ich kniete mich neben Benno und fing an, in den Scherben nach dem Etikett des Flakons zu suchen. Mittlerweile roch ich es auch.

Es war ein schneidender Geruch, der mir in die Naselöcher stach und der sofort Bilder in meinem Kopf entstehen ließ: Eisgletscher, Schnee und Windböen auf Gebirgsspitzen. Dabei war ich in meinem ganzen Leben noch nie auf einem Gletscher gewesen.

Ich hob das tropfende Etikett auf, von dem die Flüssigkeit die halbe Tinte gewaschen hatte. Aber ich erkannte noch genügend Buchstaben, um mir die verschwommenen zusammenzureimen: »Der Duft von Kälte«.

Mats suchte nach einem Lappen oder Tuch, fand aber nichts, also zog er sich sein Sweatshirt aus und wischte die Flüssigkeit damit auf. Darunter hatte er immerhin noch ein T-Shirt an, worüber ich ganz erleichtert war. Benno räumte kleinlaut einen Flakon nach dem anderen zurück ins Regal.

Zum Glück war nur einer von ihnen zersprungen und nicht alle. Wer weiß, welcher Gestank uns sonst benebelt hätte.

»Lass mich mal lieber«, sagte ich und nahm Benno die Fläschchen aus der Hand. »Das hier ist wirklich nichts für kleine Jungs.«

Benno setzte an zu protestieren, ließ es dann aber doch sein und nuschelte: »Ist nur aus Versehen passiert.«

Mats grinste. »Na ja, wenn man kleine Türmchen aus Fläschchen stapelt, dann kann einem das natürlich aus Versehen passieren.« Er zwinkerte Benno zu und ich konnte fast hören, wie meinem Bruder ein Stein vom Herzen fiel.

»Trotzdem«, meinte Mats und warf Benno einen strengeren Blick zu. »Hier unten fasst du nichts mehr an, klar? Wer weiß, welche Kräfte in diesen Flaschen stecken. Vielleicht sind die Dämpfe ja sogar giftig …«

Erst nachdem Mats das ausgesprochen hatte, machte es auch bei mir Klick. Er hatte recht! Schneidende Dämpfe waren in der Regel nicht übermäßig gesund.

Also stolperten wir auf direktem Weg und so schnell wir konnten aus der Duftapotheke.

9

Ich hatte immer noch den beißenden Geruch in der Nase. Selbst als wir längst durch das gekippte Fenster aus dem Gewächshaus geklettert und wieder draußen an der frischen Luft waren. Mein Blick fiel auf Mats' zusammengeknülltes Sweatshirt, mit dem er die Flüssigkeit aufgewischt hatte. Seltsam, aber daraus stiegen weiterhin Duftwolken auf.

Wer bitte entwickelte so ein blödes Parfüm und gab ihm dann diesen albernen Namen? Wer benutzte überhaupt so was? Und wozu?

Aber etwas anderes war noch viel seltsamer: Bevor wir in das Gewächshaus geschlichen waren, hatten sich zwar ein paar Sommerwölkchen vor die Sonne geschoben, aber jetzt hingen dichte graue Schleier über uns und verdunkelten den Himmel. Es fühlte sich an, als hätte hier draußen jemand das Licht ausgemacht. Dabei war es Juli und mitten am Tag. Außerdem hatte sich die Luft abgekühlt und alles fühlte sich plötzlich an wie im tiefsten Herbst. Dabei war doch Hochsommer!

Auf unseren Armen standen die Haare senkrecht nach oben und wir beeilten uns, zurück ins Haus zu kommen. Mats entsorgte sein Sweatshirt in unserer Mülltonne. Die Duftwolken, die immer noch aus dem Stoff aufstiegen, waren keinem von uns so ganz geheuer.

Niemand war zu Hause. Ma hatte sich heute Morgen mit einer endlos langen Einkaufsliste in den Baumarkt und Künstlerbedarfshandel aufgemacht. Die Renovierung der Villa Evie schluckte ihre gesamte Aufmerksamkeit. Aber ich wusste, dass das nur eine Phase war, die auch wieder aufhörte. Normalerweise dauerte es nie länger als ein oder zwei Wochen und Ma tauchte aus ihrem kaputten Museumskram auf und kehrte zurück in unser Familienleben. Dann hörte sie wieder zu, kochte uns leckere Mittagessen und war wieder ganz die Alte.

Wenn es um etwas wie Arbeit ging, waren meine Eltern grundverschieden. Pa arbeitete zwar auch gern als Musiklehrer, aber das tat er nur in der Zeit, in der er in der Schule war. Kam er nach Hause, war er voll und ganz bei uns. Ein paar Ausnahmen waren die Tage, an denen er Klassenarbeiten korrigierte oder irgendwas vorbereitete. Aber das hielt sich bei Pa in Grenzen. Ich konnte mich nicht erinnern, dass er jemals mit seinen Gedanken irgendwo anders war, wenn man mit ihm reden wollte. Heute traf er sich allerdings trotz Ferien mit einem seiner zukünftigen Kollegen auf einen Kaffee in der Stadt. Wahrscheinlich war er doch nervöser wegen der neuen Schule, als er zugab.

Das Haus war leer, dunkel und ziemlich kalt. Benno maulte, weil er Hunger hatte, also setzten wir uns an den Küchentisch und beschmierten ein paar Toastbrote mit Erdnussbutter. Ich ging zum Herd und setzte einen Topf Kakao auf. Während ich mir die Hände über der Gasflamme wärmte, dachte ich über den seltsamen Kälteeinbruch nach. Ich rührte die Milch um und bemerkte, dass die Fensterscheiben beschlugen. Ich stockte und schaute genauer hin. Da bildeten sich tatsächlich Eisblumen am Glas! Und dann, plötzlich und ohne Vorwarnung, ging es los. Ein Hagelschauer donnerte vom Himmel und knallte auf die Fensterbretter, auf denen Eiszapfen wuchsen und wuchsen.

»Oh mein Gott! Was ist das?!« Ich drehte mich zu Mats und Benno, die am Küchentisch saßen und mitten im Kauen aufgehört hatten.

Als wären wir selbst schockgefroren, starrten wir aus den Fenstern und sahen dem Unwetter draußen zu. Wir waren so fassungslos, dass wir erst gar nicht sahen, wie sich langsam eine Mütze, dann Haare und schließlich Augen am Küchenfenster hochschoben und zu uns hineinglotzten.

War das Willem? Ja! Er sah mich mit einer Mischung aus Wut und Entsetzen an. Eine sehr lange Sekunde lang fixierte er mich. Neben mir kochte die Milch über und ich nahm schnell den Topf vom Herd. Als ich wieder zum Fenster sah, war er verschwunden.

Ich wischte die tropfende Milch auf und fluchte. »Was will der hier?«

»Wie? Wer?« Mats sah konzentriert nach draußen, allerdings durch ein anderes Fenster.

Noch bevor mir eine Erklärung für Willems plötzliches Auftauchen einfiel, zuckte ich zusammen. Die Türglocke schrillte. Wie immer viel zu laut.

»Ich! Ich geh, ich!«, rief Benno und lief aufgeregt zur Eingangstür, als stünde da draußen der Weihnachtsmann.

»Warte!«, versuchte ich, ihn zu stoppen, und rannte ebenfalls zur Tür. »Wir wissen doch gar nicht, wer das ist.« Sicherheitshalber winkte ich Mats zu uns in den Flur. Ich war mir hundertprozentig sicher, dass nur Willem da draußen stehen konnte. Und wenn ich jemandem ganz bestimmt nicht öffnen würde, dann ihm. Wer wusste schon, was der schräge Typ hier wollte, nachdem er wahrscheinlich ausgekundschaftet hatte, dass wir allein zu Hause waren.

Ich stellte mich auf die Zehenspitzen und spähte durch den Türspion. Aber draußen stand nicht Willem, sondern Hanne van Velden. Während ich öffnete, drückte Hanne bereits von außen die Tür auf und kam ins Haus hereingestiefelt. In ihren grauen Locken, die sie immer zu einem wuscheligen Dutt trug, hingen kleine Eiskügelchen. Ihre Backen zierten rote Kreise und sie schlotterte in ihrem tropfenden Rock.

»Was ist denn *hier* los?« Die Absätze ihrer Stiefeletten

klackten über das Parkett im Flur. Misstrauisch sah sie sich um.

Ich hob die Schultern. »Wieso fragen Sie uns das?«

»Wen soll ich denn sonst fragen?« Hanne sah über unsere Köpfe hinweg in die umliegenden Zimmer. »Es hagelt, Kindchen! Und zwar *nur* über der Villa Evie!«

»*Was?*« Ich ging wieder Richtung Küche. Hannes Schuhe donnerten hinter mir auf den Fliesen. Vor dem größten Küchenfenster blieb sie stehen und stemmte ihre Arme in die Hüften.

Mir verschlug es fast den Atem, als ich begriff, was Hanne gemeint hatte. Es hagelte wirklich nur über der Villa Evie. Als ob eine hausgroße Unwetterwolke über uns schwebte, aber alle anderen verschonte. Ringsherum schien die Sonne auf die Nachbardächer und Vögel zwitscherten. Nur auf unseren Fensterbrettern wuchsen die Eiszapfen stetig empor und kleine harte Eiskügelchen krachten weiter gegen die Scheiben.

Das war doch ein schlechter Scherz, oder?

Hinter mir stand Mats und kratzte sich am Kopf. Ich versuchte, irgendetwas zu sagen, aber mir fielen einfach keine richtigen Worte dazu ein. Außerdem spürte ich ein schlechtes Gewissen in mir hochkriechen. Mir war, als ob wir an der ganzen Sache schuld wären. Genauer gesagt, als ob unser beziehungsweise Bennos Missgeschick in der Duftapotheke der Grund für all das hier war. Andererseits: Wie konnte ein Duftfläschchen, selbst wenn es zufälligerweise den Namen »Duft der Kälte« trug, so ein Unwetter auslösen?

Das war doch völlig unmöglich!

»Oh, ihr habt Kakao aufgesetzt?«, sagte Hanne und rieb sich ihre roten Hände.

»Äh, ja. Möchten Sie einen?«, fragte ich.

»Liebend gern!« Hanne hängte ihre Handtasche über einen Küchenstuhl und ließ sich darauffallen. Dabei klapperten ihre vielen Armreifen. »Seit meiner Kindheit ist so etwas hier nicht mehr passiert.«

Ich ging zum Herd hinüber, füllte ein paar Tassen und balancierte sie zum Tisch. Der süße, warme Kakao beruhigte und ließ mich wieder klarer denken. Benno krabbelte ebenfalls auf einen der Stühle. Doch bevor er sich ein weiteres von Mats belegtes Sandwich in den Mund schob, entdeckte ich etwas neben seinem Teller. Ich verschluckte mich vor Schreck.

Es war ein hellbrauner Flakon aus der Duftapotheke!

Hoffentlich bemerkte Hanne ihn nicht. Ich hatte keine Ahnung, ob sie überhaupt etwas über die Duftapotheke wusste. Trotzdem musste ich die alte Dame irgendwie ablenken, damit ihr das Fläschchen nicht auffiel. Ich beschloss, Hanne erst mal, so gut es ging, in ein Gespräch zu verwickeln, das sie beschäftigt hielt.

»Wie ist eigentlich dieser Willem so?« Zuerst musste ich herausfinden, wie nahe sich die beiden standen.

»Willem, der Gärtner?« Hanne nahm einen kräftigen Schluck aus ihrer Tasse. »Ach, der ist ganz in Ordnung. Ein bisschen mürrisch manchmal. Aber so war er schon immer. Er meint das aber nicht böse, Kindchen. Willem ist sehr zuverlässig und immer hilfsbereit, wenn etwas nicht funktioniert.« Die alte Frau stellte ihre Tasse zurück auf den Tisch. Sie sah plötzlich verwirrt aus. »Mist, jetzt ist es wieder weg. Gerade noch ist mir etwas eingefallen, was ich dir unbedingt erzählen wollte. Ich hab irgendwo Glas klirren gehört und ein gelb flackerndes Licht hat mich daran erinnert, dass … dass …« Hanne rieb sich am Kinn. »Hach, wie ärgerlich, ich hab es vergessen! Das passiert mir ständig. Alt werden ist wirklich kein Spaß.«

Ich sah Hanne an und versuchte, unser Gespräch wieder auf Willem zu lenken. »Warum darf denn nie jemand in das Gewächshaus?«

»Ach, mit seinen Pflanzen ist Willem ein bisschen eigen.« Hanne winkte ab. »Das hat nichts zu bedeuten. Selbst als ich noch ein Kind war, hat er schon wie ein eifersüchtiger Liebhaber sein Gewächshaus bewacht. Die Pflanzen und Blumen sind sein Ein und Alles. Aber wie gesagt, er meint das nicht böse. So ist er eben.«

»Wieso gehört ihm überhaupt das Gewächshaus? Es steht doch auf dem Grundstück der Villa Evie, oder?«

Hanne wuschelte sich durch ihre Locken und ein paar letzte Hagelkörner fielen heraus. »Ich denke … nun, Willem muss es geerbt haben, so wie ich die Villa Evie. Zum Glück! Ich wüsste nicht, was ich ohne ihn hier machen würde.«

Wieder schrillte die Klingel. Vorsichtig öffnete ich die Tür und lugte hinaus. Draußen stand eine Horde Nachbarn. Aufgeregt fragten sie, ob alles mit uns in Ordnung sei, und meinten, dass das ja ein unglaubliches Naturereignis über der Villa Evie wäre.

»Nicht zu fassen!«

»Schrecklich, und das mitten im Sommer!«

»Das sind ja besorgniserregende Zustände …«

Erleichtert sah ich, wie Mas Auto auf der Straße hielt und sie bepackt mit Taschen und Tüten durch das Unwetter rannte.

Wenn meine Mutter etwas richtig gut konnte, dann war es Nervensägen loswerden. Das konnte sie mindestens so gut wie alte Kirchengemälde neu pinseln. Ich atmete tief durch und strahlte Ma an, die klatschnass mit ein paar Nachbarn ins Haus trat.

»Hallo, mein Schatz! Was ist denn hier los?« Ma strich sich ihre tropfenden dunklen Haare aus dem Gesicht und warf mir ein Lächeln zu. Dann sah sie sich nach Benno um, der auf sie zurannte und genauso erleichtert darüber schien wie ich, weil sie endlich zu Hause war. Um uns herum schnatterten die Nachbarn, aber von so was ließ Ma sich nicht aus der Ruhe bringen. Sie winkte uns und die Nachbarn in die Küche, um mehr über das seltsame Wetter rund um unser Haus zu hören.

Mats warf mir in all dem Durcheinander einen genauso ratlosen wie schuldbewussten Blick zu. »Ich geh dann besser mal. Muss nachsehen, ob bei mir zu Hause noch alles in Ordnung ist.«

Ich lächelte ihn an. »Mach das. Wir sehen uns, okay?«

»Okay.« Mats lächelte verstohlen zurück, er winkte Benno, der sich an Ma kuschelte, und verschwand zwischen den Nachbarn durch die Tür.

Ma war selbst so überrumpelt vom Hagel und der Kälte,

dass sie erst mal allen etwas zu trinken einschenkte. Dabei sah sie immer wieder nach draußen ins Unwetter. Ich versuchte, den braunen Flakon im Auge zu behalten. Nicht, dass er auch noch umfiel. Doch in dem Gewusel unserer Küche entdeckte ich ihn nicht mehr.

Oh nein! Hektisch drehte ich mich im Kreis. Wo konnte der denn so schnell hingekommen sein? Wir durften auf keinen Fall eine dieser vielleicht-magischen Parfümflaschen verlieren!

Aber bevor ich mich ernsthaft auf die Suche machen konnte, hatte Ma bereits die letzten Nachbarn nach Hause geschickt. Als auch Hanne durch die Tür verschwunden war, setzten wir uns aufs Sofa und sahen zusammen dem Unwetter zu, wie es gegen unsere Fensterscheiben trommelte.

Als Ma uns fragte, was wir über das seltsame Wetter dachten, verschwiegen Benno und ich natürlich eisern die geheimen Düfte. Vielleicht wegen unseres schlechten Gewissens. Vielleicht aber auch nur, weil es einfach viel zu absurd klang, dass ein Parfüm dieses Chaos ausgelöst haben könnte. Jeder hätte uns doch sofort für völlig verrückt erklärt.

Trotzdem. Mir wurde ganz schlecht bei dem Gedanken, dass einer der Flakons verschwunden war. Hatte ihn womöglich einer der Nachbarn eingepackt? Was, wenn sie sich damit besprühten? Was, wenn der Flakon aus dem Regal mit den schmerzhaften Düften stammte oder etwas Gefährlicheres auslöste, als nur ein paar Blumen zum Wachsen zu bringen?

Erst als Pa nach Hause kam und sich zu uns aufs Sofa

quetschte, löste sich das Unwetter endlich wieder in nichts auf. Erleichtert beobachtete ich, wie die Sonne sich durch die Wolken schob – auch wenn ich dabei nicht aufhören konnte, an den braunen Flakon zu denken. Hoffentlich tauchte er ganz schnell wieder auf!

10

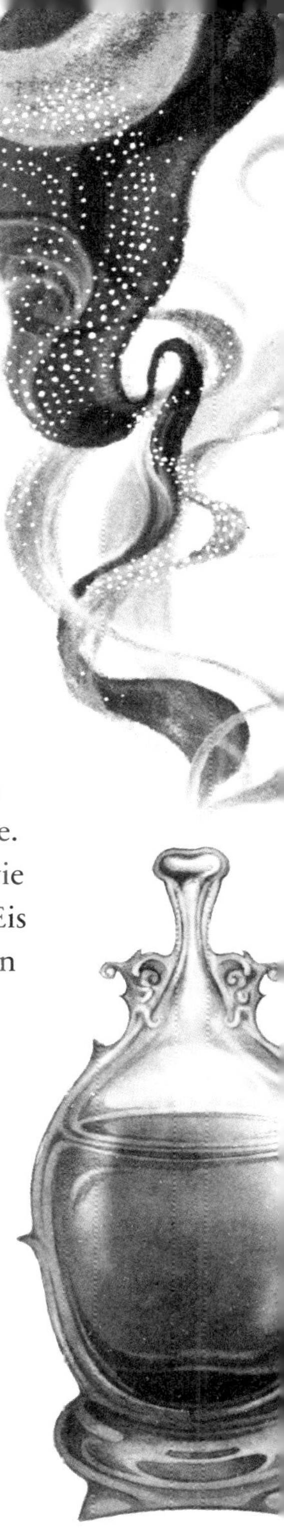

In dieser Nacht träumte ich einen wilden Traum. Ich stand in einem Raum aus Eisplatten, der keine Tür besaß und aus dem ich einfach nicht entfliehen konnte. Und die ganze Zeit schlich Willem mit knirschenden Schritten um mein Eishaus herum und riss Pflanzen aus der Erde. Ich versuchte zu erkennen, was genau er tat, doch wie auch bei den Fenstern des Gewächshauses war das Eis zu dicht und zu beschlagen, um irgendetwas sehen zu können.

Abgekämpft schreckte ich hoch und zog sofort die Bettdecke höher. Draußen war es bereits hell und die Sonnenstrahlen fielen durch die Omagardine auf mein Bett. Es dauerte einen Moment, bis mir die Ereignisse von gestern Nacht wieder einfielen, doch als ich an den Hagel, an Willem und die Duftapotheke dachte, wurde mir eins klar: Wir mussten diesen Flakon finden. Und wir mussten herausfinden, was er bewirkte.

Während ich mich anzog, tippte ich Mona schnell ein paar Zeilen auf meinem Handy. Endlich funktionierte unser Internetanschluss. Viel lieber hätte ich sie angerufen und ihr von allem erzählt, was in den letzten Tagen passiert war, aber dafür war jetzt keine Zeit. Stattdessen ging ich schnell Richtung Treppe.

Aus Bennos Zimmer leierte ein Hörspiel. Aber als ich meinen Kopf durch die Tür steckte, entdeckte ich meinen Bruder nirgends. Also ging ich nach unten in die Küche, aus der Klappergeräusche kamen. Mittlerweile war die Hälfte der Umzugskisten leer geräumt und ihr Inhalt lag verstreut herum.

Wenn sich meine Eltern aus irgendetwas nicht übermäßig viel machten, dann war es ein ordentlich aufgeräumtes Zuhause.

Benno saß auf dem Küchentisch und baute irgendetwas in einem der Kartons. Mit einem Papierflieger flog er darüber und machte Flugzeuggeräusche nach. Pa stand am Waschbecken und spülte das Frühstücksgeschirr. Dabei gab er auch Geräusche von sich, die sich aber mehr nach verängstigtem Gekreisch anhörten.

Ich grinste. »Was spielt ihr denn?«

»Alienangriff!« Benno zielte und ließ seinen Papierflieger gegen Pas Bein fliegen. Der jaulte übertrieben und tat so, als würde er in einer Pfütze aus Alienschleim ertrinken.

»Ich hab dich besiegt! Die Aliens übernehmen die Küche!« Benno kletterte zufrieden in seine Umzugskiste. Ich tippte mal darauf, dass dies sein Raumschiff sein sollte, und ging zur Spüle.

»Wo ist Ma?«, fragte ich.

»Mal wieder auf Zeitreise, wo sonst?« Pa lächelte mich an und nickte Richtung Arbeitszimmer. So nannte er ihren Zustand immer, wenn sie sich in irgendeins ihrer Lieblingsprojekte vertiefte. Dann war Ma nämlich so sehr in Gedanken, dass sie uns nur mit halbem Ohr zuhörte.

»Sie rührt irgendwelche Spachtelmassen an, mit denen sie den kaputten Stuck im Flur ausbessern will. Sie kann sich aber noch nicht auf einen Farbton festlegen. Das wird dauern. Aber irgendwann in den nächsten Tagen wird sie bestimmt eine Lösung für ihr Problem gefunden haben, es historisch belegen können und zu uns in die Gegenwart zurückkehren.«

Ich kicherte und griff nach der vollen Müslischale, die bereits auf dem Tresen auf mich wartete. Nachdem ich die Flocken samt Milch heruntergeschlungen hatte, fragte ich vorsichtig: »Sag mal, Pa, hast du zufällig so ein braunes Fläschchen mit Korkenverschluss weggeräumt, das hier gestern auf dem Tisch stand?«

»Nö. Was für ein Fläschchen denn?«

»Ein … Parfümfläschchen.«

»Seit wann benutzt du *Parfüm*?« Pa hob die Hände aus dem Spülbecken und drehte sich jetzt ganz zu mir um. Wow, das schien ihn echt zu beunruhigen.

»Ich … also, der gehört mir gar nicht, ich frag auch nur, weil ich ihn zurückbringen … also *zurückgeben* muss.«

»Aha«, machte Pa und klang nicht sonderlich überzeugt.

Ich lächelte schnell und beugte mich über das Umzugskisten-Raumschiff, bevor er anfing, weiter nachzufragen. Vielleicht hatte Benno den Flakon ja einfach in sein Zimmer geschleppt?

In der Umzugskiste baute mein Bruder aus Legosteinen ein zweites Raumschiff. Konzentriert steckte er Steinchen auf Steinchen und ließ sich nicht von mir stören.

»Gut, dass Lego nicht aus Glas ist, was?« Ich warf ihm einen verschwörerischen Blick zu. »Wir müssen übrigens den braunen Flakon wieder zurückbringen. Wo hast du ihn hingestellt?«

Leider zog Benno nur eine ahnungslose Grimasse – und ich wusste, dass er ein ganz schlechter Lügner war.

Mist! Es wäre auch zu schön gewesen.

Aus dem Flur schrillte schon wieder die Klingel. Pa trocknete sich die Hände ab und ging zur Tür. Eine Minute später hörte ich ihn mit Hanne sprechen. Es klang, als wollte sie irgendetwas von ihm repariert bekommen.

Ich grinste. Wenn sie wüsste, dass Pa nicht gerade ein Handwerkertyp war, hätte sie ihn ganz bestimmt nicht gefragt.

Ich hörte Pa natürlich selbstsicher sagen: »Ach, das haben wir sicher gleich«, und: »Ich hole schnell meinen Werkzeugkasten.« Dann rief er uns zu, dass er gleich wieder da wäre und nur mal kurz nach nebenan ginge. Die Haustür klackte ins Schloss und im Flur war es wieder still.

Sicherheitshalber durchsuchte ich ein weiteres Mal gründlich die Küche, ich öffnete alle Schranktüren, zog jede Schublade auf und lugte sogar in den Mülleimer. Aber weit und breit kein brauner Flakon. Also beugte ich mich wieder über die Umzugskiste, in der Benno an seinem Raumschiff bastelte. »Du kannst nicht einfach Flaschen aus der Duftapotheke mitnehmen und sie dann auch noch verlieren. Wieso hast du sie überhaupt mitgenommen? Du hast doch gesehen, was passiert ist, als dieser Kälteduft ausgelaufen ist!«

Benno sah mich schuldbewusst an, protestierte aber trotzdem. »Ich hab die Flasche in meiner Hosentasche vergessen gehabt. Erst draußen hab ich sie wiedergefunden. Sonst hab ich gar nichts gemacht! Ich hab sie nur auf den Küchentisch gestellt und dann nix mehr. Außerdem hab ich sie nicht verloren! Jemand hat sie da weggenommen.«

»Jemand?« Ich hob eine Augenbraue. »Hat Mats den Duft etwa eingesteckt?«

Benno guckte beleidigt. »Weiß ich doch nicht!«

Oh Mann. Mit Fünfjährigen zu diskutieren, war völlig sinnlos.

Ich beschloss, Mats lieber selbst zu fragen. Wenn er wirklich den Flakon geklaut hatte, um auf eigene Faust weiterzuforschen, würde ich ganz schön sauer werden.

Als die Haustür hinter mir zufiel, klingelte gerade der Postbote zum Abschied an seiner Fahrradklingel.

»Bis morgen!«, trällerte er. Allerdings rief er das nicht mir zu, sondern Hanne.

Die beschnitt mal wieder ihre Rosen. Über den Gartenzaun hinweg hatte sie wahrscheinlich mit dem Postboten ein Schwätzchen gehalten. Der tippte sich jetzt an seine Mütze, zog noch zwei Briefe aus seiner Posttasche und steckte sie prompt in die Mülltonne. Dann radelte er pfeifend davon.

In die *Mülltonne*?

»Was machen Sie denn da?«, rief Hanne ihm hinterher, aber der Postbote hörte sie schon nicht mehr. Entgeistert drehte sich Hanne zu mir um. »Was ist denn mit unserem Briefträger auf einmal los?«

»Keine Ahnung«, sagte ich und hob die Schultern.

Hanne schnaubte ärgerlich durch ihre Nasenlöcher. »Unglaublich. Heute benehmen sich alle sehr seltsam! Ich war vorhin am Bankschalter und da haben sie mir doch ernsthaft erzählt, dass es heute kein Geld gäbe, weil sie die Codes für den Tresor vergessen hätten. Ihre eigenen Codes! Spielt denn jetzt die ganze Stadt verrückt?«

Ich kaute auf meiner Unterlippe herum und zuckte nur erneut mit den Schultern.

Mit spitzen Fingern klappte ich die Mülltonne auf und fischte die zwei Briefumschläge heraus. Sie schwammen in einem Rest brauner Soße. Auf dem obersten stand Hannes Name, und weil sicher auch die Soße von ihr war, reichte ich die triefenden Briefe schnell rüber.

»Ah, einer für mich, einer für Willem.« Hanne legte die Briefe in ihren Korb und lächelte mich an. »Danke, Lina!«

Luzie, dachte ich wieder entnervt, aber sie würde sich meinen Namen ja doch nie merken. Und plötzlich ärgerte ich mich, dass ich mir die Briefumschläge nicht genauer angesehen hatte. Ob auf dem Brief an Willem wieder dieser Daan de Bruijn stand?

Leise fluchte ich über mich selbst und ging nach drüben

zu Mats. Immer noch verärgert, drückte ich auf das Klingelschild auf dem »Familie Jansen« stand.

Leon öffnete mir und fing sofort wieder an zu grinsen. »Was für eine hübsche Überraschung!«

»Hi«, erwiderte ich nur und lächelte verkrampft zurück.

»Sag mal, Mädchen mit Namen, Mats erzählt, dass es gestern bei euch gehagelt hat? So als hättet ihr für ein paar Stunden einen Wintereinbruch gehabt? Stimmt das echt?«

»Äh … ja.«

»Voll verrückt!«

»Ja, war ziemlich seltsam. Ist Mats da?«

Auf meine Frage grinste Leon noch breiter. »Mein Bruder, der Glückspilz.« Er zwinkerte mir zu und rief die Treppe hoch: »Mats. Besuch für dich!«

Leon drehte sich wieder zu mir. »Er ist oben, wie immer. Den Weg kennst du ja. Und ich bin hier unten, nur für den Fall …«

Bevor Leon seinen Satz beenden konnte, beeilte ich mich die Treppe hochzukommen. Oben empfing mich Mats schon an seiner Zimmertür. »Was gibt's denn?«

»Hast du den Flakon, den Benno gestern aus der Duftapotheke mitgenommen hat?«

Mats' Augen wurden tellergroß. »Benno hat einen Flakon mitgenommen?«

»Ja leider. Mein Chaos-Bruder hat nicht nur ein Fläschchen mitgenommen, er hat es gestern auch auf den Küchentisch gestellt, als alle Nachbarn zu Besuch waren. Aber leider ist das Fläschchen jetzt nicht mehr da. Ich dachte, vielleicht hast du es versteckt?«

Mats schüttelte den Kopf. »Ich hab den Flakon gar nicht gesehen. Bestimmt haben ihn deine Eltern aufgeräumt.«

Ich überlegte, ob mich Mats wohl anlügen würde, entschied mich aber dagegen. Was für einen Grund sollte er dafür schon haben.

Und meine Eltern …? Pa hatte ich ja schon gefragt und Ma? Ich bezweifelte, dass sie es einfach so weggestellt hätte, ohne uns danach zu fragen. Oder ohne einen großen Aufstand um das bestimmt wunderschöne antike Fläschchen zu machen.

»Meinst du, der ausgekippte Duft ist schuld, dass es gestern über unserem Haus gehagelt hat?« Ich sprach leise, weil mir meine Frage laut ausgesprochen noch blöder vorkam.

Kurz hing ein Schweigen zwischen uns in der Luft.

»Ehrlich, keine Ahnung.« Mats klang noch besorgter als ich. »Ein ziemlich komischer Zufall war es schon. Immerhin hieß er auch ›Der Duft der Kälte‹.«

»Ja, aber wie soll das denn gehen? Ich meine, glaubst du wirklich, dass ein Duft das Wetter verändern kann?«

Blumen waren die eine Sache – aber so etwas, das konnte doch gar nicht wahr sein. Ich brauchte eine Erklärung. An Hexenmeister und Zaubertränke wollte ich einfach nicht glauben. Es musste dafür eine richtige Erklärung geben!

»Kommst du noch mal mit in die Duftapotheke? Vielleicht finden wir da irgendetwas, das den Hagel erklärt? Oder zumindest irgendetwas, das uns hilft herauszufinden, was in dem verlorenen Flakon drin war.«

Mats warf mir einen vielsagenden Blick zu. »Klar komm

ich mit! Irgendjemand muss dich ja schließlich vor Willem beschützen.«

»Pfft!«, machte ich und verdrehte die Augen. Was Jungs sich immer alles so einbildeten. »Das musst du erst beweisen, ob du das überhaupt draufhast. Also, los jetzt!«

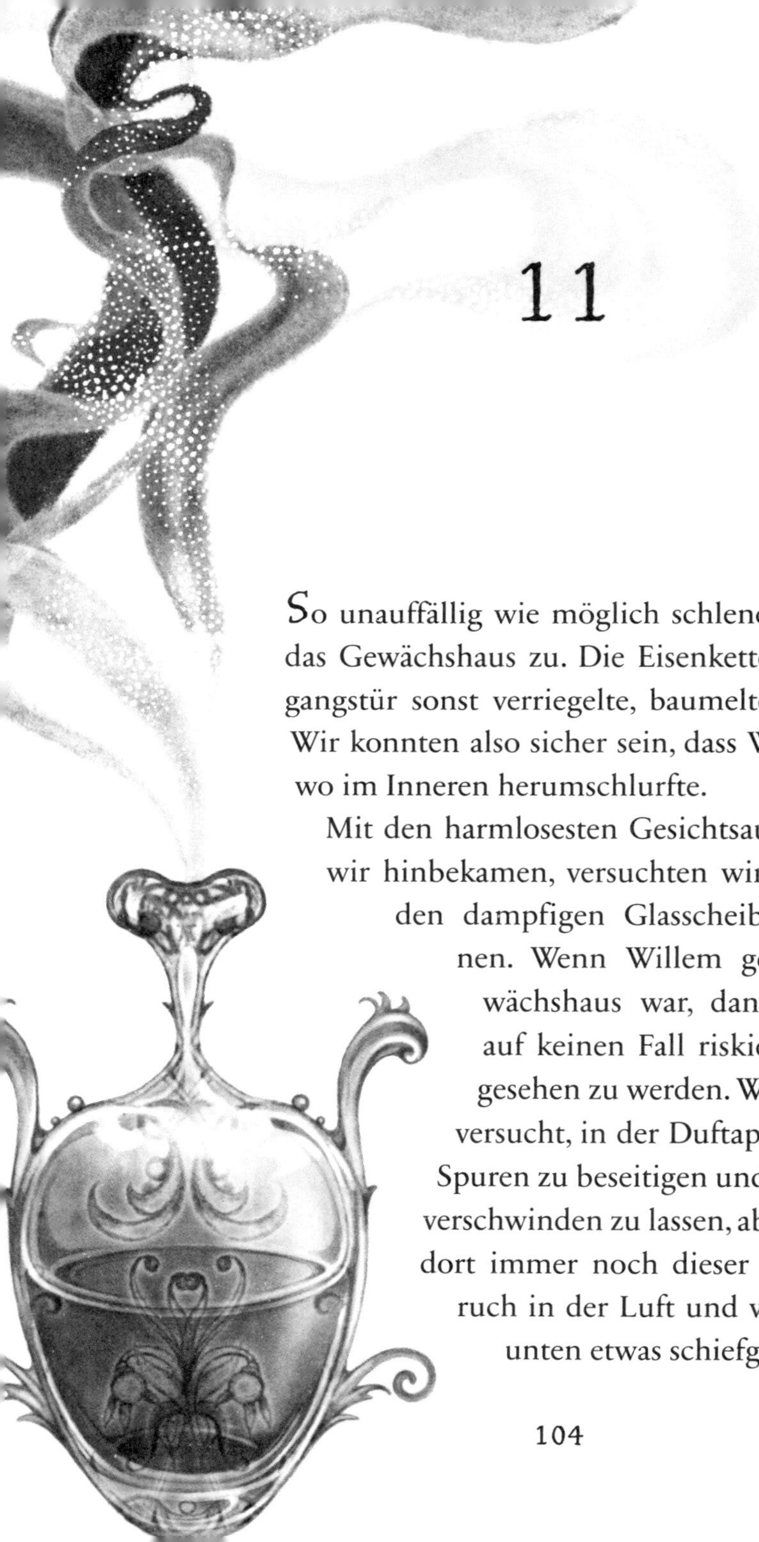

11

So unauffällig wie möglich schlenderten wir auf das Gewächshaus zu. Die Eisenkette, die die Eingangstür sonst verriegelte, baumelte offen herab. Wir konnten also sicher sein, dass Willem irgendwo im Inneren herumschlurfte.

Mit den harmlosesten Gesichtsausdrücken, die wir hinbekamen, versuchten wir, etwas hinter den dampfigen Glasscheiben zu erkennen. Wenn Willem gerade im Gewächshaus war, dann sollten wir auf keinen Fall riskieren, von ihm gesehen zu werden. Wir hatten zwar versucht, in der Duftapotheke unsere Spuren zu beseitigen und die Scherben verschwinden zu lassen, aber sicher hing dort immer noch dieser beißende Geruch in der Luft und verriet, dass da unten etwas schiefgegangen war.

Falls Willem von der Duftapotheke wusste, hatte er uns bestimmt bereits in Verdacht.

Doch da war es schon zu spät. Schwere Stiefel polterten im Inneren auf dem Steinboden und im nächsten Augenblick stieß Willem die Tür auf. Seine Augen zogen sich sofort zu Schlitzen zusammen.

»Verschwindet! Ich habe es euch bereits einmal gesagt: Wenn ihr auch nur einen *einzigen* Schritt in mein Gewächshaus wagt, dann werdet ihr mich kennenlernen.« Willems Stimme knurrte bedrohlich. »Glaubt mir, das Ausmaß meines Ärgers vermögt ihr euch in euren kleinen Hirnen nicht im Entferntesten auszumalen!«

Ich ging instinktiv einen Schritt rückwärts.

»Habt ihr das verstanden?« Willem warf mir einen letzten scharfen Blick zu, dann drehte er sich um, verriegelte das Gewächshaus und ging. Ich sah ihm hinterher, bis er verschwunden war. Meine Handflächen schwitzten.

Was redete der denn immer so komisch? Das war ja fast unheimlich.

Mats zeigte auf das Fenster, durch das wir das letzte Mal geklettert waren. Es war geschlossen.

»Was machen wir jetzt bloß?«, überlegte ich laut vor mich hin.

»Nichts. Außer du willst eine Fensterscheibe einschlagen.«

Ich hob meine Augenbrauen. »Mitten am Tag? Was, wenn unsere Eltern das mitkriegen? Wenn Ma hört, dass ich eine historische Glasscheibe kaputt gemacht habe, kriege ich wahrscheinlich für den Rest meines Lebens Hausarrest.«

Mats seufzte. »Dann können wir nichts machen außer warten.«

Genervt zwirbelte ich an einer Haarsträhne. Im Warten war ich nicht sonderlich gut, und je länger der Flakon verschwunden blieb, desto größer wurde die Wahrscheinlichkeit, dass etwas Schlimmes damit passieren konnte.

Meine Augen suchten die Wand des Glashauses ab, aber es änderte nichts. Die Fenster waren geschlossen. Und irgendwo, nur ein paar Meter unter uns, wartete die Duftapotheke mit all ihren Geheimnissen.

Frustriert blickte ich den weiten Weg bis zur Villa Evie hinüber.

Da fiel mir plötzlich etwas auf.

Aufgeregt drehte ich mich zu Mats. »Sag mal, kam dir der Flur, der zur Duftapotheke führt, nicht auch viel zu lang vor?«

»Was?«, fragte Mats perplex.

»Na, ich meine, wozu hat jemand überhaupt diesen Flur gebaut? Es wäre doch viel einfacher gewesen, die Duftapotheke direkt unter das Geheimversteck zu bauen.«

In Mats' Augen wackelten immer noch Fragezeichen. Er verstand überhaupt nicht, worauf ich hinauswollte.

»Überleg mal!« Ich versuchte es noch mal anders und winkte ihn zurück Richtung Villa Evie. »Da geht eine Treppe runter in einen Flur, der dann in die Duftapotheke führt. Und der Flur ist wahnsinnig lang. Ganz sicher ist der nicht gebaut worden, damit jemand nur seine alten Fotos irgendwo aufhängen kann, meinst du nicht auch?«

Jetzt begriff er langsam, was ich meinte. Zumindest bekam er wieder diesen fieberhaften Ausdruck im Gesicht. »Du glaubst, der Flur ist so eine Art Geheimgang? Aber wohin sollte der Gang denn führen außer in die Duftapotheke? Eine zweite Tür hab ich da unten nicht entdeckt. Du?«

»Ne. Ich könnte mir aber vorstellen, dass der Gang so lang ist, weil die Duftapotheke gar nicht unter dem Gewächshaus liegt, sondern unter der Villa Evie!«

Mats' Blick schnellte zum Haus hinüber. »Das würde ja bedeuten, dass es vielleicht einen zweiten Zugang gibt?«

»Genau! Das müssen wir herausfinden!«

Sobald Mats und ich die Haustür der Villa Evie aufdrückten, hopste Benno uns auch schon entgegen. Wie nicht anders zu erwarten, hängte er sich sofort an Mats' Fersen. Wir würden meinen Bruder für heute nicht mehr loswerden, so viel stand fest. Ich musste also einen Weg finden, wie wir Benno mit in die Duftapotheke nehmen konnten, ohne dass wieder eine Katastrophe passierte.

Pa lag auf dem Sofa im Salon, las Zeitung und hörte Musik. Also hatte er Hannes Problem entweder schon gelöst oder es noch schlimmer gemacht, bis sie freiwillig einen Handwerker gerufen hatte. Und Ma war offensichtlich noch am »Zeitreisen«.

Ein bisschen komisch kam es mir ja vor, dass sich keiner der beiden so richtig um Benno kümmerte. Aber bestimmt lag Pa erst seit einer Minute da auf dem Sofa und es sah jetzt nur so aus.

Ich rief ein fröhliches »Bin wieder da!« und winkte Mats und Benno in die Bibliothek, während Pa nur ein müdes »Hallo« zurückbrummte.

Hinter uns schloss ich vorsichtshalber die Flügeltür zur Bibliothek und sog den Duft nach Papier, Druckerschwärze und Holz ein.

»Okay, Benno!« Ich schlug den strengsten Tonfall an, den ich hinbekam. »Wenn du unbedingt dabei sein willst, gibt es ab jetzt eine superwichtige Regel für dich. An die musst du dich halten, egal, was passiert! Klar?«

Benno sah zu mir hoch, klimperte mit seinen blauen Augen und sagte keinen Ton. Diesen Blick hatte er echt gut drauf, damit bekam er Ma und Pa immer rum. Allerdings hatte er vergessen, dass ich seine große Schwester war und ihn längst durchschaut hatte.

»Also, wenn du noch mal mit uns in die Duftapotheke willst, dann darfst du KEINEN Flakon, KEIN Fläschchen, nicht mal die Notizbücher, also nichts, GAR NICHTS in der Duftapotheke anfassen! Klaro?«

Benno sah weiter zu mir hoch und nickte so ehrfürchtig, als würde er einen heiligen Schwur ablegen.

Ich drückte streng meinen Rücken durch. »Und das gilt für jeden Tag, nicht bloß heute! Immer eine Armlänge Abstand zu allem. Versprochen?«

»Versprochen!«, sagte Benno.

Mats stupste ihn an und lächelte. »Wir verlassen uns auf dich, Kumpel.«

Benno strahlte, als wäre gleichzeitig Weihnachten und Ostern, und ich ging halbwegs beruhigt zum Globus hinüber.

Hiermit hatten wir den Geheimzugang im Gewächshaus gefunden. Vielleicht waren darauf ja noch mehr Hinweise zur Duftapotheke versteckt? Ich drehte den Globus hin und her und las die eigenartigsten lateinischen Pflanzennamen. Nur leider fand ich absolut nichts, was in irgendeiner Form auf die Villa Evie hinwies.

Wir mussten also weitersuchen.

Mats streifte an den Bücherregalen entlang und überflog die Titel auf den Einbänden. Benno untersuchte weiter den Globus und ich zog eine der zusammengerollten Landkarten aus einem Ständer. Sie waren auf grobe Stoffbahnen gedruckt und so groß, dass man sie aufhängen musste, um sie ansehen zu können. Ich las die welligen Aufkleber auf den Leinenrücken: Amazonas, Atlantik, Tundra, Neuseeland, Papua-Neuguinea, Arktis und so weiter. Aber das hatte alles nichts mit der Villa Evie zu tun.

Mir fielen wieder die Schnitzereien unserer Holztreppe im Flur ein, die den Schlüssel zur Duftapotheke versteckt gehalten hatten. Jetzt wunderte ich mich über mich selbst, dass ich darauf nicht schon früher gekommen war: Bestimmt war in der Treppe noch mehr als nur ein Schlüssel versteckt.

»Wir suchen am falschen Ort!«, rief ich den Jungs zu und lief raus in den Flur.

Vom Sofa hörte ich Pa inzwischen schnarchen, also schob ich leise die Schiebetür zum Salon zu, nachdem mir auch die Jungs hinterhergekommen waren. Ich stellte mich direkt vor die geschwungene Treppe im Erdgeschoss und sah an ihr hinauf.

»Was machen wir hier?«, fragte Mats.

Langsam stieg ich ein paar Stufen hoch und drehte an der Holzblüte im Geländer, bis sich das Brett über dem Schlüsselversteck zur Duftapotheke öffnete. »Hier muss noch mehr sein. Wenn dadrin der Schlüssel war, ist hier vielleicht auch der Eingang. Am besten, wir drehen einmal an jedem geschnitzten Blatt und jeder Blüte.«

Mats nahm sich den oberen Teil der Treppe vor, Benno tat das Gleiche in der Mitte und ich ganz unten. Wir drehten und drehten, aber nichts passierte. Es gab einfach so viele dieser Schnitzereien im Geländer. Erst am untersten Ende der Treppe fiel mir etwas auf: Da war ein unauffällig geschnitztes Efeublatt, das inmitten all der Blüten hervorstach, wenn man genauer hinsah. Man erreichte es nicht, außer man kniete sich auf alle viere. Als ich daran drehte, knarrte und quietschte es laut unter unseren Füßen. Das gab's doch nicht! Vor uns schob sich die Holzverkleidung unter der Treppe wie eine Jalousie ineinander. Hätte mich gestern jemand gefragt, was unter unserer Treppe ist, hätte ich geschworen, dass da nur ein hohler Raum sein konnte.

Mit offenem Mund ging ich vor Mats die Treppe hinunter und schaute auf das, was bis vor Kurzem noch der massive Unterbau der Treppe gewesen war: eine Wand aus Holz, hinter der jetzt ein verschnörkeltes Metallgitter zu sehen war. Es sah ein bisschen aus wie ein Fahrstuhl, nur schon sehr alt.

»Was steht da?«, fragte Benno und zeigte auf ein Emailleschild, das darübergenagelt worden war.

»Von innen verschlossen halten«, las Mats leise vor.

Es war ein Wunder, dass meine Eltern nach dem Lärm nicht längst angerannt kamen, also versuchte ich, das Gitter extraleise aufzuschieben, aber natürlich war es verriegelt. Reflexartig schob ich eine Hand in meine Hosentasche und griff nach dem Schlüssel. Der hatte uns schließlich auch die unterirdische Tür zur Duftapotheke geöffnet.

Als er tatsächlich passte und sich sogar drehen ließ, jubelten wir alle.

Im Salon verstummte Pas Schnarchen, also schlüpften wir schnell durch die Tür. Wir standen in einem Hohlraum unter der Treppe. Es war eng und ich erkannte rein gar nichts, was nach einem Weg aussah, der uns in die Duftapotheke führte. Links, rechts und vor uns nichts als holzverkleidete Mauern.

Benno drückte Mats und mich weiter in den engen Raum unter der Treppe und zog das Gitter vor uns wieder zu. Dann warteten wir. Aber außer ein paar Lichtstrahlen, die sich durch die Ritzen im Holz zu uns in die Dunkelheit drängten, passierte nichts.

»Vielleicht musst du noch abschließen? Das stand zumindest auf dem Schild«, schlug Mats vor.

Das stimmte! Ich schob meinen rechten Arm an ihm vorbei und drehte den Schlüssel von innen im Schloss herum. Es klackte und wir hörten, wie sich kurz darauf die Holzvertäfelung von außen zuschob.

Mein Herz setzte beinahe aus. Was, wenn wir hier drin festsaßen? Es war wirklich furchtbar dunkel und ich erkannte gar nichts mehr. Aber sehen brauchten wir auch nichts, denn im nächsten Moment gab der Boden unter unseren Füßen nach und rutschte nach unten. Gleichzeitig schrien Benno und ich vor Schreck auf. Es ratterte und wir hörten Eisenketten aneinanderreiben. Immer tiefer sausten wir abwärts.

Mit einem unsanften Ruck hielt der Boden unter uns plötzlich wieder an. Ich rumpelte gegen Mats und stieß mir den Ellenbogen an der Holzwand. Trotzdem versuchte ich, Benno irgendwie festzuhalten. Um nicht mit ihm zusammen umzukippen, machte ich einen Ausfallschritt und trat mit Schwung auf einen fremden Fuß.

»Autsch«, jammerte Mats leise.

Verlegen blieb ich stocksteif stehen. »Sorry!«

Mitten in die stille Enge hinein, in die wir uns quetschten, hörten wir ein unheimliches Rattern. Dann schob sich vor uns etwas auf.

12

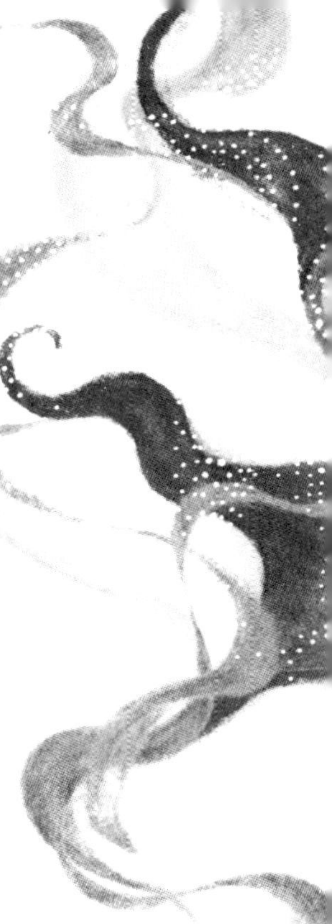

Wir bewegten uns nicht. Wir atmeten nicht mal ein, bis Mats sein Handy zückte und der Bildschirm das rabenschwarze Nichts um uns erhellte. Vor uns lag eine weitere Tür. Sie hatte rechts eine Türklinke und links einen Türknauf. Seltsam, dachte ich. Ließ sich diese Tür in zwei Richtungen öffnen? Benno, der vor mir stand, ging natürlich als Erster auf die Tür zu.

»Du weißt noch, was du uns versprochen hast, oder?«, erinnerte ich ihn an unsere Abmachung.

Benno blieb sofort stehen.

Mats lachte leise. »Wir können es schließlich nicht jeden Tag über der Villa hageln lassen, stimmt's?«

Ich hielt jeweils eine Hand über den Türknauf und die Klinke. »Welche nehmen wir?«

Mats überlegte, aber Benno entschied sich klar gegen die Klinke. Also drehte ich den Knauf und schob die Tür auf. Vorsichtig beugte ich mich vor und tastete die Wand in dem dunklen Raum vor uns ab, bis ich einen dieser Drehlichtschalter fand. Sofort hörte ich es vertraut über uns zischen und gelbes Licht breitete sich aus. Ich holte einmal ganz tief Luft, dann traute ich mich einen Schritt aus dem Fahrstuhl heraus.

Vor uns stand ein antiker Altherren-Schreibtisch und darauf ein noch viel antikeres Telefon. So eins kannte ich aus Pas alten Donald-Duck-Comics, die er mir früher manchmal vorgelesen hatte. Es war riesig, hatte eine Wählscheibe, einen Hörer, der auf einer Gabel lag, und dazwischen hing ein Spiralkabel. Der Stuhl hinter dem Schreibtisch war mit Samtstoff gepolstert – sogar auf den Armlehnen. Auch hier waren, genau wie in einigen Zimmern der Villa Evie, die Wände mit einem Blümchenmuster in dunkelvioletten Farben tapeziert, was den nicht besonders großen und fensterlosen Raum noch enger wirken ließ.

Ich nahm den Telefonhörer in die Hand und hielt ihn mir ans Ohr. »Puh, ist der schwer. Die Leute haben früher bestimmt nicht lange miteinander telefoniert. Denen wäre doch der Arm abgefallen.« Ich horchte in den Hörer hinein. Ein gleichmäßiges dumpfes Tuten drang heraus. »Das Teil funktioniert noch!«

»Echt jetzt?«, wunderte sich Mats und kam näher. Er zog vorsichtig an der Schublade unter der Schreibtischplatte.

Auf Zehenspitzen schaute ich ihm dabei über die Schulter. Das war eine gute Idee. Dort bewahrten die Leute oft ihre wichtigsten Dinge auf. Bestimmt wussten wir gleich mehr über dieses Zimmer! Aber außer einem Füller mit Goldfeder, einem Tintenfässchen und einem Stapel leerer Briefumschläge und Briefbögen gab es nichts Interessantes zu sehen.

Mist.

»Da ist die Duftapotheke!«, rief Benno und ich spürte, wie Mats vor Schreck zusammenzuckte. Mir fiel auf, wie dicht ich mich an ihn gelehnt hatte, um über seine Schulter zu schauen, und drehte mich, jetzt doch ein bisschen verlegen darüber, zu Benno um.

Genau gegenüber vom Fahrstuhl hatte Benno eine Tür geöffnet und schlüpfte hindurch. Sie führte direkt durch eins der Holzregale in die Duftapotheke. Deshalb hatten wir das

Büro also beim letzten Mal nicht entdeckt. Die Tür war ein drehbares Regal!

Die Duftapotheke war immer noch genauso beeindruckend wie beim letzten Mal. Ringsherum leuchteten, glitzerten oder sprudelten ein paar der farbigen Flüssigkeiten in ihren Flakons unter den Gaslampen, die leise und unaufhörlich über uns zischten.

Also gut, dachte ich und nahm mir vor, heute herauszufinden, was für seltsame Fläschchen hier versteckt wurden. Und vor allem, welches davon wir verloren hatten. Langsam ging ich an den Regalbrettern entlang. Aber nichts deutete darauf hin, dass irgendwo ein Duftflakon fehlte. So ordentlich standen die Fläschchen dann doch nicht aneinandergereiht. Und selbst wenn ich irgendwo einen leeren Platz fand, hieß das ja noch lange nicht, dass ausgerechnet dort die Flasche mit der braunen Flüssigkeit gestanden hatte.

Also wendete ich mich erst mal den quadratischen Schublädchen in der unteren Hälfte des Regals zu. Vielleicht fand ich dort etwas, das uns weiterhalf. In der ersten lagen getrocknete Blüten und in den anderen fand ich noch mehr Blütenblätter, aber auch Pulver und Mineralien, ein paar Verschlusskorken, Parfümzerstäuber und leere Flakons.

Ich nahm ein bauchiges Fläschchen mit rötlichem Inhalt in die Hand, stellte es aber schnell wieder an seinen Platz zurück, als ich auf dem Etikett »Brennender Duft« las. Immerhin stand der Flakon im Regal mit den »Flüchtigen Düften«. Trotzdem ließ ich das Teil besser nicht fallen.

»Eins der Notizbücher ist nicht mehr da!«, rief Mats mir

zu und seine Stimme klang dabei ungewohnt hoch. »Das letzte Mal waren es drei, jetzt liegen nur noch zwei hier.«

Benno stand neben Mats und hatte den Kopf in den Nacken gelegt, um seinem Helden ins Gesicht sehen zu können. »Dann kennen auch andere unser Versteck?«

Für ein paar Sekunden waren Mats und ich ganz still. Ich fragte mich, ob es ein schlechtes oder ein *sehr* schlechtes Zeichen war, wenn dieser Raum mit seinem seltsamen Zeug nicht nur unsere Entdeckung war. Ob Willem die Duftapotheke kannte? Immerhin war er der Einzige, der einen Schlüssel zum Gewächshaus hatte. Benutzte er das alles hier sogar? Aber wenn ja, wofür und wozu?

Benno machte sich keine Sorgen, aber Mats konnte ich ansehen, dass ihn diese Tatsache genauso verunsicherte wie mich. Bestimmt gefiel es diesem Jemand nicht, dass wir hier herumschnüffelten. Mir fiel wieder mein Traum ein, wie Willem nachts durch den Kies gelaufen war, Pflanzen gepflückt und damit irgendetwas angestellt hatte.

Ich sprach meinen Gedanken laut aus: »Willem ist der Einzige, der sich um das Gewächshaus kümmert. Und in der Villa Evie wohnen wir. Den Treppenfahrstuhl kann also niemand anderes einfach so benutzt haben.«

Mitten in meine Worte schrillte das Telefon im Nebenraum. Ich machte vor Schreck einen Satz und sah genauso angespannt wie die Jungs in die Richtung, aus der das Klingeln gekommen war. Das Telefon läutete ein zweites Mal, also schlichen wir wieder nach drüben in das enge Büro. Zu dritt standen wir vor dem riesigen schwarzen Telefon.

Benno drückte seinen Kopf dicht an mich und rührte sich

nicht. Unsere Anspannung füllte den Raum, bis ich es nicht mehr aushielt und den Telefonhörer abnahm. Wie in Zeitlupe führte ich ihn an mein Ohr. Mein Atem ging schwer und ich versuchte, nicht direkt in das untere Ende des Hörers zu schnaufen. Ich lauschte, aber niemand sagte etwas.

»Hallo?«, traute ich mich endlich.

Nichts.

Dann legte derjenige am anderen Ende der Leitung auf. Mir drang wieder das gleichmäßige Tuten entgegen. Mit zittrigen Fingern legte auch ich auf und drehte mich zu Mats.

»Wer war das?« Seine Worte vibrierten.

Ratlos schob ich meine Hände in die Hosentaschen. »Wenn ich das bloß wüsste …«

13

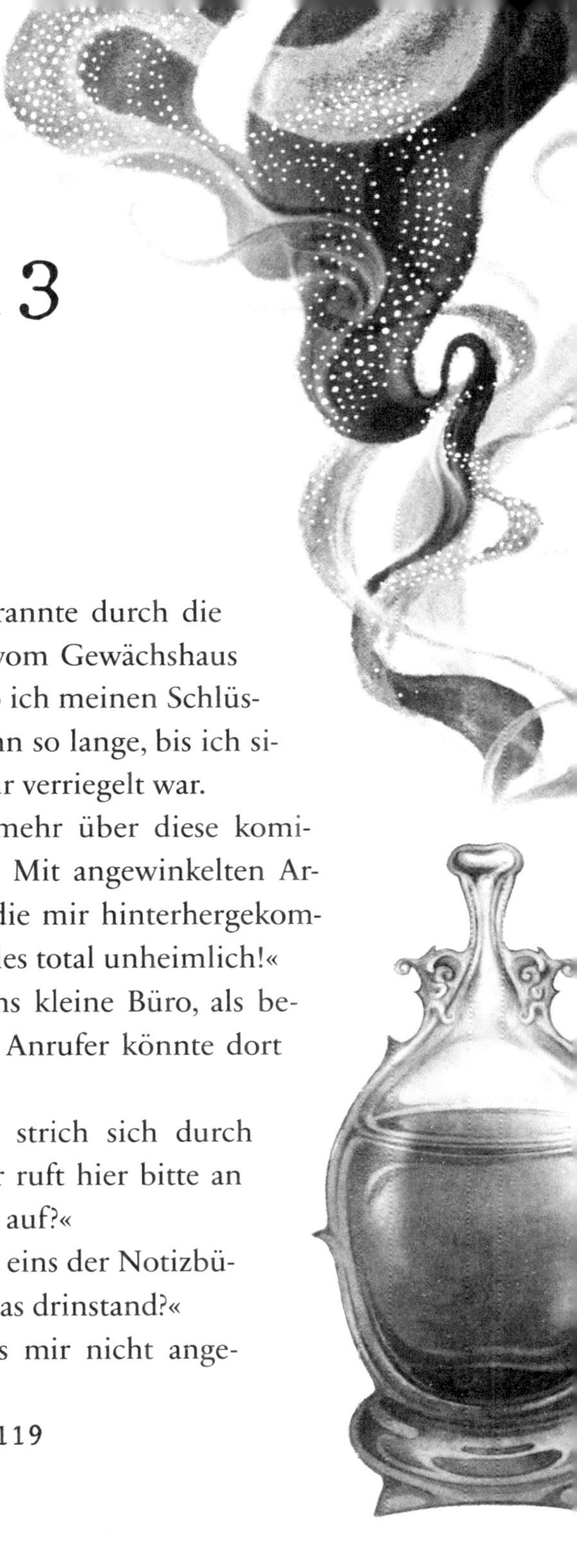

Ich drehte mich um und rannte durch die Duftapotheke zur Tür, die vom Gewächshaus hierherführte. Schnell schob ich meinen Schlüssel ins Schloss und drehte ihn so lange, bis ich sicher sein konnte, dass die Tür verriegelt war.

»Wir müssen unbedingt mehr über diese komischen Düfte herausfinden!« Mit angewinkelten Armen sah ich die Jungs an, die mir hinterhergekommen waren. »Das ist doch alles total unheimlich!«

Benno lugte hinter uns ins kleine Büro, als befürchtete er, der mysteriöse Anrufer könnte dort plötzlich aufgetaucht sein.

»Superunheimlich!« Mats strich sich durch seine dunklen Locken. »Wer ruft hier bitte an und legt dann gleich wieder auf?«

»Du hast doch gesagt, dass eins der Notizbücher fehlt. Weißt du noch, was drinstand?«

»Ne. So genau hab ich es mir nicht ange-

schaut. Aber von außen sah es genauso aus wie die anderen.«
Mats ging zum Tresen und griff sich die zwei übrig gebliebenen Notizbücher. Beide hatten einen dunkelbraunen Ledereinband und an den Ecken feine Messingbeschläge. Vorne drauf waren drei goldene Buchstaben eingeprägt: D. d. B.

»*D. d. B.?*«, las ich laut und kaute auf meiner Unterlippe. »Ist das die Abkürzung für Daan de Bruijn?«

Mats nickte langsam. »Wahrscheinlich. Wir sollten den nächsten Brief, der hier für ihn ankommt, unbedingt abfangen! Dann wissen wir auch, wer an ihn schreibt.«

Ich nickte und beugte mich wieder über das Notizbuch. »Also, was steht dadrin?«

Mats schlug das oberste der Bücher auf. Das Papier war an den Rändern braun und glänzte speckig. Es war also schon oft angefasst worden. »Ich hab bloß dieses hier angeschaut und da stehen Rezepte drin.«

Tatsächlich, auf den Seiten standen Zutatenlisten. Sie ähnelten denen aus Kochbüchern, nur dass sie aus eigenartigen Dingen bestanden. Die meisten Buchstaben waren durch ihre breiten Schwünge, Bögen und Verzierungen schwer zu entziffern. Mats versuchte es trotzdem. Er blätterte und blätterte und las dabei die Rezepte laut vor. Es gab ein »Odeur aus grünem Neid«, einen »Liebesduft«, »Eine Brise Angst«, »Ein Hauch Mitgefühl« und viele weitere Düfte für und gegen fast alles. Mir fiel dabei auf, dass jedes Rezept in eine Kategorie eingeteilt war. Entweder war es ein flüchtiger oder ewiger, heilender oder verletzender Duft. Das waren dieselben Bezeichnungen, wie sie auf den Metallplättchen standen, die an den Regalen der Flakons befestigt waren.

Bei einem Rezept hielt Mats inne und seine Augenbrauen zogen sich fast ineinander. »›*Duft der Endlichkeit*‹? Ist das ein Duft, der alles zu Ende gehen lässt, oder was?«

Allein der Gedanke ließ mich erschauern. Meine Augen flogen über die Buchstaben.

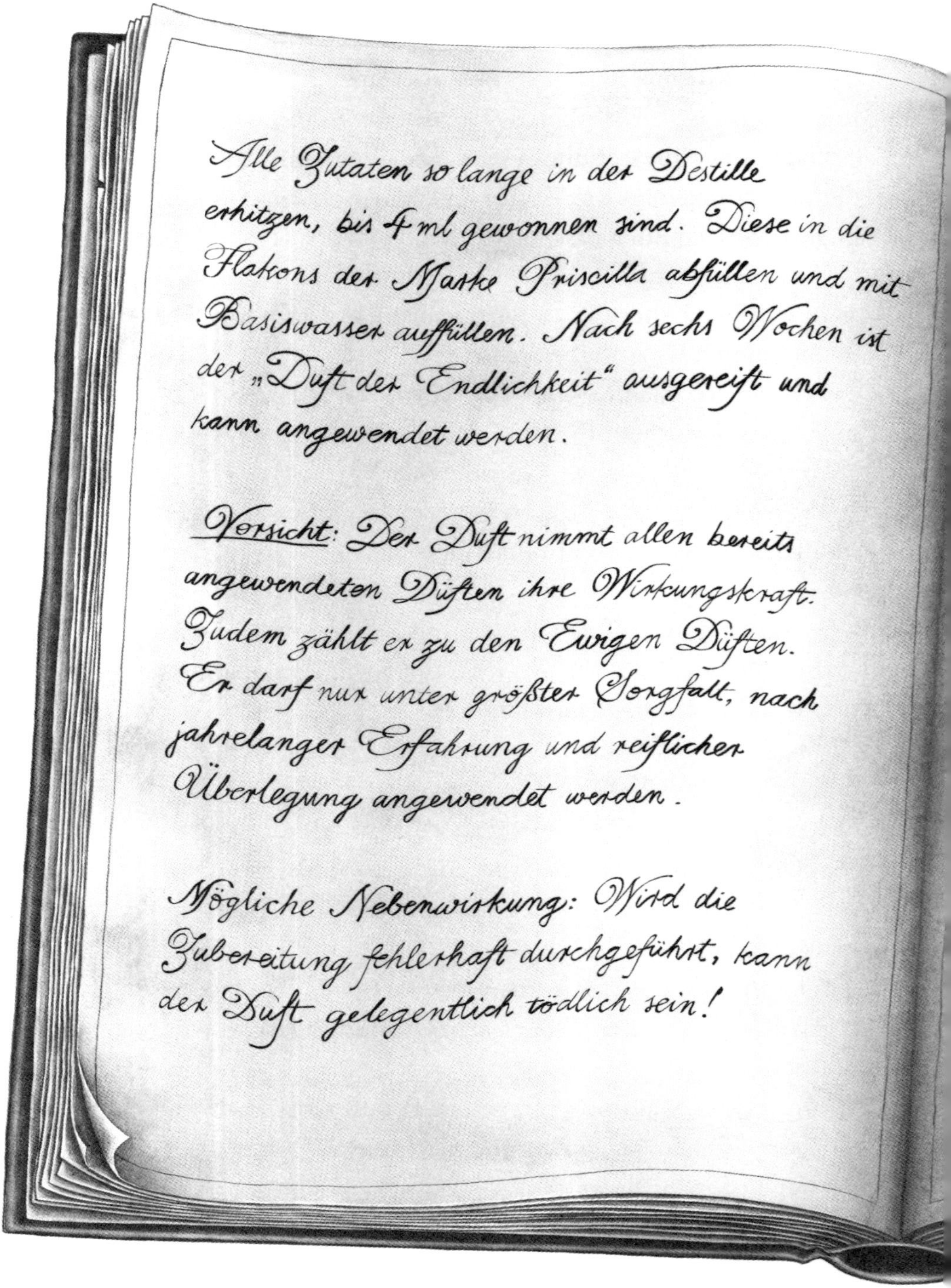
Alle Zutaten so lange in der Destille
erhitzen, bis 4 ml gewonnen sind. Diese in die
Flakons der Marke Priscilla abfüllen und mit
Basiswasser auffüllen. Nach sechs Wochen ist
der „Duft der Endlichkeit“ ausgereift und
kann angewendet werden.
Vorsicht: Der Duft nimmt allen bereits
angewendeten Düften ihre Wirkungskraft.
Zudem zählt er zu den Ewigen Düften.
Er darf nur unter größter Sorgfalt, nach
jahrelanger Erfahrung und reiflicher
Überlegung angewendet werden.
Mögliche Nebenwirkung: Wird die
Zubereitung fehlerhaft durchgeführt, kann
der Duft gelegentlich tödlich sein!

»Aber warum soll man das dann benutzen?«, fragte Benno.

Ich hob nur die Schultern und betrachtete immer noch die geschwungenen Buchstaben, als Mats schon längst aufgehört hatte vorzulesen. »Sonst steht da nichts?«

Mats blätterte um und schüttelte den Kopf. »Ne, mehr steht da nicht. Aber gut zu wissen, dass es einen Duft gibt, der andere Düfte aufheben kann.«

»Na ja.« Ich lachte. »Die Nebenwirkung ist nur leider nicht so toll. ›Gelegentlich tödlich‹? Da ist ein bisschen Hagel im Vergleich nicht so schlimm, oder?«

Ob der »Duft der Endlichkeit« hier irgendwo im Regal stand? Um das herauszufinden, ging ich noch mal an den unzähligen Flakons entlang.

Benno kletterte auf den Tresen und ließ seine Beine baumeln. »Ich versteh nicht, wo man die Sachen reintun soll, um den Duft zu machen?«, fragte er.

Mats und ich schauten uns kurz an. »Eine Destille, steht hier drin«, sagte er. »Wie im Chemieunterricht, oder?«

»Ich fass es nicht! Guckt mal, da!« Im Regal vor mir blubberte in einem der Flakons eine gelbe Flüssigkeit. Auf den Flaschenhals war einer dieser alten Parfümzerstäuber geschraubt. Zusätzlich war der Flakon mit einer roten Banderole versiegelt. Ich erkannte darauf ein gedrucktes Giftsymbol. Auf dem Etikett stand tatsächlich »Duft der Endlichkeit«.

Zum ersten Mal seit wir hier einen Fuß reingesetzt hatten, war mir ein Flakon unheimlich und anfassen wollte ich den erst recht nicht.

Die Jungs kamen näher und schauten genauso unsicher auf das Fläschchen wie ich.

Mein Kopf schnellte zu Benno herum. »Vergiss nicht: Du darfst wirklich absolut niemals einen der Flakons anfassen! Schon gar nicht, wenn ein rotes Warnsiegel dran ist!« Mir wurde ganz kalt bei der Vorstellung, Benno wäre dieser Flakon kaputtgegangen.

»Gut zu wissen, was hier so alles rumsteht«, nuschelte Mats mehr zu sich selbst. Er sah wieder so aus, als wäre er ganz in sich selbst versunken. Als könne er sich nicht entscheiden, ob er am liebsten gehen würde oder weiter nachforschen wollte.

Mit weichen Knien zog ich Benno drei Schritte rückwärts und las die Etiketten der anderen Flakons im Regal vor uns.

»Hier steht ein ›Wahrhaftiger Duft‹. Meint ihr, das ist so eine Art Wahrheitsserum? Also jeder, der das riecht, muss sofort ehrlich sein, ob er will oder nicht?«

Für einen Moment kam mir der verrückte Gedanke, was wohl passieren würde, wenn ich Mats damit besprühte. Ob er mir dann etwas verraten würde, das er mir bislang verschwieg? Etwas, das sein Interesse an unserer Villa erklärte oder die angeblichen Verschwörungstheorien, von denen Leon gesprochen hatte?

Da sah mir Mats geradewegs in die Augen, so als hätte er meine Gedanken gelesen. »Schwer zu sagen. Ist ja nicht so einfach zu beurteilen, ob jemand, nachdem er den ›Wahrhaftigen Duft‹ gerochen hat, ehrlicher ist als davor. Das weiß ja nur der, der den Duft riecht.«

Da hatte er leider recht. Ein bisschen schuldbewusst über

meinen Gedanken drehte ich mich wieder den Regalbrettern zu. Okay, eins nach dem anderen: Die Duftapotheke konnte offenbar vieles sein. Manche Düfte waren lustig und harmlos. Sie ließen einfach Blumen wachsen und wieder verschwinden oder sie veränderten das Wetter. Das war ja erst mal nicht weiter schlimm. Aber sie konnten scheinbar auch sehr gefährlich werden.

Das hier war definitiv keine kleine Parfümerie, so wie ich anfangs gedacht hatte. Aber es war etwas, das ich unbedingt verstehen wollte. Wozu war sie erfunden worden und wie funktionierte sie genau?

Langsam, aber sicher wurde mir klar, dass ich diesen Raum nie verstehen würde, wenn ich die Flakons nur von außen anschaute.

Ich suchte nach etwas ähnlich Harmlosen wie dem »Rankenden Duft«, bis mir eine Flasche mit farblosem Inhalt ins Auge fiel. Sie stand in der Abteilung der »Flüchtigen Düfte«, was schon mal beruhigend war. Auf dem Etikett stand »Langweiligster Duft der Welt«. Ich konnte nicht anders und kicherte leise.

Egal, was die Düfte alles konnten und wozu sie auch gut waren, der, der sich die Namen ausgedacht hatte, hatte definitiv einen Dachschaden. Aber egal, ich hatte mir einen Plan überlegt. Ich wollte einmal genau beobachten, wie die Düfte funktionierten. Vom ersten Moment an, wenn sich der Korken öffnete. Bisher hatten sie uns jedes Mal überrascht. Vielleicht hatten wir dabei etwas Wichtiges nicht mitbekommen. Ich atmete tief ein und griff mir die abgefüllte Portion Langeweile.

»Der hier sieht doch ungefährlich aus, oder?« Ich hielt Mats den Flakon hin. »Wir sollten mal einen Test machen, wenn wir mehr über diese Duftgeheimnisse rausfinden und ihre Wirkung verstehen wollen.«

Mats zögerte noch. »Ich weiß nicht, ob das so eine gute Idee ist.«

Ich hielt den »Langweiligsten Duft der Welt« in die Höhe. »Gefährlicher als der ›Rankende Duft‹ ist er ganz sicher nicht«, beruhigte ich ihn, »und eine Banderole mit einem Giftzeichen oder einen Warnhinweis hat der auch nicht. Langeweile tut nicht weh. Sie ist nur nervig.« Ich holte ein zweites Mal tief Luft. »Seid ihr mutig genug für ein kleines Experiment?«

»Ich will!«, rief Benno und sprang vom Tresen. »Kann ich den Korken rausmachen! Ja? Bitte!«

Ich lachte über Bennos Ungeduld und hielt den Flakon vorsichtshalber erst mal höher, dann sah ich zu Mats. Er hatte seine Arme vor der Brust verschränkt und ließ sich mit einer Antwort Zeit. In seinem Gesicht kämpfte die Neugier mit der Angst.

»Also gut«, entschied er sich schließlich. Sein Forscherdrang hatte also gewonnen. »Langeweile kann man aushalten. Versuchen wir es!«

Ich kniete mich hin, damit Benno leichter an den Korken kam. Den Flakon hielt ich sicherheitshalber mit beiden Händen fest. Nicht dass noch mal alles auf einmal auskippte. Wer wusste schon, wie unangenehm sich eine komplette Ladung Langeweile anfühlte?

Mit einem leisen *Plopp* zog Benno den Korken. Milchige

Wolken stiegen hervor und schwebten durch den Raum. Ich konzentrierte mich auf die Schwaden um mich herum, um ja nichts zu übersehen. Trotzdem roch ich zwei Sekunden lang gar nichts und wunderte mich. Erst dann schlug mir ein Geruch entgegen, der mich fast aus den Schuhen haute.

Igitt! Der langweiligste Duft der Welt war weder langweilig noch war es ein *Duft.* Aus dem Fläschchen stank es nach verschimmeltem Essen, Weihrauch, Käsefüßen und einem Hauch Schwefel.

»Ich rieche gar nichts«, hörte ich Mats noch sagen. Er stand ein paar Schritte von mir entfernt. Doch bevor er seinen Satz richtig beendet hatte, keuchte auch er angeekelt und hielt sich die Nase zu.

Benno kreischte vor Spaß, Aufregung und weil der Geruch so scheußlich war. Ich fragte mich, wieso sich bitte jemand so was zusammenmischte? Einen widerlichen Geruch mit dem Ziel, sich dabei zu langweilen? Wie bescheuert! Alles stank, also nahm ich Benno den Korken aus der Hand und stopfte ihn zurück in den Flakon.

»Wahrscheinlich ist das Haltbarkeitsdatum überschritten.« Ich lachte und stellte das Fläschchen zurück an seinen Platz. Dabei fiel mir auf, dass sich die Flüssigkeit im Inneren bereits zu einem Drittel geleert hatte. Das war komisch, wir hatten den Flakon doch wirklich nur ganz kurz geöffnet.

Benno saß mittlerweile im Schneidersitz auf dem Boden, stützte sein Gesicht in die Handflächen und nörgelte: »Ich merk gar nix!«

»Stimmt, ich auch nicht«, sagte ich und lehnte mich neben Mats gegen den Tresen. Eigentlich wollte ich alles weiter genau beobachten, aber mein Körper tat etwas anderes, als mein Kopf vorschlug. Hinter mir hörte ich das gleichmäßige Ticken des Sekundenzeigers langsamer und gleichzeitig lauter werden. Ich drehte mich zur Wanduhr um und beobachtete den Sekundenzeiger, der über der Zahl Vier hing.

Wie seltsam, er bewegte sich ja gar nicht mehr?

Ich wartete.

Nichts.

Ich begann zu zählen: »Einundzwanzig, zweiundzwanzig, dreiundzwanzig«, aber der Sekundenzeiger blieb, wo er war.

Mats seufzte leise, ohne zu erklären, warum. Leider konnte ich mich nicht zu ihm umdrehen und nachfragen. Ich wollte auf keinen Fall den Moment verpassen, wenn dieser verdammte Sekundenzeiger sich endlich weiterbewegte.

Ticktack, machte es da und dann noch einmal *Tick*.

Ich verharrte in meiner Position, wartete auf ein neues *Tack* und starrte auf die Uhr.

Siebenundzwanzig, achtundzwanzig, neunundzwanzig, dreißig …

»Ohhh Maaaaannn!«, maulte Benno. »Das ist dooooof hiiiier!«

Ich versuchte, die Unordnung in meinem Kopf zu verscheuchen und mich daran zu erinnern, dass ich etwas herausfinden wollte. »Die Zeit hängt fest. Merkt ihr das? Sie vergeht nicht richtig.«

Mats spähte zur Wanduhr. Dann zu mir. »Zählst du deshalb die ganze Zeit wie eine Irre leise vor dich hin? Ich hab mir schon Sorgen gemacht.«

Benno schlurfte zu uns rüber und setzte sich neben mich auf den Tresen. Wie immer ließ er die Beine baumeln. Langsamer als sonst, aber wenigstens baumelten sie wieder.

Nach einer gefühlten Ewigkeit nahm der Sekundenzeiger wieder Fahrt auf. Langsam begriff ich, dass der Langeweile-Duft sehr wohl wirkte, doch bevor ich diesen Gedanken richtig greifen konnte, quietschte plötzlich etwas hinter der Tür zur Duftapotheke.

Ich zuckte vor Schreck zusammen. Oh nein! Etwas knarrte, dann donnerten Schritte durch den Gang. Es war der Flur, der vom Gewächshaus in die Duftapotheke führte. Die Schritte wurden schneller und immer lauter.

»Weg hier!«, wollte ich rufen, aber die Taubheit des Dufts hielt mich an meinem Platz gefangen.

14

Die Geräusche aus dem Nebenraum rüttelten an mir. Ich zwang mich, aus der Langsamkeit aufzuwachen, was gar nicht so leicht war.

Die Schritte wurden lauter.

Ich musste wacher werden! Jetzt! Mats seufzte immer noch vor sich hin und Benno nörgelte. Die beiden reagierten überhaupt nicht auf die Geräusche vor der Tür. Der »Duft der Langeweile« hatte uns fest im Griff. Mist, warum hatten wir den Duft auch hier ausprobiert und nicht woanders, wo wir sicher gewesen wären! Ich hätte mir doch denken können, dass hier jemand auftauchen konnte. Jemand, mit dem der Anrufer von vorhin hatte sprechen wollen.

Die Geräusche waren jetzt direkt vor der Tür. Mit großer Anstrengung zwang ich meinen Körper, sich zu bewegen. Ich griff Mats und Benno jeweils an einem Arm und zerrte die zwei durch die Tür im Regal zurück in das enge Büro. Leise schloss ich sie hinter uns.

Im gleichen Moment hörten wir, wie sich ein Schlüssel im Türschloss zweimal um sich selbst drehte und so die Tür zur Duftapotheke öffnete. Schwere Schuhe traten ein. Vor Schreck stieß ich gegen Mats, der neben mir stand und wie wild blinzelte, als wolle er sich selbst aufwecken. Ich spähte durch die Türritzen, um mehr zu erkennen.

Hinter mir schrillte plötzlich das Telefon los.

Oh nein! Die Schritte wurden wieder lauter. Hektisch sah ich mich um, auf der Suche nach einem Versteck. Gleich würde der, der da draußen war, hier hineinkommen und den Hörer abnehmen. Ich drückte Benno ganz fest an mich. Es blieb uns nur der Fahrstuhl, der uns hier runtergebracht hatte. Aber wenn wir ihn jetzt in Gang brachten, würde der Lärm der Eisenketten, die den Fahrstuhl hochzogen, uns sofort verraten. Das alte Teil war schon bei unserer ersten Fahrt so ohrenbetäubend laut gewesen, dass ich mich immer noch wunderte, dass das Ding unseren Pa nicht aufgeweckt hatte.

Das Telefon schrillte ein zweites Mal.

Nein, der Fahrstuhl war unsere einzige Möglichkeit! Einen anderen Ort gab es nicht und immerhin war der Fahrstuhl hinter einer dicken Tür versteckt.

Also schlüpfte ich mit Benno voraus und zog Mats hinter uns her. Die Tür im Regal, die das Büro von der Duftapotheke aus öffnete, schob sich auf. Im gleichen Moment schloss ich die Tür vor dem Fahrstuhl.

Jemand trat in das Büro ein. Ein dumpfes Rumsen war zu hören und kurz darauf ein erleichtertes Stöhnen.

Ich versuchte, durch die Ritzen im Holz zu spähen. Viel erkannte ich nicht, eigentlich nur Bruchstücke wie bei einem Puzzle. Aber es waren genug, um zu erkennen, dass sich tatsächlich Willem Boer in den Drehstuhl vor dem Schreibtisch gesetzt hatte. Er saß mit dem Rücken zu uns, aber seine verschmierte Latzhose und sein abgetragenes Cap über den grauen Locken waren auch von hinten unverkennbar.

Das Telefon hörte auf zu schrillen.

»Ja bitte?« Die Worte des Gärtners grollten langsamer als sonst ins Telefon. Ob ihn der »Duft der Langweile« genauso benebelte?

Pause.

»Versprechen kann ich gar nichts!«, sagte er und klang noch unfreundlicher als sonst schon. »Das muss Ihnen unter den derzeitigen Umständen doch klar sein.«

Wieder Stille.

»Ich werde sehen, was ich für Sie tun kann. Sollte ich fündig werden, melde ich mich.«

Rums! Der Telefonhörer landete scheppernd auf der Gabel und ich hörte Willem leise fluchen. Trotzdem verließ er das Büro nicht.

Mats stand so unbeweglich wie eine Statue hinter mir und schien das Atmen aufgegeben zu haben.

Willem stellte irgendetwas auf den Schreibtisch. Ich wanderte mit zusammengekniffenen Augen am Spalt im Holz entlang, um mehr zu erkennen. Da stand ein Flakon. Ich beugte mich näher an den Spalt heran, um das Etikett zu erkennen, zuckte aber in der nächsten Sekunde zusammen. Oh Mann, Willem saß gar nicht mehr im Schreibtischstuhl. Wo war er hin? Hatte er uns etwa gehört?

Kurz warf ich Benno Blicke scharf wie Laserstrahlen zu. Jedes Mal wenn ich mit meinem Bruder Verstecken spielte, verriet ihn sein Kichern. Jetzt durfte ihm nicht der leiseste Mucks rausrutschen.

Mein Blick fiel auf die Türklinke rechts neben mir. Als wir hier angekommen waren, hatten wir den Knauf auf der linken Seite betätigt, aber wozu war eigentlich die Klinke da? Ich sah zu Mats hinauf und zeigte stumm darauf. Doch er schüttelte nur heftig den Kopf, damit ich ja nichts tat.

Auch wenn ich Willem nicht sehen konnte – seine Schritte kamen näher. Ob er uns gehört hatte und ahnte, dass jemand im Fahrstuhl steckte? Durch die Ritzen sah ich die hohe Gestalt des Gärtners. Um ein Haar hätte ich vor Schreck losgeschrien, als ich erkannte, dass er direkt vor uns stand. Ohne die Tür zwischen uns hätte er uns direkt in die Augen sehen können. Ich spürte, wie mir die Aufregung durch den Körper jagte und mein Herz zu hämmern begann.

Mats hielt seine Hand über den Türknauf, damit Willem im Fall der Fälle die Fahrstuhltür nicht öffnen konnte. Seine Hand zitterte.

Da klingelte noch einmal das Telefon.

Willem schnaufte genervt und drehte sich schwerfällig um. Ein neuer dumpfer *Rums* ließ mich darauf schließen, dass er nach seiner kurzen Suche wieder am Schreibtisch Platz genommen hatte. Vorsichtig traute ich mich, durch den Türspalt zu linsen. Ja, er saß auch jetzt mit dem Rücken zu uns. Das Telefon klingelte ein zweites Mal und er nahm ab.

»Hm?«

Vergeblich lauschte ich auf die Geräusche aus dem Hörer.

»Nein, eine Bestellung in diesem Umfang ist nicht mehr möglich«, knurrte Willem ins Telefon, ohne mit einem »Hallo« oder irgendeiner anderen Begrüßung anzufangen.

Er lachte kurz und kratzig. »Dies ist ein äußerst seltener Duft, Monsieur. Einer aus der Kategorie ›Besonders gefährlich‹. Davon sind mittlerweile nur noch geringe Mengen lieferbar. Die Zutaten halten nun mal nicht ewig. Aber … unter Umständen könnte ich Ihnen noch drei Milliliter zukommen lassen.«

Stille.

»Wie schön. Ich erwarte in den nächsten Tagen einen angemesseneren Preis von Ihnen, dann kann ich es vielleicht ermöglichen.«

Ohne ein weiteres Wort der Verabschiedung legte Willem den Telefonhörer auf die Gabel.

Ich drückte mich enger an die Türritzen und sah, wie er den Flakon vom Tisch nahm und ihn im Licht der Deckenlampe drehte, als ob er etwas darin suchte.

Ich hätte wirklich gern gewusst, was auf dem Etikett stand, aber es war unmöglich, es von hier aus zu erkennen.

Alles, was ich sah, war, dass es eine dunkle Flüssigkeit in einem schmalen Fläschchen war.

»Dieses verdammte Pulver …«, raunte der alte Mann.

Plötzlich kam Bewegung in ihn. Mit einem Satz stand er auf, griff sich das Fläschchen und schob den Schreibtischstuhl an den Tisch zurück. Dann quietschte die Tür im Regal und im nächsten Moment klackte sie zu.

Wir waren wieder allein im Büro.

Ich atmete in einem langen Zug aus und lächelte zu Benno hinunter. Er stand stocksteif an mich gepresst und mir wurde ganz komisch ums Herz. Warum hatte ich ihm nur erlaubt, mit hierherzukommen? Was war ich denn bitte schön für eine große Schwester? Wenn Willem uns hier erwischt hätte! Dem war doch alles zuzutrauen!

Ich griff nach der Klinke statt nach dem Knauf und drückte sie nach unten. Nur einen winzigen Spalt schob ich die Tür auf und lugte in den finsteren Raum.

Neben mir tastete Mats nach einem der alten Drehlichtschalter und machte das Licht an. Ungläubig verharrten wir an Ort und Stelle. Vor uns lag nicht mehr das Büro, in dem Willem gerade noch gesessen hatte, sondern ein völlig neuer Raum.

Einer, der ganz neue Möglichkeiten bereithielt.

Wir hatten die Destille gefunden.

Sie war genauso beengend wie das Büro, nur mit der Ausnahme, dass statt eines Schreibtischs überall Reagenzgläser,

Bunsenbrenner und die unterschiedlichsten Gefäße herumstanden. An der Decke flammten auch hier die gelben Gaslampen. Alles um uns herum erinnerte an das Labor irgendeines verrückten Professors. Es türmten sich kleine Kisten und Gläser mit Kristallen, Pülverchen, Blüten und getrockneten Pflanzenresten.

Auf einem der Holztische an der Wand stand eine breite Glaskonstruktion. Schmale, dicke oder runde Röhrchen und Reagenzgläser waren miteinander verbunden. Das Ganze sah so verzweigt und chaotisch aus wie die in Glas gegossenen Gänge eines Kaninchenbaus.

»Luzie? Was ist das?«, fragte Benno und ging auf die vielen verbundenen Glasröhrchen zu.

»Das ist eine Brennerei«, sagten Mats und ich gleichzeitig.

»Hier werden bestimmt die Düfte hergestellt«, fügte Mats hinzu und schloss die Fahrstuhltür hinter uns. In dem Moment wurde mir klar, dass Willem ja jederzeit zurückkommen konnte. Wenn er in der Duftapotheke angerufen wurde, dann kannte er ganz sicher auch dieses Zimmer.

Ich suchte nach einem neuen Versteck oder, besser noch, nach einem Ausgang. Und insgeheim verfluchte ich mich dafür, dass ich Pa heute Morgen nichts von der Duftapotheke erzählt hatte. Jetzt wusste niemand, wo wir abgeblieben waren. Niemand würde uns hier jemals finden, falls uns Willem doch erwischte.

Benno zog mich am Ärmel und riss mich aus meinen Gedanken. »Ich will nicht mehr hier sein. Ich will nach Hause!«

Ich lächelte Benno an und strich ihm über den Kopf. Als ich zu Mats hinübersah, war mir sofort klar, was er dachte.

Er drückte sich mit aller Kraft gegen die Tür und hielt sie auf diese Weise verschlossen. Es war gefährlich, abzuwarten und zu hoffen, dass Willem vor uns die unterirdische Apotheke verließ. Nur, was blieb uns anderes übrig?

Mats flüsterte: »Vielleicht gibt es noch einen anderen Ausgang?«

Wir lauschten in die Räume nebenan und ich wünschte mir, dass sich hier einfach wie von Zauberhand ein zweiter Weg nach draußen auftat. In meiner Verzweiflung stemmte ich mich mit beiden Händen kräftig gegen jede einzelne Wand, in der Hoffnung, eine von ihnen würde nachgeben. Sich zum Beispiel drehen und uns direkt in den Garten führen. Natürlich passierte nichts in der Art. Um uns herum waren nur normale Wände.

»Was riecht denn hier auf einmal so komisch?«, fragte ich und wirbelte zu Benno herum. Er stand immer noch vor den Reagenzgläschen der Destille. Aber jetzt sah ich, dass ein Bunsenbrenner brannte und eine durchsichtige Flüssigkeit in dem Reagenzgläschen darüber brodelte. Bennos Augen wurden tellergroß, während Wasserdampf aus den Blubberblasen aufstieg und durch die Glasröhrchen zog. In einem der Röhrchen waren zerkleinerte Blüten und Blätter. Eine hellblaue Flüssigkeit tropfte aus dem Pflanzenmatsch in einen Flakon.

»Mann, Benno! Du solltest nichts hier unten anfassen! Schon wieder vergessen? Eine Armlänge Abstand zu allem!« Ich zischte meine Worte, so leise ich konnte, und suchte nach etwas, womit ich den Bunsenbrenner wieder ausmachen konnte. »Wie hast du den überhaupt angemacht?«

»Ich hab gedreht, dann hat ein Funke die Flamme da gemacht«, murmelte Benno leise.

Sprachlos schüttelte ich den Kopf. Am Ende der Destille fielen kleine Tröpfchen in einen dafür bereitgestellten Flakon. Hellblaue Dunstwolken stiegen daraus auf und waberten durch das Labor. Die Wolken glitzerten und es sah aus, als würden Tausende Glühwürmchen in den blauen Duftwolken tanzen.

»Jetzt wissen wir immerhin, wo und womit die Flüssigkeiten in den Fläschchen hergestellt werden«, versuchte Mats, mich zu beruhigen, und drehte mit einer schnellen Handbewegung den Bunsenbrenner einfach wieder aus. Das Köcheln in den Glasröhrchen ebbte ab, der Dampf verflog und die Tröpfchen wurden kleiner und fielen langsamer.

Der Boden des Flakons am Ende der Destille war mit einer hellblauen Flüssigkeit bedeckt. Es roch zart und gut. Eigentlich nach nichts Besonderem, jedenfalls nach nichts, was ich wiedererkannte. Bevor noch mehr Duftwolken aus dem Flakon stiegen und sich die Pfütze darin verbrauchte, griff ich mir einen Korken, der ebenfalls neben dem Flakon bereitlag. Eilig stopfte ich ihn in das Fläschchen und verschloss es.

Als ich mich umdrehte, sah ich, dass Mats wieder sein Ohr gegen die Tür drückte, die in den Fahrstuhl zurückführte.

»Und? Ist er noch da?«, flüsterte ich.

Mats hob die Schultern. »Ich hab nichts mehr gehört. Falls ja, dann verhält er sich mucksmäuschenstill.«

»Okay, versuchen wir es.« Ich griff mir Bennos Hand. »Nichts wie raus hier!«

Langsam schob Mats die Tür auf. Er tat das so behutsam und vorsichtig, wie man eben knarrende uralte Türen öffnen konnte. Völlig geräuschlos gelang es ihm nicht. Wir quetschten uns wieder in der Enge aneinander und schoben das Metallgitter des Fahrstuhls vor uns zu. Ich drehte den Schlüssel und im nächsten Moment ratterten wir nach oben.

Ich überlegte, ob Willem auch einen Schlüssel für unseren Fahrstuhl hatte, und drückte uns ganz fest die Daumen, dass es nicht so war. Alles andere würde nämlich bedeuten, dass der Gärtner genauso einfach in die Villa Evie kam wie wir in die Duftapotheke.

Und das war ein ziemlich gruseliger Gedanke.

Endlich zu Hause verschloss ich den Fahrstuhl und drehte an dem geschnitzten Efeublatt im Treppengeländer. Die Holzwand schob sich wieder zusammen und der Fahrstuhl verschwand hinter der Wandvertäfelung.

Man konnte fast vergessen, was sich dahinter versteckte. So, als wäre hier nie etwas gewesen.

15

Auch in dieser Nacht wälzte ich mich unruhig hin und her. Jedes Mal wenn ich gerade halbwegs eingenickt war, schreckte ich wieder auf.

Irgendwann gegen vier Uhr dreißig zog ich die Gardine vor meinem Fenster beiseite und beschloss, einfach wach zu bleiben. Durch die undichten Fensterrahmen zog die kalte Nachtluft. Ich suchte meinen kuscheligsten Pullover und wickelte mir die Decke enger um die Schultern. Der Halbmond schimmerte zu mir ins Zimmer hinein und ich stützte mich auf das Fensterbrett, um den Sternen beim Funkeln zuzusehen.

Sofort drehten sich wieder meine Gedanken um die Duftapotheke. Nach Willems Telefonaten zu urteilen, musste es also noch andere Menschen geben, die von ihr wussten. Wie viele von ihnen gab es wohl? Existierte vielleicht doch ein gruseliger Geheimorden, über den sich die Nachbarn so viele Gerüchte erzählten?

Jedenfalls beschloss ich, in Zukunft Benno aus der ganzen Sache herauszuhalten. Das wurde immer gefährlicher und mein Bruder war wirklich viel zu klein für so was.

Während ich in den Himmel hinaufsah, kroch Heimweh in mir hoch. Heimweh nach Mona, Berlin und unserem alten Leben. Ich schob die Bettdecke zur Seite und stand auf. Dann griff ich mir mein Fotoalbum. Es lag noch auf meinem Bücherstapel und wartete auf einen Platz im Regal.

Auf die ersten Seiten hatte ich Bilder von Weihnachten geklebt. Das letzte Mal, dass ich hier reingeschaut hatte, war echt lange her. Auf dem Foto vor mir waren Ma, Pa, Benno und ich drauf. Wir saßen in unserer alten Wohnung auf dem Boden, nur Benno stand neben einem Weihnachtsbaum, der sogar noch kleiner als er selbst war. Ich lächelte und merkte, wie sehr mir unsere winzige Wohnung fehlte. Es hatte zwar öfter Ärger gegeben, weil immer irgendwo etwas im Weg lag, aber dafür waren wir die meiste Zeit zusammen gewesen. Hier, in der Villa Evie, liefen wir uns kaum über den Weg.

Beim Weiterblättern wurde mir schlagartig klar, dass ich genau das an unserer alten Wohnung vermisste, worüber ich früher immer gemeckert hatte. Es war die Nähe.

Um mein Heimweh zu verscheuchen, klappte ich das Fotoalbum wieder zu und legte es zurück auf den Bücherstapel. Ich kroch zurück ins Bett und lehnte den Kopf an die Wand. Mir fiel plötzlich auf, dass Pa immer noch auf dem

Sofa gelegen hatte, als wir aus der Duftapotheke zurück in unseren Flur geschlichen waren. Eigentlich war es nicht seine Art, stundenlang rumzuhängen und nichts zu tun.

Seltsam war auch, dass wir heute gar nicht zusammen Abendbrot gegessen hatten. Das war bei uns zu Hause ein Familienritual, an dem man teilnehmen musste, ganz egal, was war. Heute Abend hatte Pa nichts gekocht, nachdem wir wieder zu Hause waren, obwohl er das sonst immer tat. Als hätte er das Abendessen einfach vergessen.

Ich war so aufgeregt gewesen nach unserem Ausflug in die Duftapotheke, dass ich gar nicht groß darüber nachgedacht hatte. Ma hatte sich zwar schon über Pas Verhalten gewundert, aber nichts dazu gesagt und uns am Abend nur ein paar schnelle Brote geschmiert. Nachdem sie Benno ins Bett gebracht hatte, gab es für mich noch ein kurzes »Hab dich lieb«, dann legte sich wieder Stille über die Villa.

Irgendwie fühlte es sich auf einmal so an, als ob jeder von uns für sich allein in diesem riesigen Haus lebte. Ob sich unsere Eltern vielleicht sogar freuten, endlich mal ihre Ruhe zu haben? Ich wischte diesen unangenehmen Gedanken schnell weg. Selbst wenn es so war – bestimmt hatten sie bald wieder genug davon. Dann würden sie wieder anfangen, uns Löcher in den Bauch zu fragen. Eltern waren ja schließlich dazu da, einen zu nerven.

Es war schon halb elf, als Benno auf mein Bett hüpfte und so lange an mir herumrüttelte, bis ich endlich aufwachte.

Wann genau ich wieder eingeschlafen war, wusste ich gar nicht.

»Spiel mit mir«, nörgelte er.

Ich zog mir die Bettdecke über den Kopf, in der Hoffnung, dass, wenn Benno mich nicht mehr sah, er aufhören würde, an mir herumzuziehen. Aber funktioniert hatte das noch nie.

»Kannst du nicht mit Pa spielen?«, nörgelte ich zurück.

»Ne. Der ist langweilig geworden.«

Ich rutschte an meinem Kissen hoch und rollte mich geschlagen auf den Rücken. Benno saß auf meiner Bettdecke und kippte prompt einen Sack Legos darauf aus.

Na toll.

»Langweilig?«, hakte ich trotzdem nach.

»Ja. Papa ist komisch. Und Mama einkaufen.«

»Wie ›komisch‹?«

»Weiß nicht. So komisch halt!« Benno ließ die Legosteine neben sich nicht eine Sekunde aus den Augen. Wie eine kleine Gipsfigur verharrte er.

So sah Benno nur aus, wenn etwas wirklich überhaupt nicht stimmte.

»Hast du schon gefrühstückt?«, fragte ich vorsichtig.

Benno schüttelte den Kopf und starrte weiter den Legoberg auf meiner Bettdecke an.

Mit einem Seufzen schlüpfte ich in meine Jeans und winkte Benno die Treppe runter. »Dann komm, ich mach dir ein Müsli.«

Als wir unten ankamen, traute ich meinen Augen nicht. Pa war nicht nur *komisch*, er saß ungekämmt und in den

Klamotten von gestern auf dem Sofa. Hatte er etwa da geschlafen? Immerhin tat er mittlerweile etwas. Er sortierte nämlich seine Schallplatten. Nach Farben.

»Benno hat Hunger«, sagte ich, ohne ein »Guten Morgen« davorzusetzen.

»Das ist nicht so gut«, nuschelte Pa und hielt mir eine seiner Platten hin. »Zu den blauen oder gelben?«

»Zu den grünen!«, sagte Benno wütend, drehte sich um und zog mich am Arm hinter sich zur Küche. »Siehst du. Der ist komisch!«

Ich stolperte ihm hinterher. »Seit wann ist Ma weg?«

»Sie hat gesagt, sie geht einkaufen, aber das ist schon ganz lange her.«

Ich stellte zwei Schälchen mit Müsli und eine Milchpackung auf den Küchentisch. »Haben sich Pa und Ma gestritten?«, fragte ich, weil mir das die einzige logische Erklärung für alles schien.

»Weiß nicht.« Benno schob sich einen Löffel Müsli in den Mund. Aber im nächsten Moment sprang er auf und spuckte alles in den Mülleimer. »Bäh!«

»Was ist denn?« Ich schielte in seine Müslischale, in der die Milch in kleinen Stückchen zwischen den Haferflocken klumpte. Also kippte ich unsere Müslis beide in den Müll und goss die restliche faule Milch ins Waschbecken. Leider fand ich nirgends eine neue Packung. Nicht mal im Brotkorb lag noch etwas Essbares, die letzten Toastscheiben von gestern hatte bereits jemand verdrückt.

Ich hörte die Haustür aufgehen. »Hallo! Ich bin wieder dahaa!« Ma ließ die Tür hinter sich ins Schloss fallen.

Ich lächelte erleichtert und ging ihr mit knurrendem Magen entgegen. »Was hast du denn mitgebracht?« So leer, wie unsere Schränke waren, konnte sie die vielen Einkaufstüten bestimmt nicht alle auf einmal schleppen. Aber als ich im Flur vor ihr stand, entdeckte ich nicht eine einzige Tasche.

Ma sah mich irritiert an. »Mitgebracht?«

»Milch, Brot, Schokolade? Irgendwas? Im Kühlschrank liegen nur zwei verschrumpelte Möhren, ein halbes Paket Butter und Sojasoße.«

»Ach danke, aber ich hab gerade drüben bei Hanne einen Kaffee getrunken. Sie hat mir einen köstlichen Himbeerkuchen aufgetischt. Mehr krieg ich eh nicht runter, ich platze gleich.«

Mir fiel fast die Kinnlade runter. Seit wann machte Ma denn solche Scherze?

»Wie schön für dich«, sagte ich bemüht ruhig. »Hast du zufällig noch zwei Stückchen von Hannes *köstlichem Himbeerkuchen* in deiner Jackentasche? Benno und ich platzen nämlich noch nicht!«

Ma hörte mir gar nicht richtig zu. Sie bemerkte nicht mal den Ärger in meiner Stimme, sondern plapperte einfach fröhlich weiter. Darüber, wie nett es bei Hanne gewesen war und was es für ein Glück sei, dass Hanne noch so viel über den Originalzustand der alten Villa wusste.

Blablabla.

Gut gelaunt hängte sie ihren Mantel an den Haken.

»Ma!«, sagte ich und ließ meine Stimme so streng wie nur möglich klingen. »Dein kleiner Sohn hat Hunger!«

Benno guckte finster zu Ma hinauf, während sie ihn nur anlächelte.

»Dann iss doch einfach mal was, mein Kleiner!«, schlug Ma vor. Und schon rauschte sie in ihr Arbeitszimmer und verschwand.

Ich schloss langsam meinen Mund und sah zu Benno. Wäre Ma nicht Ma gewesen, hätte ich einen Lachanfall bekommen und geschworen, dass sie bluffte. Ich wäre zum Auto gegangen und hätte die Einkaufstüten mit den leckeren Sachen rausgeholt, die sie für uns eingekauft hatte. Aber diese Art Späße war nicht gerade Mas Spezialgebiet. Pa sagte immer, dafür konnte sie zu schlecht lügen.

Okay, ich musste ruhig bleiben. Ma war öfter gedankenverloren, daran gewöhnte man sich. Es gehörte zu ihr, dass sie oft nur halb zuhörte. Man sah es ihr meistens an, dass sie an etwas anderes dachte, während man mit ihr redete. Aber das war normalerweise harmlos. Ma liebte uns mit ihrer ganzen zerstreuten Art. Sie hätte uns nie hungrig uns selbst überlassen.

Pas Verhalten war noch besorgniserregender. Lehrer sind selten schusselig, die nehmen immer alles ziemlich genau. Sonst hätten sie sich bestimmt einen anderen Beruf ausgesucht. So war auch unser Pa, nur heute nicht.

Ich wickelte eine Haarsträhne um meinen Zeigefinger und versuchte zu verstehen, was los war. Und langsam bohrte sich mir das ungute Gefühl in den Bauch, dass etwas sehr Schlimmes passiert war …

16

Eilig öffnete ich die Schranktür der alten Küchenanrichte und zog das Glas mit den Notgroschen heraus. Pa deponierte in der Küche immer etwas Kleingeld für den Fall der Fälle. Und das hier war definitiv eine Situation, in der man einen Notgroschen brauchte.

Ich griff mir Bennos Hand und schlüpfte selbst in meine Turnschuhe. »Zieh dich an, wir beide gehen heute schick frühstücken.«

Ich wollte nicht, dass Benno spürte, dass ich mir langsam richtig Sorgen machte und unsere Eltern genauso wenig verstand wie er.

Die Sonne strahlte über den Vorgarten und die Luft roch nach Wärme. Neben Benno ging ich den Lavendelweg entlang Richtung Bäcker. Zwischen den schmalen Gehwegen bestand unsere Straße aus rund gefahrenen Pflastersteinen, über die nur hin und wieder mal ein Auto rumpelte.

Im Garten schräg gegenüber sonnte sich Frau Norman in ihrem Liegestuhl und schlürfte irgendein grelles Getränk durch einen Strohhalm. Bei ihrem ersten Besuch in der Villa Evie hatte sie immer wieder gesagt, dass Benno der niedlichste kleine Junge unserer Straße wäre, was natürlich dazu führte, dass Benno ihr jetzt freudestrahlend zuwinkte.

»Haaaallo!«

Aber Frau Norman schob sich bloß die Sonnenbrille ein Stück unter die Augen und sah Benno fragend an, als hätte sie ihn noch nie in ihrem ganzen Leben gesehen. Ohne zurückzulächeln, schob sie sich die schwarzen Brillengläser wieder ins Gesicht und lehnte sich nach hinten in ihren Liegestuhl.

Benno verzog sein Gesicht, aber ich warf ihm nur einen Blick zu, der bedeuten sollte: *Keine Ahnung, was mit der los ist, aber es ist doch auch egal,* und zog ihn weiter.

Spielten die Leute jetzt völlig verrückt?

Auch beim Bäcker wirkten alle um uns herum seltsam aufgedreht.

»Es ist wirklich nicht zu fassen!«, sagte eine rothaarige rundliche Frau, die vor uns an der Theke stand. »Können Sie sich das vorstellen? Da steige ich tagtäglich in den Bus Nummer neunundzwanzig ein, um zur Arbeit zu fahren, und was passiert? Der Busfahrer fährt einfach in die falsche

Richtung! Ohne anzuhalten oder einen von uns aussteigen zu lassen! Er ist gefahren und gefahren und gefahren.«

»Nein!«, staunte der Mann neben ihr. »Hat ihn denn niemand darauf aufmerksam gemacht?«

»Doch, natürlich! Alle im Bus haben ihn gebeten, umzudrehen und die normale Route wieder aufzunehmen. Aber dieser Blödmann hat sich nichts sagen lassen und ist stur weitergefahren. Immer weiter! Erst fünf Ortschaften weiter hat er plötzlich auf einer Landstraße geparkt. Und zwar quer!«

»Das gibt's nicht!« Die Bäckerin hinter der Theke schüttelte entsetzt den Kopf. »Aber wieso?«

»Das ist es ja!« Die Stimme der Frau wurde immer lauter. »Er hat spontan beschlossen, wandern zu gehen!« Sie holte tief Luft. »Er hat uns sogar gefragt, ob wir mitkommen wollen! Dann ist er ausgestiegen und in den Wald marschiert! Ist das zu fassen? Ich bin zwei Stunden in die Stadt zurückgelaufen!«

Die Erwachsenen plapperten aufgeregt durcheinander. Ein Mann erzählte sogar, wie sein Zahnarzt ihm heute Morgen fast die Zähne mit rotem Nagellack bepinselt hätte.

Bestimmt hätte ich darüber gelacht, wenn sich das ungute Gefühl in meinem Bauch nicht sofort wieder zu Wort gemeldet hätte.

Noch mehr Menschen, die auf einmal vergaßen, wer sie waren und was sie tun sollten. Was war hier nur los?

Der Geräuschpegel in dem kleinen Laden war so hoch, dass ich der Bäckerin meine Bestellung fast entgegenschreien musste, obwohl ich direkt vor ihr stand. Mit zwei dampfenden Tassen und Croissants setzten Benno und ich uns wenig später zwischen ein Pärchen und einen Mann im Anzug ans Schaufenster und schlürften heißen Kakao.

Ungläubig beobachtete ich, wie der Mann eine komplette Torte bestellte und sie Stück für Stück in sich hineinlöffelte. Rund, cremig und mit kleinen Schokoherzen darauf glänzte sie vor ihm.

»Geht es Ihnen gut?«, fragte ich leise.

Der Mann drehte sich zu mir um. Seinen Teelöffel, mit dem er die Torte aß, hielt er beladen in der Luft. Er sah mich an, als würde er den Sinn meiner Frage nicht verstehen oder als wäre sie völlig daneben. Schließlich drehte er sich einfach wieder weg und schob sich den Löffel zwischen die Lippen.

Eine Gänsehaut zog sich über meinen Rücken.

Nachdem die Croissants und der Kakao in unseren Bäuchen verschwunden waren, ging ich zur Theke und bezahlte. Dann verließen Benno und ich die Bäckerei.

»Lass uns noch schnell im Supermarkt Milch und Brot kaufen, ja?«

Benno nickte. »Na gut, wenn es sein muss.«

Der Supermarkt lag ein paar Straßen weiter an einer Kreuzung und so stiefelten wir zusammen los. Benno lief mit seinem mit Kakao gefüllten Bauch voran. »Guck mal, ein Hund ohne Herrchen!«, rief er nach wenigen Metern laut.

Kurz erschrak ich mich, als auf einmal ein kräftiger sandfarbener Hund auf uns zukam und seine Leine hinter sich herschleifte. Er lief kreuz und quer die Straße entlang. Es dauerte ein bisschen, bis ich den grüngelben Wellensittich bemerkte, der ziellos über dem Hund herumflatterte. Neben mir blieb der Hund stehen und pinkelte an ein Kinderdreirad, das in einer Toreinfahrt lehnte. Sofort stürmte eine Mutter auf uns zu. Ich hob nur die Hände und versicherte ihr, dass der Hund mir nicht gehörte, und ging schnell mit Benno weiter.

Auf dem Parkplatz des Supermarkts standen die Autos kreuz und quer. Hinter uns hupte ein Laster, weil er nicht mehr durchkam. Ein Auto hatte genau vor der elektronischen Schiebetür des Supermarkts geparkt und die Autotür auch noch offen stehen lassen. Sie ragte halb in die Lichtschranke der Supermarkttür, sodass sie sich ständig auf- und zuschob.

Eine Kassiererin brüllte bereits durch den gesamten Laden, wem bitte das Auto gehörte, aber niemand fühlte sich angesprochen.

Benno blieb am Eingang stehen und hielt sich die Nase zu. »Hier stinkt's!«

Im Supermarkt roch es wirklich komisch. Eigentlich nur schwach, aber definitiv komisch. Dinge, die man noch nie gerochen hatte, fielen einem immer stärker auf als alle vertrauten gleichzeitig. Kurz überlegte ich, ob Benno draußen warten könnte, aber bei den vielen Leuten, die offensichtlich den Verstand verloren hatten, schien mir das keine gute Idee.

»Halt dir einfach die Nase zu. Komm schon.«

Drinnen benahmen sich auch alle seltsam. Neben dem Kühlregal lehnte eine Frau in piekfeiner Kleidung und kippte sich gerade Milch über die Cornflakes in ihrer bloßen Hand. Sie kaute und sah mich an, als wäre sie selbst unsicher, ob das, was sie tat, sich so gehörte. Dabei mischte sich ihr knallroter Lippenstift mit der Milch und landete zur Hälfte auf ihrer weißen Bluse. Ratlos wischte sie sich die verklebten Hände an ihrem schwarzen Rock ab. Dann ging sie zum nächsten Regal.

Benno kicherte, doch mir wurde das alles allmählich zu bunt. Schnell griff ich mir ebenfalls ein Päckchen Milch, suchte das Regal mit dem Knäckebrot und machte mich mit Benno auf in Richtung Kasse. Nicht, dass wir uns noch hinter der Verrückten anstellen mussten!

Das mussten wir nicht, dafür baute unsere Kassiererin mit dem Geld in ihrer Kasse Türmchen auf das Fließband.

»Entschuldigen Sie«, fragte ich vorsichtig. »Kann ich bitte meinen Einkauf bezahlen?«

»Woher soll ich denn wissen, was du kannst und was nicht?«, pflaumte mich die Frau an.

Für einen Moment war ich völlig ratlos, dann legte ich schnell das Geld für Milch und Brot neben die Geldtürmchen und zog Benno mit nach draußen.

Es war einfach unfassbar, was da gerade passierte. Das Verhalten meiner Eltern, die Geschichten beim Bäcker und jetzt der Supermarkt. Das konnte doch alles kein Zufall sein.

Ich wusste nur eins mit absoluter Sicherheit: Wir mussten so schnell wie möglich nach Hause!

17

Zurück zu Hause schallte aus dem Wohnzimmer irgendeine Oldieplatte, zu der Pa lauthals mitsang. Wenigstens war das nichts Ungewöhnliches und es klang zum Glück auch genauso schief wie immer.

»Wir sind wieder da!«, rief ich ihm zu und wartete vergeblich auf eine Antwort. Also ging ich in die Küche, um unseren übersichtlichen Einkauf wegzuräumen.

Benno kam hinterher und ging dann weiter Richtung Mas Arbeitszimmer, das hinter der Küche lag. Vorsichtig schob er seinen Kopf zu ihr hinein. »Hallo?«

»Ach, da seid ihr ja! Ich hab euch schon im ganzen Haus gesucht. Habt ihr vielleicht … Ich finde meinen Ring nicht mehr. Der hatte, glaube ich, einen grünen Edelstein. Habt ihr ihn irgendwo gesehen?«

Ich ging zu Ma hinüber, nachdem ich die Einkäufe eingeräumt hatte. »Du meinst den, den du von Oma geerbt hast?«

Ma drehte sich zu mir um. »Hab ich das? Ich kann mich gar nicht mehr erinnern.«

Oh nein! Nicht Ma auch noch.

Ihr Ring war einer ihrer wenigen Schätze. Das Familienerbstück, an dem sie hing wie sonst an wenigen Dingen. Ich hatte Oma nicht mehr kennengelernt, sie war schon vor meiner Geburt gestorben. Aber Ma trauerte manchmal noch um sie. Diesen Ring mit dem grünen Stein nahm Ma nie ab, außer sie tat etwas, bei dem er zerkratzt werden konnte.

»Übrigens ist dieser Mann ... wie heißt der noch gleich?«, Ma suchte nach den Worten, die sie ebenfalls verloren zu haben schien. »Na ja, er ist vorbeigekommen und hat gefragt – Mist, wie hieß der denn noch mal?! – Also ... Habt ihr meinen Ring irgendwo gesehen?«

»*Wer* war da?«, versuchte ich, mich durch das Wortwirrwarr zu wühlen.

»Dieser Mann ... der ... der sich so für Blumen interessiert.«

Ich verstand nur Bahnhof.

»Der blöde Glashausmann?«, fragte Benno. »Willem?«

In Mas Augen blitzte die Erinnerung auf. »Ja, genau der!«

»Willem Boer? Wieso war der denn hier?« Die Gänsehaut auf meinen Armen war wieder zurück. »Hast du ihn etwa eingeladen?«

Ma schüttelte unschlüssig den Kopf. »Er wollte wissen, ob bei uns alles in Ordnung ist. Mir kam das etwas ... wie sagt man dazu? Also … nein, ich hab nicht ganz verstanden, was er wollte. Aber er hat hier so … äh … neugierig war der … hat rumgeschaut, das hat mir nicht gefallen.«

Das war nicht gut. Es war schon gruselig genug, dass dieser Willem *um* unser Haus schlich und rumspionierte. Aber *in* unserem Haus hatte er wirklich nichts zu suchen. Mir fiel plötzlich wieder ein, dass ich den Schlüssel zur Duftapotheke auf meinen Nachtisch gelegt hatte. Ohne ihn zu verstecken! Ich schimpfte in Gedanken mit mir selbst und beschloss, in Zukunft besser aufzupassen.

»Hast du ihm das Haus gezeigt?«, fragte ich und betete, dass Ma das nicht getan hatte.

»Welches Haus denn?«

»Unser Haus! Die Villa Evie. Das hier! Ma, warum bist du so durcheinander? Stimmt was nicht?«

»Wieso fragst du mich das jetzt auch noch? Was soll denn nicht stimmen?«

Ich kniff für einen Moment meine Augen zusammen. »Und? Hast du Willem Boer durch die Villa Evie geführt?«

Ma machte eine wegwerfende Handbewegung. »Ach was … ich hab doch gar keine Zeit für so etwas. Hast du vielleicht irgendwo …«, Ma drehte sich suchend im Zimmer um, »… meinen Ring gesehen?«

Ich atmete einmal tief ein und spürte, wie mein Pulsschlag langsamer wurde. Ich musste jetzt ruhig bleiben. Warum wollte Willem in die Villa Evie? Hatte er etwas mit dem komischen Zustand unserer Eltern und der anderen Bewohner der Stadt zu tun? Hatte Willem irgendwas mit ihnen gemacht? Aber was hätte er davon?

Mir fiel wieder ein, was Hanne gesagt hatte. In der Bank waren die Tresorräume dicht und niemand kam mehr an das Geld heran. War Willem auch daran schuld? Benutzte er vielleicht die Flakons aus der Duftapotheke dafür? Das könnte allerdings darauf hindeuten, dass Willem kein Gärtner, sondern ein Bankräuber war! Wobei ... die Duftapotheke gab es ja bereits seit Jahrzehnten und Willem arbeitete hier auch schon ewig. Wieso sollte er erst jetzt die Bank ausrauben? Und wieso sollte er Ma und all die anderen Leute da mit reinziehen?

Irgendwas stimmte daran nicht.

Aus dem Wohnzimmer trällerte Pa zu einem seiner Lieblingslieder. Ma lauschte und ging dem Gesang nach. »Was sind das für grauenhafte Geräusche?« Empört blieb sie in der geöffneten Tür zum Wohnzimmer stehen und sah zu Pa, der sich seine Kopfhörer übergezogen hatte und lauthals mitsang.

»Entschuldigen Sie bitte!«, rief Ma ihm entgegen. »Was machen Sie da?«

»Das ist Papa!«, Benno zog an Mas Hand. »Der singt doch immer so.«

»Das ist euer Vater?« Sie sah uns völlig verwirrt an. »Ich hab mich schon die ganze Zeit gefragt, was dieser gut aussehende Mann da in meinem Wohnzimmer macht. Aber wenn ihr meint, dass das euer Vater ist, dann macht das ja Sinn.«

»Das ist Christian Alvenstein«, sagte ich angestrengt langsam. »Unser Vater und DEIN Ehemann!«

Ma drehte sich erschrocken zu mir um. »Ehemann?!«

Pa lag auf dem Sofa und hatte immer noch seine Kopfhörer auf. Mir wurde kalt, dann heiß und gleichzeitig übel. Es fühlte sich an, als drehte sich mein Magen um sich selbst.

»Papa!«, rief Benno und lief auf das Sofa zu. Ich sah, dass ihm eine Träne über die Backe rollte. In seinen Augen wartete die Hoffnung, dass Pa gleich alles wieder geraderücken würde. Dass das alles nur ein Missverständnis war oder ein ganz besonders dummer und blöder Witz unserer Eltern.

»Ma vergisst alles! Alle sind verrückt geworden!«

Pa schob sich die Kopfhörer von den Ohren und sah erst mich, Ma und dann Benno an.

»Na, mein Kleiner?« Er legte seine Stirn in Falten und strich Benno liebevoll über die Backe. »Was ist denn los?«

»Sag, dass alles in Ordnung ist!«, schluchzte Benno. »Los! Mach!«

Pa setzte sich auf und blickte Ma vorwurfsvoll an. »Was ist hier los? Wieso kümmern Sie sich nicht um Ihren Sohn? Er sieht ja ganz verängstigt aus. Und Sie stehen hier einfach nur rum!«

Da drehte Benno auf dem Absatz um und rannte auf mich zu. Er schlang seine zitternden Ärmchen um mich und vergrub sein Gesicht in meinem Pulli. Fassungslos ging ich rückwärts, bis ich die Eingangstür im Rücken spürte.

Ich bekam keine Luft. Die leeren Gesichter unserer Eltern fühlten sich schrecklich an. Es war, als wäre ihnen alle Erinnerung einfach verloren gegangen und auf Nimmerwiedersehen verschwunden.

Und ich musste dringend herausfinden, warum!

Ich griff nur noch hinter mich zur Türklinke und öffnete

sie. Mit der einen Hand hielt ich Benno fest an mich gedrückt, mit der anderen schob ich die Tür wieder zu. So schnell wir konnten, rannten wir weiter, bis wir vor Mats' Haustür standen.

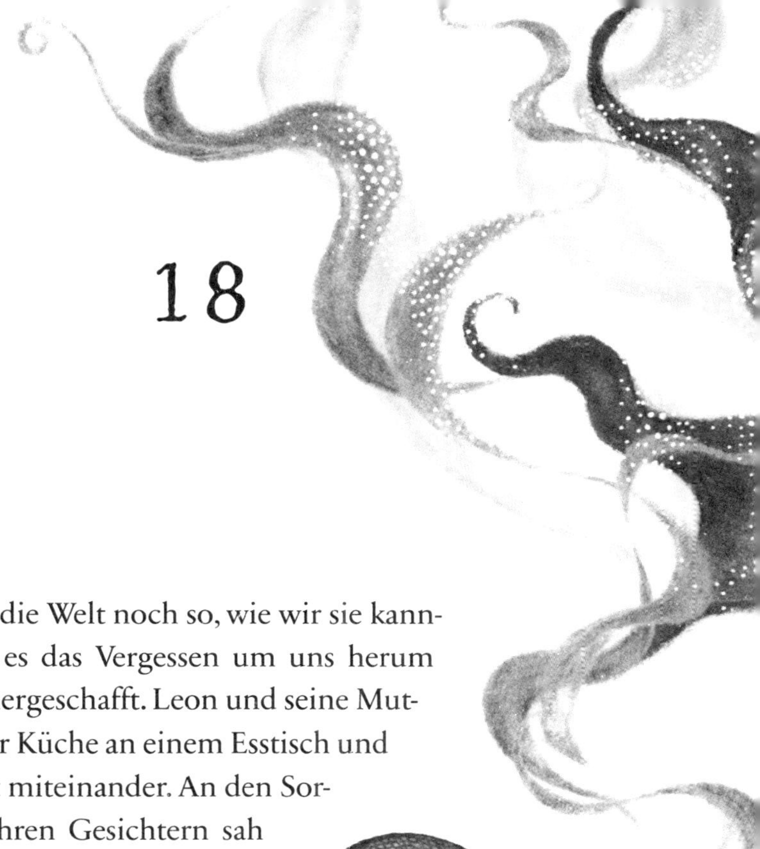

18

Bei Mats war die Welt noch so, wie wir sie kannten. Als hätte es das Vergessen um uns herum nicht bis hierhergeschafft. Leon und seine Mutter saßen in der Küche an einem Esstisch und sprachen ernst miteinander. An den Sorgenfalten in ihren Gesichtern sah ich, dass sie sich entweder gerade gestritten hatten oder ihnen etwas Ähnliches passiert sein musste wie uns. Wenn auch mit dem Unterschied, dass sie sich gegenseitig noch erkannten.

Diesmal fragte Mats mich nicht, warum ich gekommen war. In seinem Gesicht lag eine stumme Ahnung. Er strich Benno über den Kopf und schob uns zusammen mit einer Tüte Süßkram an den Küchentisch. Die geöffnete Tüte stellte er direkt vor Benno und mir ab.

»Nervennahrung!«, sagte er nur.

Mit einem dankbaren Nicken setzte ich mich auf einen Stuhl neben Mats' Mutter und hob Benno auf meinen Schoß. Ich stellte uns kurz vor und erfuhr im Gegenzug, dass Mats' Mutter Susan hieß. Sie hatte die gleichen dunklen Augen wie ihr jüngerer Sohn: weich, warm und geduldig. Ohne viele Worte holte Susan eine Wolldecke, die sie mir um die Schultern legte. Wir wickelten uns in die flauschige Decke wie zwei Rollmöpse. Das tat gut. Erst jetzt merkte ich, dass Benno und ich beide vor Aufregung zitterten.

»Schaut mich mal an«, sagte Susan und holte aus ihrer weißen Brusttasche einen silbernen Stift. Es war aber kein Kugelschreiber. Dort, wo normalerweise eine Mine zum Schreiben war, befand sich eine Lampe. Mit der leuchtete sie erst Benno in die Augen, danach mir. Sie nickte kurz, als wäre sie erleichtert, und steckte den silbernen Leuchtstift zurück in ihre Brusttasche.

»Was ist denn passiert?«, fragte Mats und ich hörte an seiner Stimme, dass er sich diese Frage ungeduldig aufbewahrt hatte.

»Unsere Eltern …«, ich schluckte und machte eine Pause, um nicht in Tränen auszubrechen, »sie … ich glaube, sie haben ihr Gedächtnis verloren.«

»Papa erkennt uns nicht mehr«, fügte Benno ganz leise hinzu.

Susan schlug sich ihre Hand vor den Mund. »Um Himmels willen! Das ist wirklich das Schlimmste, was ich heute höre. Und ich habe heute schon eine Menge schlimme Dinge gehört.« Sie stand auf, nahm zwei Tassen aus dem Schrank und goss aus einer Kanne dampfenden Tee für uns hinein.

»Glaubt ihr mir jetzt endlich?« Mats sah wütend zwischen seiner Mutter und Leon hin und her. »Das ist doch fast so wie bei Papa damals!«

Ich starrte Mats an. Das war es also, was Leon vor ein paar Tagen mit »Familienproblemen« gemeint hatte?

»Oh Mann!« Leon stöhnte nur. »Das ist *nicht* wie damals! Hör endlich auf mit deinen durchgeknallten Verschwörungstheorien und komm mal in der Wirklichkeit an. Unser toller Vater …« Leon schluckte. Dabei sah er aus, als wollten die Worte schneller aus seinem Mund heraus, als er sie aussprechen konnte. Er schloss die Lippen und sah zu seiner Mutter. »Na, du weißt schon.«

»Hört sofort auf zu streiten, Jungs!« Susan hatte ihre Arme in die Seiten gestemmt. »Wir haben gerade wirklich andere Probleme.«

Dabei fiel mir auf, dass sie einen weißen Arbeitsanzug anhatte, einen, wie Krankenschwestern ihn immer trugen. Das erklärte auch die Lampe, mit der sie uns gerade untersucht hatte.

Sie bemerkte meinen Blick und lächelte. »Bei uns im Krankenhaus hatte ich heute ein paar ähnliche Fälle. Die Ärzte wissen noch nicht, was los ist.« Sie rieb sich die Stirn. »Ich muss leider wieder zurück. Wir haben nicht genug Ärzte und Schwestern für alle. Im Krankenhaus ist der Teufel los. Ich wollte hier nur kurz nachsehen, ob es meinen zwei

Großen gut geht.« Sie stand auf und sah mich und Benno prüfend an. »Hmm. Ich nehme euch vielleicht gleich mit. Im Krankenhaus kann ich euch besser beobachten.«

Ich schüttelte heftig den Kopf. »Das ist nicht nötig. Mir ist bloß ein bisschen kalt«, sagte ich. »Der Tee hilft schon. Und die Decke auch. Danke noch mal.«

»Dann wenigstens Benno«, beharrte sie.

Benno schüttelte genauso heftig seinen Kopf und schlang seine Arme fest wie eine Klammer um mich.

Susan lächelte wieder. »Also gut, dann bleibt ihr hier zusammen. Aber ruft mich sofort an, wenn es euch schlechter gehen sollte. In Ordnung? Ihr standet ziemlich unter Schock.« Bevor sie ging, schob sie uns auf die Couch im Wohnzimmer und drapierte eine Limoflasche, eine Tafel Schokolade und eine zweite kuschelige Decke vor mich und Benno. Sie machte alles, was bis gestern auch unsere Ma gemacht hätte, wenn sie sich um uns sorgte oder uns wieder gesund pflegte. Also mal von Schokolade und Limo abgesehen. Wir bekamen dann Kräutertee und Obstschnitze.

Als Susan die Tür hinter sich zufallen ließ, griff ich nach meinem Glas Limo und sah zu Mats und Leon, die sich vor uns in die Sessel gesetzt hatten.

»Was meintest du vorhin damit, dass das genau wie bei eurem Papa ist?«, platzte es sofort aus mir heraus.

Schluss jetzt mit den Geheimnissen, beschloss ich. Es war Zeit, dass Mats mir endlich die Wahrheit erzählte!

Der suchte aber offensichtlich noch die Worte für eine Erklärung. »Ist schon etwas her«, fing er langsam an.

Leon stöhnte wieder. »Unser Vater ist der Grund, warum Mats sich so brennend für die Villa Evie interessiert. Da hast du's.«

»*Was?*« Ich setzte mich kerzengerade auf. »Aber … wieso?«

Mats sah betreten auf seine Füße hinunter. »Unser Vater hat uns vor vier Jahren verlassen. Ja, ich weiß, so was kommt vor, passiert auch in anderen Familien.« Er warf Leon einen Blick zu, aber der verschränkte nur die Arme vor der Brust und ließ seinen Bruder erzählen.

Ich sah zwischen den Brüdern hin und her. »Aber was hat die Villa Evie damit zu tun?«

»Na ja, unser Vater hat Hanne regelmäßig geholfen, wenn es etwas in der Villa zu reparieren gab. Er konnte so was ganz gut. Als es mal durchs Dach geregnet hat, hat er auf dem Dachboden die undichten Stellen ausgebessert und alles wieder abgedichtet. Danach, ich kann mich noch ganz genau daran erinnern, hat es bei ihm angefangen.«

Leon schüttelte den Kopf. »Alles Quark«, murmelte er vor sich hin.

Benno kroch wieder auf meinen Schoß. »Was hat angefangen?«

Mats holte einmal tief Luft. »Er wurde komisch. *Sehr* komisch. Total abweisend und manchmal richtig fies, obwohl er sonst nie so war. Und dann ist er verschwunden, einfach so. Er hat uns ohne Vorwarnung verlassen. Wir haben nie wieder etwas von ihm gehört.«

Jetzt hielt Leon es nicht mehr aus. »Es gibt ein Wort für solche Leute. Fängt mit ›A‹ an und hört mit ›loch‹ wieder auf. Glaub mir, mit der Villa Evie hat das absolut nichts zu tun. Du suchst doch nur einen Grund, damit es nicht seine Schuld war.«

Mats funkelte Leon an. »Und warum hat Hanne seitdem niemanden mehr freiwillig in die Villa Evie reingelassen? Sogar du musst doch zugeben, dass das seltsam ist.«

Leon blies die Backen auf und stand mit Schwung aus dem Sessel auf. »Ich kann mir das nicht mehr anhören, echt. Das geht seit Jahren so! Ich bin oben, wenn ihr mich braucht.« Mit schnellen Schritten hechtete er aus dem Wohnzimmer.

Bennos Augen wurden immer größer. »Darum hast du den Dachboden mit uns gesucht?«

Da hatte mein kleiner Bruder recht. Machte Mats uns etwa die ganze Zeit etwas vor?

»Wieso erzählst du uns das erst jetzt?« Den ärgerlichen Ton in meiner Stimme konnte ich nicht mehr unterdrücken.

Mats schaute wieder auf seine Füße. »Weiß nicht, ich hab … Ich hatte Angst, ihr reagiert genau wie Leon und denkt, ich bin bescheuert.«

Weil ich nicht wusste, was ich davon halten sollte, goss ich mir erst mal Limo nach und überlegte, was wohl mit Mats' Vater passiert sein konnte. »Klingt ja auch verrückt«, stimmte ich dann zu. »Zumindest für alle, die nicht wissen, was unter der Villa Evie ist.«

Mats' Kopf schnellte nach oben und Erleichterung breitete sich auf seinem Gesicht aus. »Dann glaubst du mir?«

»Klar«, sagte ich. »Dein Vater und jetzt unsere Eltern und die anderen Leute in der Stadt … Alle haben sich von jetzt auf gleich total verändert. Das kann ja kein Zufall sein.«

Mir fiel auf einmal wieder ein, was ich auf dem Dachboden gesehen hatte. »Hey, erinnert ihr euch noch an diesen alten Heißluftballon? Auf den Stoffbahnen ist mir ein Fleck aufgefallen …«

»Stimmt!«, rief Benno aufgeregt dazwischen. »Und ein leeres Fläschchen war da auch!«

»Genau. Das könnte ein ausgelaufener Flakon aus der Duftapotheke gewesen sein«, vermutete ich. »Vielleicht hat dein Vater etwas davon eingeatmet, als er das Dach repariert hat?«

Mats' ganzer Körper spannte sich an. Ich konnte in seinem Gesicht lesen, wie sehr er herausfinden wollte, was damals passiert war. »Können wir noch mal hingehen?«

Ich nickte, leerte meine Limo und plötzlich schlich sich mir ein neuer und ungewohnter Gedanke in den Kopf.

Mit ernstem Blick sah ich Benno an. »Hör zu: Wenn wir beide jetzt zurück ins Haus gehen, müssen wir auf Ma und Pa aufpassen, damit ihnen nichts passiert. Hinter dem Ganzen steckt ganz sicher die Duftapotheke, wir müssen nur herausfinden, was genau passiert ist und wie wir es rückgängig machen können. Und das heißt, solange sind ausnahmsweise wir für die zwei verantwortlich. Heute spielen wir Eltern und Ma und Pa sind die Kinder, okay?«

Bennos ängstlicher Blick verwandelte sich in so etwas wie Trotz. Und ich spürte, wie ihn unser gemeinsamer Plan endlich aus seiner Starre löste. »Okay!«

19

Als ich aufstand und mich aus der Wolldecke befreite, hielt Benno mich am Ärmel fest und sah zu mir hoch. Er kniff seine Lippen so stark aufeinander, dass sie ganz weiß wurden.

»Was ist denn?« Ich legte ihm meinen Arm um die Schultern. Trotzdem guckte mich Benno, ohne einen Ton zu sagen, finster an. Ich kannte meinen Bruder gut und merkte, dass er mir unbedingt etwas sagen wollte, sich wahrscheinlich vor Mats nur nicht traute. Also kniete ich mich hin und drückte meine Backe fest an seine. So machten wir das immer, wenn wir uns ein Geheimnis erzählten, das unsere Eltern nicht hören durften.

»Ich bin dadran schuld.« Benno hauchte seine Worte so leise, dass ich sie kaum verstand.

»Was? Nein!« Ich schob ihn vor mich, damit ich ihn besser sehen konnte. »So ein Quatsch! Das darfst du nicht mal denken!«

Aber Benno drückte sich mit Tränen in den Augen wieder fest an mein Ohr. »Doch! Ich hab den komischen Duft verloren. Und bestimmt macht der das alles. Vielleicht ist er ausgelaufen und macht alle verrückt.«

Ich strich ihm über die Backe. »Du hast recht. Wahrscheinlich ist der verloren gegangene Duft wirklich daran schuld. Aber doch nicht du! Hast du das verstanden?«

Benno kniff wieder seine Lippen aufeinander und nickte unsicher.

Ich griff mir seine Hand und gemeinsam gingen Mats, Benno und ich nach draußen. Zuallerst schaute ich mich nach Willem um und atmete auf, als ich ihn nirgends entdeckte. Im selben Moment sah ich aber die schwarze Limousine, die schon mal vor ein paar Tagen vor unserem Haus gehalten hatte.

Auch jetzt saß wieder ein Chauffeur mit weißen Handschuhen hinter dem Steuer. Im Gehen schaute ich mich nach der Dame um, die sich das letzte Mal so lustig verkleidet hatte. Sie trug heute wieder diese komplizierte Hochsteckfrisur unter einem Hütchen und ein genauso altmodisches Kleid. Und sie stieg gerade mit knallenden Absätzen die Stufen zur Villa Evie hoch. Vor unserer Haustür blieb sie stehen.

Ich lief schneller. »Kann ich Ihnen irgendwie helfen?«, rief ich ihr zu. Ich beeilte mich so, dass ich im Nullkommanichts direkt hinter ihr stehen blieb. »Wen suchen Sie denn?«

Die Frau stand mit dem Rücken zu mir und drückte auf die Klingel. Kurz wunderte ich mich. Hatte sie beim letzten Mal nicht braune Haare gehabt? Jetzt wirkten sie fast grau. Vielleicht eine Perücke? Wahrscheinlich täuschte ich mich nur, weil mich ihre Klamotten das letzte Mal so abgelenkt hatten.

In Zeitlupe drehte sich die Frau zu mir um und ihr schweres, nach Erde riechendes Parfüm stieg mir wieder in die Nase. Sie verzog keine Miene und ich merkte, wie ihr Blick mich plötzlich einschüchterte.

Ihre Augen ... das gab's doch gar nicht! Die Frau hatte keine Augenfarbe. Ihre Augen wirkten irgendwie fahl, nicht wirklich grau, sondern eher ... farblos.

»Nun ja«, näselte sie mir endlich eine Antwort auf meine Frage entgegen. »Willem hat mir berichtet, dass eine neue Familie die Villa Evie bezogen hat, und ich wollte sie nur einmal sehen.«

Das klang eigenartig und ganz anders, als unsere vielen neugierigen Nachbarn, die uns auch ständig besuchen wollten. Normalerweise waren alle am Haus interessiert, nicht an *uns.* Bei der alten Dame klang es sogar so, als wären wir Tiere in einem Zoo, die man sich einfach angucken kommen konnte, wenn man Lust dazu hatte.

Ich streckte meinen Rücken durch und holte einmal tief Luft. »Wieso denn? Kennen wir uns?«

»Nein, Kindchen, wir kennen uns nicht.« Sie legte den Kopf schief und machte einen Schritt auf mich zu. Dabei klackte ihr vergoldeter Gehstock hart auf dem Boden auf. Ich zuckte zusammen und ging gleichzeitig einen Schritt rückwärts. »Ich bin die Baronin von Schönblom. Und mit wem habe ich die Ehre?«

Eine *Baronin*? Das wurde ja immer verrückter!

»Luzie«, antwortete ich und war sehr froh, als Mats und Benno sich zu mir stellten. »Luzie Alvenstein.«

Da öffnete Ma die Haustür. »Ja? Bitte?«, fragte sie die Fremde.

»Frau Alvenstein! Einen wunderbaren guten Tag wünsche ich. Ich bin Baronin von Schönblom und eine alte Freundin der früheren Besitzer. Ich liebe dieses Haus, und da ich mich zufällig in der Nähe befand, wollte ich einmal vorbeischauen, wie sich hier alles so entwickelt hat seit meinem letzten Besuch.« Sie machte so viele Schritte auf Ma zu, bis die zur Seite ging und die Frau in unsere Villa ließ.

»Heute ist es leider ungünstig!« Ma klang genervt.

Normalerweise ließ sie sich nicht so leicht überrumpeln. Aber die Baronin kümmerte sich nicht darum, ob ihr Besuch Ma gerade passte oder nicht. Wie eine Hausherrin blickte sie sich in der Diele um und sog die Luft durch die Nase ein. »Ahh! Diese Düfte!« Wieder klackte ihr Gehstock auf die Dielen und selbst Ma zuckte dabei zusammen.

»Ich muss sagen, ich bin erleichtert zu sehen, dass Sie den Originalzustand der Villa erhalten haben. Ich hatte ernsthaft Sorge, die neuen Besitzer könnten hier modernisieren wollen. Aber so wunderbare historische Häuser wie dieses muss man doch bewahren, nicht wahr?« Sie drehte sich zur Eingangstür zurück. »Nun denn, wenn es heute nicht gut passt, dann vielleicht ein anderes Mal. Die Villa weckt so viele schöne Erinnerungen!« Sie raffte ihren Rock und nickte Ma zu.

Im Vorbeigehen funkelte mich die Baronin mit ihren farblosen Augen an. Ich schluckte, weil ihr Blick mir unangenehm war und sie sich gleichzeitig zu mir vorbeugte.

»Ich rate dir, dich besser von Dingen fernzuhalten, die dich nichts angehen. Ihr werdet nur eine kurze Weile mit diesem Haus verbunden sein. Bald werdet ihr wieder gehen wollen – kein Grund, sich unnötig in Gefahr zu bringen, nicht wahr?« Sie zischte mir ihre Worte so leise zu, dass ich wieder zusammenzuckte, als ihr Stock kurz darauf auf den Boden klackte.

Hatte sie mich gerade vor etwas gewarnt? Oder war das eher eine Drohung?

Die Baronin hob ihr Kinn und stolzierte die Veranda hinunter. Ohne sich noch einmal nach uns umzudrehen, sagte sie: »Einen guten Tag wünsche ich.«

Sprachlos standen wir da, bis wir den Motor starten hörten und das Auto über die Pflastersteine davonrollte. Beim letzten Mal hatte ich die Frau einfach nur lustig gefunden. Aber dieses Gefühl war wie weggeblasen.

»Was sollte das denn gerade!« Ma schüttelte erst über die komische Begegnung den Kopf und lachte dann auf. »Wer war das überhaupt? *Baronin Schönchen*, oder wie noch mal?«

Kurz fühlte ich mich unendlich erleichtert und hoffte, dass ich mir Mas eigenartiges Verhalten von vorhin bloß eingebildet hatte und in Wirklichkeit alles in Ordnung war.

Ich lachte auch. »Baronin von Schönblom, hat sie gesagt.«

»Ach, na, ist ja egal. An neugierige Nachbarn sind wir doch gewöhnt.« Ma machte eine wegwerfende Handbewegung und sah nach draußen. »Hauptsache, sie geht uns nicht noch mal auf die Nerven und latscht wieder einfach ins Haus rein. So was!« Dann sah sie sich suchend um und ich wusste sofort, was jetzt kommen würde.

»Ich finde meinen Ring einfach nirgends …«, meinte Ma da schon. »Hast du vielleicht … irgendwo? Ich glaube, er hatte einen lila Stein. Ein sehr schöner Ring ist das.«

Ich seufzte. Wenigstens erkannte sie uns und fragte nicht nach Bennos Namen.

»Hast du schon mal oben nachgesehen?«, fragte ich. »Vielleicht liegt er im Schlafzimmer auf deinem Nachttisch oder so?«

Solange Ma weiter nach ihrem Ring suchte, prüfte ich, ob der Herd an war oder irgendwo Wasser lief, aber alles sah in Ordnung aus.

»Pa?«, rief ich durch den Flur. »Wo bist du?«

Keine Antwort. Ich ging die Treppe ins Obergeschoss hoch und lugte in die Zimmer. Aus dem Bad hörte ich Wasser plätschern. Pa stand also unter der Dusche. Das war auch beruhigend. Wenigstens war ihm wieder die Notwendigkeit der Körperpflege eingefallen.

Ich rauschte in mein Zimmer und griff mir den Schlüssel zur Duftapotheke. Zum Glück lag er noch auf meinem Nachttisch. Hinter mir lehnte Mats am Türrahmen und sah sich in meinem Zimmer um. Normalerweise wäre ich seinen Blicken gefolgt und hätte mir Sorgen darüber gemacht, was er wohl über mich und mein Zimmer dachte. Aber jetzt war mir das alles nicht wichtig genug. Ich schob nur den Schlüssel in meine Hosentasche und winkte die beiden Jungs zum Dachboden.

Zu dritt standen wir eine Minute später um den Heißluftballon und schauten hinein. Der Fleck auf den Stoffbahnen war noch gut zu erkennen. Mats beugte sich tiefer und griff sich den Flakon, der in einer der Stofffalten lag.

Ja, ganz sicher, es war ein Flakon aus der Duftapotheke.

Vorsichtig strich Mats über das wellige Etikett, auf dem die Tinte halb verlaufen war. *»Liebloser Duft«*, entzifferte er den Namen auf dem Etikett und sah uns sprachlos an.

»Sieht so aus, als ob du recht hattest, was deinen Vater betrifft.« Ich spürte, wie auch mein Herz schwer wurde. »Tut mir so leid.« Kurz entschlossen legte ich eine Hand auf Mats' Schulter.

Der ließ sich auf eine Holzkiste sinken und rieb sich die Stirn. Langsam steckte er sich den leeren Flakon ein. »Danke«, sagte er nur leise.

»Das ist doch gut!« Benno setzte sich neben Mats und überlegte scheinbar, was er tun konnte, damit Mats wieder fröhlich wurde. »Dann ist dein Papa keiner von denen, die mit ›A‹ anfangen und mit ›loch‹ wieder aufhören. Leon hat Quatsch erzählt.«

Ich konnte nicht anders. Obwohl das alles furchtbar traurig war, lächelte ich, genau wie Mats.

»Was machen wir jetzt?« Benno zog mich am Arm. »Du hast doch gesagt, wir müssen heute die Eltern sein?«

»Ja, richtig!«, erwiderte ich. »Eltern kümmern sich um

Probleme, stimmt's? Bevor wir uns also um Mats' Vater und auch um Ma und Pa kümmern können, müssen wir zuallererst zwei Dinge in Ordnung bringen: erstens herausfinden, wo der verschwundene Duftflakon abgeblieben ist, der alle alles vergessen lässt. Und zweitens müssen wir mehr über Willem Boer und diese durchgeknallte Baronin von Schönblom herausfinden. Die hat mir nämlich gerade zugeflüstert, dass wir uns aus allem raushalten sollen. Wer weiß, was die beiden miteinander zu tun haben. Aber auf jeden Fall müssen wir erst mal alles über dieses Vergessens-Chaos herausfinden und darüber, was Willem genau in der Duftapotheke tut.«

Mats zog sein Handy aus der Hosentasche. »Ich schau mal nach dieser Baronin.« Er tippte ihren Namen in eine Suchmaschine ein. »Du hast recht, es ist wirklich seltsam, dass die genau zu der Zeit auftaucht, in der die ganze Stadt alles vergisst.«

»Warum ist das so?«, fragte mich Benno. »Warum macht ein Duft, dass Mama und Papa alles vergessen?«

»Keine Ahnung.« Ich hob meine Schultern. »Vielleicht ist es ja ein bisschen so, wie wenn dich ein bestimmter Duft an etwas erinnert. Der Duft nach Sonnencreme lässt dich zum Beispiel an deinen letzten Urlaub am Meer zurückdenken, ein bestimmter Waschmittelgeruch an jemanden, neben dem du morgens im Kindergarten sitzt und so. Warum sollte ein Duft nicht auch das Gegenteil auslösen können und dich etwas vergessen lassen?«

»Über diese Baronin finde ich nichts im Internet. Bestimmt ist das ein ausgedachter Name.« Mats steckte sein

Handy ratlos wieder ein. »Okay, also mal angenommen, das ganze Chaos liegt wirklich an dem verloren gegangenen Duftflakon, dann müsste die Vergesslichkeit der Leute bald wieder nachlassen. Der ›Duft der Kälte‹ hat es schließlich auch nicht ewig hageln lassen. Düfte verfliegen und verschwinden mit der Zeit einfach wieder von selbst. Kein Geruch hält ewig.«

»Na ja«, sagte ich. »Außer der Duft gehört nicht in die Abteilung ›Flüchtige Düfte‹. Sind dir etwa die Metallschilder an den Regalen in der Duftapotheke nicht aufgefallen?«

Mats' Augen weiteten sich, als er sich erinnerte. »Du meinst diese komischen Kategorien, wie ›Traumhafte Düfte‹ oder ›Gefährliche Düfte‹ und so?«

Ich nickte. »Genau. Es gab auch ein Regal mit ›Ewigen Düften‹. Das heißt, es gibt anscheinend auch welche, die eine bleibende Wirkung haben. Was, wenn der fehlende Flakon genau aus der Abteilung ist?«

»Dann haben wir echt ein Problem!« Mats strich sich angestrengt über die Stirn. »Ich frage mich schon die ganze Zeit, was Willem eigentlich mit der Duftapotheke genau macht. Wozu sind die Düfte überhaupt gut? Meinst du, er verkauft sie?«

»Wahrscheinlich«, nickte ich. Magische Düfte wie die aus der Duftapotheke mussten sehr wertvoll sein.

Es war kühl hier oben auf dem Dachboden. Ich rieb mir die Arme und schaute noch mal auf den getrockneten Fleck im Heißluftballon. Mir fiel wieder etwas ein. »Ma hat gesagt, dass Willem heute Vormittag bei uns in der Villa Evie war und sie gefragt hat, ob alles in Ordnung ist. Er hat sich wohl ziemlich neugierig hier im Haus umgesehen.«

»Echt?« Mats' Augenbrauen zogen sich fast ineinander. »Oh Mann. Ich zerbreche mir schon die ganze Zeit über ihn den Kopf. Ich kenne Willem ja seit Ewigkeiten, eigentlich mein ganzes Leben lang. Bisher war der für mich nur der muffelige Stinkstiefel aus dem Gewächshaus. Ich kenne ihn auch nicht anders als in seiner dreckigen Latzhose und mit seinem schlecht gelaunten Gesicht. Ich dachte immer, er ist einfach einer dieser uralten Kerle, die jeden Tag genau das Gleiche machen. Ist echt schwer, sich vorzustellen, dass er hier direkt neben unserem Haus etwas Böses aushecken könnte.«

»Können wir den Duft nicht bei ihm suchen?«, fragte Benno. »Wo wohnt Willem denn?«

Ich lachte. »Bestimmt nicht im Gewächshaus, oder?«

Für einen kurzen Moment kicherte sogar Benno bei der Vorstellung, der alte Willem würde sich abends auf einer Isomatte zwischen seine Pflanzen kuscheln.

»Ich hab echt nicht die leiseste Ahnung«, sagte Mats und schüttelte ratlos den Kopf.

»Dann sollten wir das herausfinden!« Ich verschränkte meine Arme. »Wer, wenn nicht Willem, würde sich sonst für ein kleines Duftfläschchen auf unserem Küchentisch interessieren? Nur er weiß doch, dass der Flakon aus der Duftapotheke stammt. Ich wette, er hat den Duft auf dem Küchentisch gesehen und ihn mitgenommen. Vielleicht will er sich jetzt an uns rächen, indem er irgendeinen Vergessens- oder Verrückt-werde-Duft an unseren Eltern auslässt.«

»Also gut«, lenkte Mats nach einem Moment ein. »Wir könnten vielleicht Frau van Velden nach seiner Adresse fragen?«

»Gute Idee!«, sagte ich. »Die hatte ja den Brief für Willem. Dann muss sie auch wissen, wo er wohnt!«

20

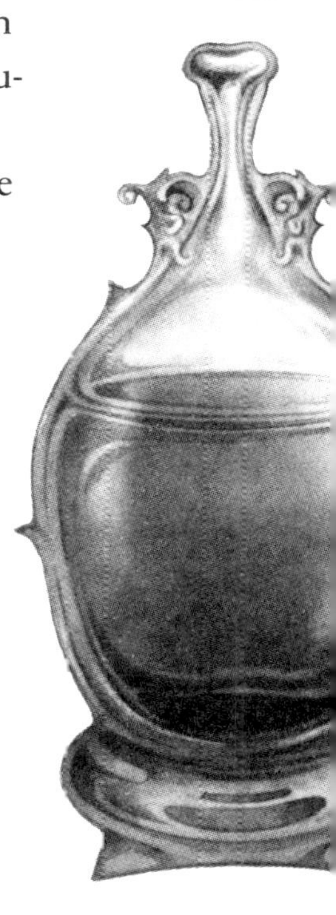

Fünf Minuten später standen wir vor Hannes Eingangstür und klingelten. Unter dem roten Lack blätterten die Farbschichten aus früheren Jahren. Ich beugte mich näher heran und sah, dass die Villa Evie schon mal eine blaue, eine weiße und eine schwarze Eingangstür gehabt haben musste. Dahinter hörte ich Pantoffeln auf uns zuschlappen.

Undeutlich drangen ein paar Worte zu uns. Hanne redete mit jemandem, aber es drang nur gedämpft durch das Holz. Dann öffnete sich die Tür vor uns und Hanne stand uns mit einer Katze auf dem Arm gegenüber. Es war das erste Mal, dass ich sie mit offenen Haaren sah. Ihre grauen Locken hingen in dichten Wellen über ihre Schultern.

»Lara! Wie schön, dass du mich besuchen kommst. Und du hast ja sogar deine Freunde mitgebracht!« Sie lächelte, strich der Katze durchs Fell und winkte uns in den Flur und Richtung Küche.

Ich seufzte nur und sagte nichts. Mal sehen, welche Namen sie sich noch für mich ausdachte.

Auch Hannes Teil der Villa sah aus wie ein Museum. Der Flur war düster, nur das bunte Fensterglas in der Eingangstür ließ etwas Licht hinein. Hanne benutzte ein Parfüm, das sie sich viel zu kräftig aufgesprüht hatte. Sie roch ja kaum noch etwas und merkte das wahrscheinlich gar nicht. Ich warf Mats einen belustigten Blick zu, den er erwiderte, indem er seine Nase krauszog.

Doch bei Hanne roch es nicht bloß nach Parfüm, sondern auch kräftig nach gekochtem Kohl. Nicht gerade mein Lieblingsgeruch.

Sie winkte uns weiter durch den engen Flur Richtung Wohnzimmer. »Kann ich euch einen Kaffee anbieten?«

Ich grinste und winkte ab. »Nein danke.« Wäre Ma dabei gewesen, hätte sie Hanne jetzt einen langatmigen Vortrag über die Wirkung von Koffein bei Kindern gehalten. Zumindest hätte sie das vor ein paar Tagen noch gemacht. Heute wäre es sogar möglich, dass sie Benno und mir einen Likör einschenken würde und das ganz normal fände.

Ich folgte Hanne ins Wohnzimmer. Sie winkte uns zum Sofa und verschwand dann in die Küche. Mats und Benno setzten sich rechts und links neben mich auf die Couch. Wir warteten und sahen uns um. Auf dem Kaminsims standen ein paar Bilderrahmen mit alten Fotos. Ein verblichenes Familienfoto zeigte wahrscheinlich Hanne als Mädchen mit ihren Eltern. Daneben standen zwei Fotos von einer schwarzen Katze und einer roten. Anscheinend lebte Hanne schon immer allein. Nirgends entdeckte ich ein weiteres Bild, auf dem Menschen waren. Keine Kinder, keinen Ehemann, nicht mal Freunde.

»Fräulein Elvira benimmt sich heute noch viel verrückter als die ganzen Leute da draußen!«, rief uns Hanne aus der Küche zu und kam mit der Katze auf dem Arm zurück. Sie setzte Fräulein Elvira ab, die sich daraufhin platt auf den Boden legte, alle vier Beine von sich streckte und anfing, ihre Nase wie ein Kaninchen zu rümpfen. Mats verkniff sich ein Lachen und gluckste leise. Nur Benno kniete sich neben die Katze. Er streichelte ihr den Kopf, bis sie so schnurrte, wie es sich für Katzen gehörte.

»Ich hatte schon befürchtet, sie wüsste nicht mehr, wie das geht.« Hanne klatschte begeistert in die Hände und sah zu Fräulein Elvira runter.

Ich räusperte mich. »Wir wollen Sie gar nicht lange stören, wir wollten bloß …«

»Aber ihr stört doch nicht!« Hanne winkte ab und hielt uns eine Dose Kekse hin. »Es ist so schön, dass mich mal jemand besuchen kommt. Wenn es nach mir ginge, hätte ich ständig Besuch!«

Benno stand sofort auf und bediente sich bei den Keksen. Auch ich griff zu. »Wir wollten Sie fragen, ob Sie uns vielleicht die Adresse von Willem Boer geben könnten?«

Hanne spitzte neugierig ihre Lippen. »Was wollt ihr denn von Willem?«

»Also … ähm …« Mist, ich hätte mir vorher mal eine Erklärung für meine Frage ausdenken sollen!

»Wir wollen ihn nur etwas fragen«, schaltete sich Mats ein. »Ich mache gerade bei einem Ferienprojekt für die Schule mit. Es geht um das Thema *Mögliche Berufswünsche.* Und weil wir direkt neben dem größten Gewächshaus weit und breit wohnen, hat mich meine Lehrerin gebeten, Willem Boer über den Gärtnerberuf zu befragen. Wenn jemand seinen Beruf ernst nimmt, dann Willem, oder? Aber er ist gerade nicht hier, deshalb dachten wir, wir versuchen es mal bei ihm zu Hause.«

Ich war beeindruckt. Mats log, ohne mit der Wimper zu zucken. Der hatte ja ein echtes Pokerface!

»Ach so.« Hanne biss nachdenklich in einen Keks. »Seine Adresse habe ich aber leider nicht. Brauchte ich noch nie, Willem ist ja jeden Tag hier.«

»Und Sie wissen auch nicht, wo er *ungefähr* wohnt?«, fragte Mats.

Hanne blickte uns drei entschuldigend an. »Nein, leider nicht.«

Mir schoss ein Gedanke durch den Kopf. »Sollen wir den Brief mitnehmen, der für Willem angekommen ist? Falls wir ihn heute treffen, können wir den für Sie überbringen.« Vielleicht kamen wir auf die Art doch noch an einen Brief, der an Daan de Bruijn adressiert war!

Hanne strich sich gedankenverloren über ihren Rock. »Das ist lieb, Luise. Aber ich habe ihn schon unter der Gewächshaustür durchgeschoben. Da findet Willem ihn selbst. Spätestens morgen ist er bestimmt wieder hier.«

Mats und ich warfen uns sofort einen Blick zu und kamen offensichtlich zur selben Schlussfolgerung.

»Danke!«, sagte Mats etwas zu laut und stand eilig auf. »Dann gehen wir mal wieder.«

Benno hatte die Backen prall mit Keksen gefüllt und nuschelte ein krümeliges »Auf Wiedersehen!«. Ich verabschiedete mich auch und schob mich hinter Mats und Benno zurück durch den Flur. Elvira schnurrte immer noch, als die Tür hinter uns ins Schloss fiel und der Kohlgeruch endlich nachließ.

»Wo gehen wir hin?«, fragte Benno verwirrt, als Mats und ich ihn mit uns in Richtung Gewächshaus zogen.

»Wir suchen den Brief«, antwortete ich knapp.

Nur eine Sache leuchtete mir einfach nicht ein. Ich kaute auf meiner Unterlippe herum, während wir über die Wiese vor der Villa liefen. »Warum vergessen manche Erwachsene plötzlich alles und jeden und andere bleiben völlig normal? Hanne war so wie immer, stimmt's?«

Ich warf Mats einen fragenden Blick zu, immerhin war sie schon sein ganzes Leben lang seine Nachbarin.

Er grinste nur. »Ja. Aber ihre Katze war dafür echt schräg.«

Benno protestierte: »Die Katze war nicht schräg! Sie war nur ein bisschen …«

»… wie ein Kaninchen«, beendete ich Bennos Satz.

»Du hast recht«, sagte Mats zu mir. »Wenn die Katze wirklich vom Duft so komisch drauf war, wieso war Hanne es dann nicht?«

»Eben«, stimmte ich zu, auch wenn ich das Gefühl hatte, dass wir darauf jetzt keine Antwort finden würden.

Wir näherten uns dem Gewächshaus, das unter der Mittagssonne leuchtete. Der Schlitz unter der Tür, durch den

Hanne den Brief geschoben haben musste, war zu dünn, um darunter durchzugreifen. Ich kniete mich auf den Boden und versuchte, wenigstens hindurchzusehen.

Ich schnaufte vor Wut. »Das hat keinen Sinn, ich erkenne gar nichts von hier!« Der Spalt unter der Tür war einfach zu schmal. Ich stand wieder auf und klopfte mir den Dreck von der Jeans.

Benno hatte einen Vorschlag: »Wir könnten Willem hinterhergehen, wenn er aus dem Gewächshaus rauskommt und nach Hause geht. Dann wissen wir doch, wo er wohnt?«

Ich war froh, dass sich Benno von dem Schock mit unseren Eltern ablenken ließ und jetzt wieder guter Dinge war. »Stimmt, so könnten wir das rauskriegen. Es wird nur bestimmt schwer, ihm unauffällig zu folgen. Ich hab das Gefühl, dass Willem eher *uns* beobachtet. Und das schon eine ganze Weile.«

Bennos Augen warteten auf eine Lösung. »Aber was machen wir denn dann?«

Ich klatschte die Hände zusammen. »Ich hab eine Idee. Das ist nicht der einzige Weg, wie wir an den Brief kommen können. Los!«

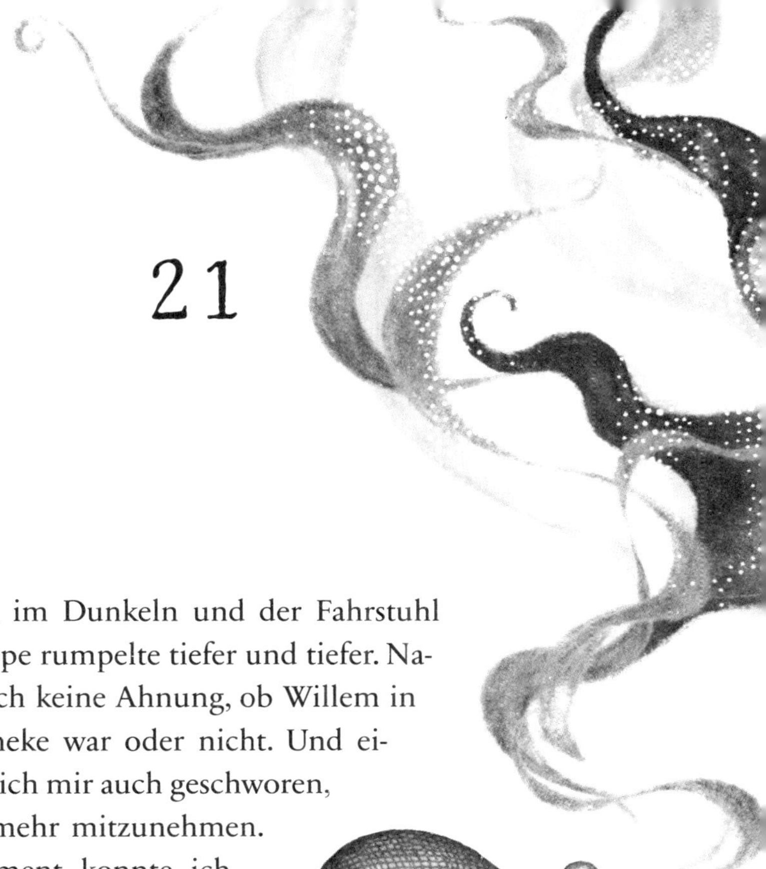

21

Wir standen im Dunkeln und der Fahrstuhl unter der Treppe rumpelte tiefer und tiefer. Natürlich hatte ich keine Ahnung, ob Willem in der Duftapotheke war oder nicht. Und eigentlich hatte ich mir auch geschworen, Benno nicht mehr mitzunehmen. Aber im Moment konnte ich ihn ja nicht mit Ma und Pa alleine lassen. Solange er bei mir war, passte wenigstens überhaupt jemand auf ihn auf.

Mit einem Ruck blieb der Fahrstuhl stehen.

Wir lauschten in das Büro hinter der Tür. Nichts war zu hören, nicht das kleinste Geräusch. Aber wahrscheinlich wäre Willem sowieso mucksmäus-

chenstill gewesen nach dem ohrenbetäubenden Gerumpel des Fahrstuhls.

Mit feuchten Fingern drückte ich die Klinke hinunter und schob die Fahrstuhltür auf. Das Büro war stockdunkel. Ich atmete erleichtert aus, als niemand vor uns stand. Dann tastete ich mich vorwärts und fuhr mit der Hand die Wand entlang auf der Suche nach dem Drehschalter. *Klack*, da war er. Wieder flammten die Gaslampen über uns auf. Eine Sekunde lang sah ich gar nichts, weil mir das Licht nach der Dunkelheit in die Augen stach.

»Und was genau ist jetzt dein Plan?«, fragte Mats.

Warnend hob ich meine Hand und wartete, ob Willem doch nebenan war. Ich drückte mein Ohr an die Wand zur Duftapotheke und lauschte. Es war nichts zu hören. Vorsichtig drückte ich die Tür auf und ging durch das Regal. Auch hier knipste ich das Licht an.

Meine Anspannung ließ nach, als uns nur die funkelnden Flakons in ihren Regalen gegenüberstanden.

Wir gingen zur schweren Holztür, die zum Gewächshaus führte, und ich schob meinen Schlüssel ins Schloss. Dreimal ließ ich ihn klacken, dann schob ich die Tür auf. Ich war froh, dass auch hier noch keine Gaslampen über uns glühten und ich sie selbst anstellen musste. Leise schlichen wir durch den Flur auf die Treppe zu. Als wir zusammen im Geräteschuppen angekommen waren, lauschten wir wieder auf Willems Stiefelsohlen oder ein anderes Geräusch, das den Gärtner verraten würde. Aber alles war still. Also zog ich am Bodenhebel und wir drehten uns ins Gewächshaus.

Mats hielt mich an der Schulter fest, bevor ich einen Schritt tun konnte. »Bleib du am besten bei Benno! Ich geh da rein und hol den Brief. Falls Willem doch hier ist, könnt ihr zurück und Hilfe holen.«

Mir gefiel es nicht, dass Mats allein loswollte, aber er hatte recht. Es war klüger, wenn jemand von uns auf Benno aufpasste und im Fall der Fälle verhindern konnte, dass Willem uns alle gleichzeitig erwischte. Ich nickte und griff mir Bennos Hand. »Beeil dich!«

Mats lugte durch die Tür des Geräteschuppens und schlüpfte ins Gewächshaus. Angespannt hörte ich auf jedes Geräusch um uns herum. Das Zischen der Lampen, ein Vogel, der irgendwo draußen herumzeterte, und Bennos schneller Atem.

Nach einer gefühlten Ewigkeit kam Mats endlich wieder zurück. Ohne ein Wort zu sagen, zog er am Bodenhebel und wir drehten uns zurück in den langen Flur, der zur Duftapotheke führte. Als der Boden unter unseren Füßen einrastete, hielten Benno und ich es nicht mehr aus und fragten gleichzeitig: »Hast du ihn?!«

Mats grinste und hielt uns einen weißen Briefumschlag vors Gesicht. »Lasst uns zurück! Ich will mir nicht vorstellen, was passiert, wenn Willem uns damit erwischt.«

Wir rannten los, die Treppenstufen runter in den Flur und zurück in die Duftapotheke.

Ich sah auf die schwere Holztür, die hinter uns zufiel. »Am besten, wir verbarrikadieren den Eingang, damit Willem hier nicht reinkommt.«

»Guter Plan!« Mats ging zum Holztresen, der mittig im

Raum stand, und versuchte, ihn vorwärtszuschieben. »Fasst mal mit an.«

Benno und ich begriffen, dass Mats den Tresen vor die Tür stellen wollte, und schoben mit. Das Teil war verdammt schwer und bewegte sich nur langsam vorwärts. Es dauerte ewig, aber letztendlich schafften wir es. Willem kam hier so schnell nicht mehr rein und wir waren erst mal sicher.

»Und?« Benno zog Mats am Arm. »Was steht in dem Brief drin?«

Mats legte den Umschlag auf die Marmorplatte des Tresens. Altmodische Buchstaben waren darauf mit Tinte geschrieben. *An Herrn Daan de Bruijn,* stand da. Und darunter die Adresse der Villa Evie. Mats drehte das Kuvert um und versuchte, den Absender zu entziffern.

»Monsieur Emilien F. Bernard«, las er vor und als Nächstes irgendeine französische Straße und Stadt.

»Mach ihn endlich auf!«, nörgelte Benno.

Mats zögerte. »Wie denn? Wenn wir ihn aufreißen, dann können wir ihn danach nicht mehr zurücklegen. Wer weiß, vielleicht ist es ja etwas Wichtiges, das wir Willem nicht verheimlichen dürfen.«

»Aber der Brief ist nicht für Willem, sondern für Daan de Bruijn«, warf ich ein. »Und manchmal kann es ja auch passieren, dass man aus Versehen einen Brief aufmacht, weil man dachte, der ist an einen selbst. Postboten verwechseln manchmal die Briefkästen.« Ich zwinkerte. »Außerdem haben wir gerade wichtigere Probleme.« Kurz entschlossen griff ich mir den Brief und schob meinen Zeigefinger seitlich in den Umschlag. Dann riss ich ihn auf.

Innen lag ein violettes Papier. Ein dunkler und vertrauter Geruch stieg daraus auf. Ich zog einen Briefbogen hervor, faltete ihn auseinander und legte ihn wieder auf den Tresen zwischen uns.

Hochgeschätzter Monsieur de Bruijn,

bitte übersenden Sie mir einen weiteren Duft, wie gewohnt 300 ml sollten auf Weiteres genügen. Bezahlung erfolgt auf altbewährte Weise.

Hochachtungsvoll,
Ihr Monsieur E. F. Bernard

»Ist das echt eine Bestellung?« Ich konnte gar nicht glauben, was ich da las. »Aber Daan de Bruijn lebt doch gar nicht mehr.« Ich tigerte ungeduldig an den Flakons entlang und dachte nach.

Diesmal fand Mats etwas im Internet, als er sein Handy hervorholte. »Das gibt's doch nicht! Hier! Monsieur E. F. Bernard lebte von 1854 bis 1922. Er war ein französischer Glashersteller und Geschäftsmann. Mit seinen verschiedenen Flaschen der Marke Priscilla, die er bis zu seinem Tode erfolgreich weltweit vertrieb, erwarb Bernard ein stattliches

Vermögen. Er verstarb auf seinem Landgut in der Normandie.«

Für einen Moment schwiegen wir alle. Mats starrte nur weiter auf sein Handy. »Der ist auch schon lange tot«, flüsterte er.

»Genau wie Daan de Bruijn«, sagte ich nur.

Mats hob den Kopf und sah mich an. »Schreiben hier ernsthaft Tote an Tote?«

»Ach Quatsch, wie denn?« Ich konnte mir ein ungläubiges Lachen nicht verkneifen. »Keine Ahnung, wer diese Bestellungen aufgibt, aber tot kann er nicht sein. Vielleicht benutzt derjenige einfach den Namen *Bernard*? Als eine Art Deckname? Um zu verheimlichen, wer er wirklich ist?«

Mats nickte. »Gute Idee, das könnte es sein.«

Ich drehte mich einmal um mich selbst. Okay, Zeit, mich wieder um das Problem mit meinen Eltern zu kümmern. Ich war jedoch bereits am letzten Regal angelangt, aber nirgends hatte ich einen Duft gefunden, der irgendetwas mit »Sich wieder erinnern« zu tun hatte. Es wäre auch einfach zu schön gewesen, wenn ich plötzlich über eine Art Gegenduft gestolpert wäre, der das ganze Problem für uns löste und verschwinden ließ.

Na ja, mal abgesehen vom »Duft der Endlichkeit« und seinen möglicherweise tödlichen Nebenwirkungen. Da gab es hoffentlich noch einen anderen Weg.

Hinter mir auf dem Tresen saß Benno und untersuchte das violette Papier im Briefumschlag. Ich drehte mich zu ihm. »Sag mal, erinnerst du dich eigentlich noch, aus welchem Fach du den Duft genommen hast?«

Benno sah aus, als ob er sich sofort wieder für alles, was gerade schiefging, schuldig fühlte.

Wortlos rutschte er vom Tresen und ging auf das unterste Fach eines Regals zu. »Ich glaub, da hab ich den rausgenommen.«

Ich schluckte. Auch das noch. Es war wirklich das Regal mit den ewigen Düften.

»Also gut«, sagte ich, um mir selbst Mut zu machen. »Wir müssen herausfinden, was für ein Duft das genau war. Es muss doch einen Gegenduft geben.«

Mats stellte sich neben mich. »Vielleicht gibt es so was wie eine Inventarliste? In Läden und Geschäften gibt es das doch immer. Da sind dann alle Sachen, die verkauft werden, aufgelistet.«

»Stimmt«, sagte ich. »Wenn wir so eine Liste finden würden, müssten wir sie nur mit den Flakons in den Regalen vergleichen und schauen, welcher Duft nicht mehr da ist.«

Ich ging nach drüben in das Büro und sah mich um. Viel gab es nicht, was ich hier durchsuchen konnte. Kein Regal, keinen Schrank und auch keine Aktenordner oder Hefter. Ich zog die Schreibtischschublade auf. Sie war immer noch genauso leer wie beim letzten Mal. Aber ein anderes Fach gab es nicht, in dem ich suchen konnte. Deshalb zog ich die Schublade ganz aus dem Schreibtisch und legte sie auf den Boden. Ich betrachtete den Schubladenboden, aber leider hing auch daran nichts.

»Und, schon was entdeckt?«, fragte Mats.

»Nein«, antwortete ich. »In der Schublade war nichts. Aber ich hab das Gefühl, dass sich jemand eine Menge Gedanken darüber gemacht hat, wie die Flakons in den Regalen stehen. Immerhin sind sie nach ihren Wirkungsweisen sortiert, also nach einem System. Jemand, der so sorgfältig ist, müsste sich doch die Mühe gemacht haben, die Düfte aufzulisten, oder nicht?«

Mats betrachtete die Schublade genauer. »Hast du schon in den Notizbüchern mit den Rezepten nachgeschaut?«

Ich schüttelte den Kopf und Mats ging nach nebenan, um sie zu holen.

Irgendwie glaubte ich nicht, dass dort wirklich etwas Wichtiges drinstand. Sie lagen einfach offen herum. Dabei gab es für fast alles in der Duftapotheke ein ausgetüfteltes Versteck, wie zum Beispiel den Eingang ins Labor, den unsichtbaren Fahrstuhl hinter der Holzvertäfelung oder den Schlüssel unter der Treppenstufe. Alles, was wichtig war, hatte einen ganz speziellen Ort, an dem es verschwand. In der Duftapotheke gab es keine Zufälle. Sie war ganz offensichtlich von jemandem entworfen worden, der ihr Geheimnis für sich behalten wollte.

Außerdem war eins der Notizbücher nach unserem ersten Besuch verschwunden. Wenn überhaupt, dann stand sicher *dort* etwas drin, was uns weitergeholfen hätte.

Benno saß immer noch neben mir und half, die Schublade zu untersuchen. Leider fanden wir auch keinen doppelten Boden, wie ich es schon öfter in Detektivfilmen gesehen hatte.

»Da, guck mal!« Benno quetschte sich in die Schreibtischöffnung, in der gerade die Schublade fehlte, und riss darin an etwas herum.

Ich spürte, wie mein Herz sofort schneller schlug. »Was hast du gefunden?«

Zwei Sekunden später hielt Benno mir einen vergilbten Umschlag vors Gesicht. Er strahlte stolz über beide Ohren.

22

Auf dem Umschlag stand nichts geschrieben, und als ich ihn aufklappte und mit Benno zusammen hineinsah, wehte uns zuerst eine Staubwolke entgegen.

Mit den zwei übrig gebliebenen Notizbüchern im Arm kam Mats zu uns. »Ein Rezept, mit dem man Vergesslichkeit heilt oder die Erinnerung in Schwung bringt, hab ich nicht gefunden. Außerdem ist das dritte Notizbuch immer noch verschwunden.«

»Guck mal!« Benno winkte Mats näher und zeigte auf den Umschlag. »Ich hab was ganz Wichtiges gefunden!« Er zog ein kräftiges Papier aus dem Umschlag, das mehrmals wie eine Landkarte zusammengefaltet war, und breitete es auf dem Boden aus. Am rechten Rand war es ausgefranst. Fehlte dort etwas? Es sah jedenfalls ganz so aus, als wäre die Karte einmal in der Mitte durchgerissen worden.

Mit den Handflächen strich ich das Papier glatt. Es hatte die Größe eines durchschnittlichen Posters und mit Tinte war etwas daraufgemalt, das ziemlich kompliziert aussah. Tausende haarfeine Linien verbanden Worte miteinander, die kaum zu lesen waren. Alles war nicht nur in der altmodischen Schrift unserer Urgroßeltern geschrieben, sondern auch noch in winzig klein. Immerhin war es dieselbe Handschrift, mit der die Rezepte in den Notizbüchern geschrieben waren.

Dazwischen entdeckte ich Milligramm-Angaben, mit denen etwas gemischt werden sollte. Ich erkannte auch ein paar der Duftnamen. Aber leider war das keine Inventarliste, sondern irgendeine superkomplizierte Zeichnung, die kein Mensch verstand.

Benno gab aufgeregte Piepser von sich und staunte: »Dafür braucht man ja eine Lupe!«

Mir sackten die Schultern nach unten. Wenn wir doch bloß Ma fragen könnten! Sie war die Einzige weit und breit, die diesen Plan sicher sofort verstanden hätte. Wenn sie doch einfach nur wieder die Alte sein könnte, so wie früher.

Ich schluckte und holte tief Luft. Für Verzweiflung war jetzt kein Platz. Wir mussten Ma und Pa aus ihrer Vergesswolke herausholen, und das schnell.

»Verstehst du irgendetwas davon?« Mats warf mir einen fragenden Blick zu. »Sieht aus wie …« Er rieb sich die Augen. »… wie keine Ahnung. Eine Art Plan?«

Benno lief um den Papierbogen herum. »Ein *Duftplan*, vielleicht ist das ein Duftplan!«

»Ja vielleicht«, stimmte ich zu. »Nur wie muss man ihn lesen?«

Ich betrachtete die vielen kleinen Punkte, an denen irgendetwas stand und von dem aus immer mehrere Striche zu etwas anderem führten. Die Zeichnung sah aus wie ein chaotisches Spinnennetz.

»Könnte so eine Art Stammbaum sein«, vermutete Mats. »Oder es zeigt, woraus die Düfte hergestellt sind. Vielleicht erklärt es auch, welche Düfte miteinander verwandt sind, weil sie ähnliche Zutaten enthalten, oder so?«

»Klingt gut«, sagte ich. Dann stand ich auf und ging einmal um die Theke herum. Manchmal brauchte man ein bisschen Abstand zu den Dingen, um sie verstehen zu können. Wie bei einem Gemälde, das man nur zur Hälfte erkannte, wenn man direkt davorstand.

Warum also hatte jemand lauter Wörter wirr mit Strichen verbunden? Die Zeichnung war immerhin versteckt worden, also musste sie etwas verraten, das nicht verraten werden sollte.

»Oder …« Ich setzte an auszusprechen, was mir als die einzige Lösung erschien. »Vielleicht können wir ja hiermit versuchen, im Labor selbst einen Gegenduft für das Vergessen herzustellen! Einen, der den Leuten hilft, sich wieder zu erinnern. Wir müssen bloß das passende Rezept dafür suchen. Und ich wette, es steht hier drauf.«

Mats zog bei meinen Worten scharf die Luft ein. »Das ist jetzt nicht dein Ernst! Du weißt doch gar nicht, wie man so einen Duft herstellt. Da kann alles Mögliche schiefgehen! Hast du vergessen, was meinem Vater passiert ist?«

»Es geht doch sowieso alles Mögliche schief!« Meine Stimme wurde genauso laut wie die von Mats. »Was glaubst du denn, wie wir an Willems Duft rankommen? Selbst wenn wir sein Zuhause finden: Sollen wir da einbrechen? Oder meinst du, der gibt ihn uns einfach? Wenn Willem weiß, dass wir sein Geheimnis kennen, dann sorgt er schon dafür, dass wir das nicht schaffen. Und so lange kann er den Duft benutzen, bis sich *niemand* mehr an irgendwas oder irgendwen erinnert.«

»Trotzdem.« Mats schüttelte stur seinen Kopf. »Auf keinen Fall mixe ich hier wild irgendwelche Sachen zusammen, da mach ich nicht mit! Du spinnst doch. Ganz egal, was passiert. Das ist viel zu verrückt! Oder hast du die ›gelegentlich tödlichen Nebenwirkungen‹ vergessen?«

Die Wut schob mir einen Kloß in den Hals, von dem ich kaum noch Luft bekam. »Ja, *du* kannst das natürlich einfach sagen. Bei dir zu Hause ist ja alles in Ordnung! Deine Mutter hat dich nicht vergessen!«

»Nein, nur mein Vater!« Mats stand auf und jetzt sah ich auch, wie die Wut in seinem Gesicht leuchtete. »Von mir aus spiel die durchgeknallte Kräuterhexe. Aber ohne mich! Und wehe, du ziehst Benno da mit rein!«

Wie auf Kommando stapfte mein Bruder verzweifelt mit seinem Fuß auf. »Nicht streiten!«

»Komm, Kumpel. Das ist nichts für Fünfjährige.« Mats riss die Fahrstuhltür auf und wartete. Dann sah er mich an und streckte mir seine Hand hin. »Gib mir den Schlüssel.«

Ich zögerte, biss mir auf die Unterlippe und umklammerte den Schlüssel fest in meiner Hand, weil ich kurz vorm Explodieren war. Dieser blöde, egoistische Mats! Ich wollte, dass er zurückruderte, wieder aus dem Fahrstuhl rauskam und es sich anders überlegte. Ich wollte, dass er mir half.

Uns half.

Aber es stimmte. Ich konnte von Benno nicht verlangen, mit mir ins Labor zu kommen und mit den Düften zu experimentieren, bis wir einen Gegenduft fanden. Manche Düfte waren wirklich gefährlich und das war mir genauso klar wie Mats. Aber welche Alternative gab es schon? Dieser »Vergessensduft« hatte im Regal der »Ewigen Düfte« gestanden. Wie viel Zeit blieb uns überhaupt noch, bevor meine Eltern ihre Erinnerungen endgültig verloren? Auf keinen Fall kam es infrage, nur abzuwarten und nichts zu tun.

»Luzie, komm mit!« Benno sah mich mit großen Augen an. »Du darfst das nicht machen!«

Ich biss mir noch fester auf die Unterlippe und ging auf Benno und den Fahrstuhl zu. Ich gab mir alle Mühe, so auszusehen, als würde ich meine Wut auf Mats herunterschlucken.

»Okay, ich komme mit.« Ich kniete mich vor Benno und nahm ihn in den Arm. »Gehen wir nach Hause und kochen uns einen heißen Kakao. Es ist sowieso längst Schlafenszeit für dich.«

»Und du gehst nicht hierher und machst gefährliche Düfte!«

»Ich mache keine *gefährlichen* Düfte«, sagte ich und quetschte mich mit in den Fahrstuhl, »das hatte ich auch nicht vor.«

»Versprochen?«

Es stimmte, ich sollte das nicht tun. Niemand von uns wusste, wie man mit diesen Düften umging. Aber was konnten wir sonst tun, damit Ma und Pa wieder normal wurden?

»Versprochen!«, erklärte ich und steckte den Schlüssel in das Schloss des Fahrstuhls, damit er losfuhr.

Mats zog die Tür zu und ich fühlte mich noch mieser, weil ich wusste, dass ich meinen kleinen Bruder gerade angelogen hatte.

23

Endlich! Benno schnarchte leise neben mir. Sein warmer Körper heizte mein schmales Bett besser als jede Wärmflasche. Er hatte sich geweigert, allein in seinem Bett zu schlafen. Wahrscheinlich wollte er auf diese Weise verhindern, dass ich mich noch einmal in die Duftapotheke schlich.

Mas und Pas Zustand wurde immer schlimmer. Vorm Schlafengehen hatte ich es kaum ausgehalten zu sehen, wie sie alles vergaßen und uns Stück für Stück fremder wurden.

Mir war klar geworden, dass die Zeit gegen uns arbeitete. Und wer wusste schon, ob man ihre Erinnerung wieder zurückzuholen konnte, wenn kaum noch etwas davon übrig war? Die Vorstellung war zu schrecklich, also beschloss ich, so schnell ich konnte, einen Gegenduft herzustellen. Ganz egal, ob Mats mithalf oder nicht.

Vor mir auf der Bettdecke hatte ich den Duftplan ausgebreitet und versuchte, die wirre Zeichnung aus Worten und Strichen zu verstehen. Draußen war es noch nicht stockdunkel, aber hell war es auch nicht mehr. Ein Rest Dämmerung ließ die Möbel im Zimmer zu schwarzen Scherenschnitten werden, für Farben reichte das Licht nicht mehr aus. Also beleuchtete ich mit meinem Handy den Papierbogen Stück für Stück wie ein Puzzle. Es fehlte etwas, weil die Zeichnung vermutlich in der Mitte durchgerissen worden war. Aber warum?

Und wo war die andere Hälfte?

Ich versuchte, mich auf die Schrift zu konzentrieren. Das meiste waren lateinische Namen. Pflanzen- und Blumennamen, wie sie in Lexika standen. Ich las von *Mentha arvensis*, *Lavandula angustifolia*, *Absinthium*, *Helianthemum* und so weiter und so fort. Neben die Namen waren Milliliter-Angaben geschrieben: *0,3 ml Lavandula angustifolia*, dann führte eine Linie zu irgendetwas anderem, das auf der abgetrennten Seite gestanden haben musste. Und von dort führten Linien zu etwas, das sich daraus zusammenmischen ließ. Wie bei einer Formel. Die Worte »Schläfriger Duft« waren danebengeschrieben. Gab man zu 0,3 ml Lavendel noch die Zutat, die auf dem abgerissenen Teil des Papiers stand, bekam man eine »Schnarchende Brise«.

Sofort saß ich senkrecht im Bett und suchte nach einem Duft auf dem Zettel, der etwas mit *Erinnern* zu tun hatte. Mein Finger fuhr über einen »Hauch Zorn«, den »Schnellsten Geruch«, einen »Traurigkeitsdampf« und einen »Vergissmeinnicht-Duft«. Ich beugte mich tiefer.

Was stand da? Ein »Vergissmeinnicht-Duft«? War das nicht genau das, wonach ich suchte? Aber wieder war die Zutatenliste an der entscheidenden Stelle abgerissen. Dort stand nur *0,7 ml Holunderwasser, 21 Blütenblätter* einer Pflanze, deren Name ebenfalls auf der abgerissenen Seite stand, und eine Messerspitze von irgendetwas anderem. Leise fluchte ich vor mich hin.

Okay, es nützte nichts: Ich brauchte dringend den zweiten Teil dieses Duftplans. Ich faltete das Papier zusammen und rutschte aus dem Bett. Zum Glück schlief Benno einfach weiter, also zog ich mich an. Immerhin hatte ich schon mal ein halbes Rezept gefunden, mit dem ich unsere Eltern wieder aus ihrer Vergesslichkeit holen konnte.

Leise schloss ich meine Zimmertür und stieg auf die knarrenden Holzstufen im Flur. Besonders jetzt, in der dunklen Stille, hörte man jedes Geräusch doppelt und dreifach so laut. Zum Glück stolperte Benno mir nicht im Schlafanzug und mit Kuscheltier auf dem Arm hinterher und auch Ma, die sonst schon beim kleinsten Geräusch aufwachte, schien das Geknarze nicht aufzuwecken.

Es war spät, dunkel und kalt und mir hing die Müdigkeit im Körper. Ich flitzte durch die Flure, leuchtete mir mit meinem Handy den Weg in die Bibliothek und schob die Flügeltür hinter mir zu. Die bunten Glasscheiben klirrten leise und ich schaltete das Licht an, um mich auf die Suche machen zu können.

Nachdem wir den zweiten Teil des Duftplans nirgendwo in der Apotheke gefunden hatten, war die Bibliothek meine einzige Hoffnung. Vielleicht entdeckte ich zwischen den Büchern irgendeinen Hinweis, der mir weiterhalf, oder sogar ein weiteres Versteck, in dem der fehlende Teil des Duftplans lag.

Ich streifte an den Regalen entlang und suchte alle Ecken und Winkel nach etwas Ungewöhnlichem ab. Mit der Hand strich ich über die endlosen Buchrücken. Es gab eine ganze Wand über die Heilkraft von Pflanzen und Kristallen und Buchtitel wie *Das Blumen-Lexikon* oder *Große Kristallkunde*. Auch zur »Aromen- und Duftherstellung« fand ich haufenweise Bücher, die ich in meinen Armen stapelte und zu einem Ledersessel balancierte. In den verkroch ich mich und blätterte durch die zahllosen Seiten auf der Suche nach einer Lösung. Ich blätterte und blätterte und las dabei von Wunderpflanzen, Heilsteinen und ihren unglaublichen Wirkungsweisen. Es gab so viel zu lesen, nur leider nichts, das mir weiterhalf. Mir saß die Zeit im Nacken. Irgendetwas musste hier doch zu finden sein! Aber je dunkler und kälter es wurde, desto tiefer rutschte ich in den Sessel, bis ich meine Müdigkeit einfach nicht mehr unterdrücken konnte und einschlief.

Ich schreckte hoch. Neben meinen Füßen war das Blumenlexikon auf den Boden geknallt. Verdammt! Ich rieb mir die Augen, hob es zurück auf meinen Schoß und schielte auf die Uhr meines Handys. Es war fünf Uhr morgens. Draußen wurde es schon langsam hell. Mist, ich hatte viel zu lange geschlafen!

Ich blätterte auf die Seite mit der Vergissmeinnicht-Blume zurück. Ich erinnerte mich, dass Ma öfter mal von dieser Blume gesprochen hatte. Wenn es also eine solche Blume gab, dann hatte sie auch ganz sicher etwas mit dem Duft zu tun, den ich suchte.

Auf keinen Fall durfte ich noch mehr Zeit verlieren. Also rutschte ich aus dem Sessel und schüttelte meine Schläfrigkeit ab. Am besten, ich besorgte mir ein paar dieser Vergissmeinnicht-Blütenblätter und suchte dann in der Duftapotheke nach einer Lösung, wie ich den Duft herstellen konnte.

Neben mir stand der Globus. Ich drehte die Kugel mit

dem Grundriss vom Garten und suchte darauf die blassblauen Blüten aus dem Lexikon. Es dauerte keine Minute und ich hatte sie gefunden.

Ich fotografierte genau wie Mats den Grundriss mit meinem Handy und verließ die Bibliothek. Die Vorstellung, jetzt allein ins Gewächshaus zu gehen, ließ die Haare auf meinen Armen senkrecht stehen. Auch wenn Willem um die Uhrzeit bestimmt nicht dort war, plötzlich wurden selbst die harmlosesten Dinge gruselig. Jedes Holzknarren, der Schatten, den der Mond durch die Bäume warf, oder ein Luftzug durch die morschen Fensterrahmen.

Aber es half alles nichts. Zuerst musste ich in die Duftapotheke runter, nur von dort kam ich ins Gewächshaus.

Ich leuchtete mir den Weg unter die Treppe in den dunklen Kasten, der mich rüttelnd und schnaufend unter die Villa Evie beförderte.

Mit einem unsanften Ruck hielt der Fahrstuhl an und das vertraute Duftgemisch begrüßte mich. Wieso ließ Mats mich das einfach allein regeln? Gerade er musste doch verstehen, wie es sich anfühlte, wenn einen die Eltern vergaßen! Wieso war er überhaupt so wütend geworden? Was hätte er denn bitte an meiner Stelle getan?

Ich drehte den Knauf und öffnete die Fahrstuhltür zum Büro. Schwarzes Nichts begrüßte mich. Vorsichtshalber lauschte ich und redete mir dabei ein, dass ich um die Uhrzeit alle Räume für mich allein haben würde. Ich knipste das Licht an und schlüpfte durch die Tür zur Duftapotheke.

Vor Schreck zuckte ich zusammen. Der schwere Holztresen stand nicht mehr vor der Tür, wo wir ihn hingeschoben hatten, sondern so weit davon entfernt, dass jemand hereingekommen sein musste. Oh Gott! Wie hatte Willem das von außen geschafft?

Mir brach der Schweiß aus und ich atmete tief durch, um mich zu beruhigen. Okay, es half alles nichts. Ich musste einfach hoffen, dass Willem nicht noch mal hier runterkommen würde, wenn er heute Abend schon einmal da gewesen war.

Mein Atem war laut, als ich die Tür öffnete, die aus der Duftapotheke Richtung Gewächshaus führte. Ich huschte den dunklen Flur entlang, die Treppen hinauf und verschnaufte erst wieder, als sich der Boden im Geräteschuppen unter meinen Füßen drehte.

Ich starrte auf das Foto vom Globus, während ich die Gänge entlanglief. Über mir leuchtete der Mond noch schwach durch die Glasscheiben und ich rannte das letzte Stück, bis ich endlich vor den blauen Vergissmeinnicht stand.

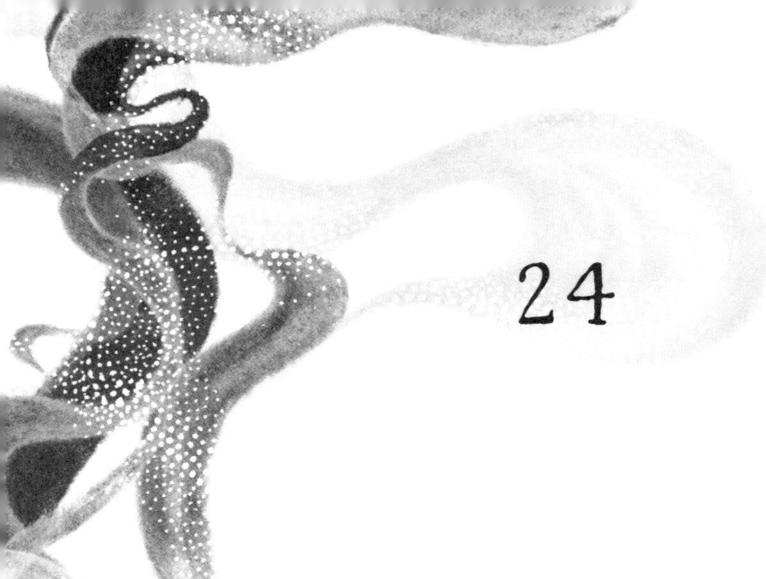

24

Zurück in der Duftapotheke hörte mein Puls langsam wieder auf, mir bis zu den Haarwurzeln hinauf zu hämmern. Ich griff mir die zwei Notizbücher, die Mats auf dem Schreibtisch im Büro hatte liegen lassen, und schlüpfte in den geheimen Fahrstuhl.

Ich drückte die Klinke hinunter, anstatt wie sonst den Knauf zu drehen, und betrat das Labor. Meine Augen wanderten im Raum herum, dann legte ich meine gepflückten Blüten neben der Destille ab und sah mich um.

Genau wie die Flakons waren auch hier jede Schublade und jeder Glasbehälter mit einem Etikett beklebt und beschriftet worden. Eigentlich schien es gar nicht so schwierig zu sein, einen Duft herzustellen. Mir fehlte bloß das richtige Rezept für den Erinnerungsduft. Wenn ich das hatte, brauchte ich mir hier nur die passenden Zutaten zusammensuchen und in die Destille stopfen. Ich würde den Bunsenbrenner anstellen und warten, bis alles unten in einen Flakon tropfte.

Ich breitete die durchgerissene Duftkarte auf der Ablage aus und öffnete daneben eins der Notizbücher. Seite für Seite blätterte ich mich durch die Rezepte, aber leider fand ich kein einziges, in dem es ums Erinnern oder Vergessen ging.

Dafür fiel mir etwas anderes auf. Es war eine Zutat, die sich stets wiederholte. Sie hieß *Meteor.* Keins der Rezepte kam ohne diese Zutat aus. Zu jedem Duft sollten immer mindestens ein oder zwei Messerspitzen Meteorpulver hinzugefügt werden. Ob das die Zutat war, die den Düften ihre besonderen Kräfte gab?

Also gut. Das war zumindest ein Anfang.

Ich öffnete die vielen Schubladen, Kisten und Gläser, in denen getrocknete Blütenblätter, gemahlene Kristalle, Mineralien und jede Menge Steine sortiert waren. Erst auf dem obersten Regalbrett entdeckte ich einen halb vollen Glasbehälter mit einem schwarz funkelnden Pulver. Es glitzerte dunkel wie der Sternenhimmel. Auf dem Etikett stand tatsächlich *Meteor.*

In mir kroch ein banges Gefühl hoch. Was, wenn es stimmte, was Mats gesagt hatte, und ich alles nur noch verschlimmerte? Wenn ich den Leuten nicht half, ihre Erinnerung wiederzufinden, sondern ihnen stattdessen ein neues Problem zusammenmischte? Was, wenn das, was ich mir heute Nacht vorgenommen hatte, richtig schiefging? Ich klappte die Rezeptbücher vor mir zu und versuchte, mir weiter Mut zuzureden.

Als Erstes nahm ich mir vor, die Destille gründlich zu reinigen. Es durfte schließlich nicht schon etwas in den Röhrchen sein, von dem ich nicht wusste, wofür es gut war. Ich betrachtete den Blütenmatsch, der noch in dem Glasröhrchen über dem Bunsenbrenner steckte, und hielt dann den dazugehörigen Flakon in die Höhe. Ich erinnerte mich daran, wie ich ihn zusammen mit Benno und Mats eingeatmet hatte, als er aus der Destille getropft war. Seltsamerweise war uns damals gar nichts passiert. Gab es auch Düfte, die gar keine Wirkung hatten? In dem Fläschchen schwappte jedenfalls ein kleiner Rest der hellblauen Flüssigkeit. Was machte ich damit? Unschlüssig hielt ich das Fläschchen in der Hand. Oder hatte Willem die Destille zuletzt befüllt? Wenn das der Fall war, dann musste ich zuerst herauskriegen, was für ein Duft es war. Etwas Gutes hatte der Gärtner damit ganz sicher nicht vorgehabt.

Ich leerte den Blütenmatsch aus dem Glasröhrchen auf der Arbeitsplatte aus und durchsuchte ihn nach möglichen Zutaten. Das Erste, das ich entdeckte, waren kleine blaue Blütenblätter. Ich hielt die Luft an. Es waren dieselben, die ich gerade selbst im Gewächshaus gepflückt hatte. Das waren Vergissmeinnicht!

Aber das konnte doch gar nicht sein. Wieso sollte Willem hier unten ausgerechnet den Gegenduft gebraut haben, wenn er doch *wollte,* dass die Leute alles vergaßen?

Ich verstand einfach nicht, was überhaupt sein Ziel war.

Wieso hatte er es auf meine Eltern abgesehen? Er musste ihnen ja etwas im Haus aus dem Fläschchen zugesprüht haben, als er geklingelt hatte. Aber wenn der Geruch in der Villa Evie gewesen war, wieso vergaßen dann nicht auch Benno und ich alles? In Gedanken ging ich noch einmal die Leute um uns herum durch: Hanne ging es gut, ihrer Katze nicht, Pa und Ma ging es besonders schlecht, dem Postboten ein bisschen und Leon und Susan hatten gar kein Problem, genauso wenig wie Benno, Mats und ich.

Irgendetwas hatte ich übersehen. Aber *was*?

Eilig versuchte ich, die restlichen Zutaten von Willems letzter Duftmischung herauszufinden. Da war noch ein grobes Pulver, das sich nicht aufgelöst hatte und das aus durchsichtigen steinharten Krümeln bestand. Ich verglich es mit den Pulvern aus den Kästchen und Gläsern um mich herum. Am ähnlichsten sah es dem Bergkristallpulver. Einige Blätter erinnerten mich an Brennnesseln. Ich nahm mir einen Stift und schrieb auf die hinterste leere Seite des Notizbuches, was ich als Zutaten herausfand. Natürlich fand ich auch die schwarzen Meteor-Funkelkristalle.

Auf einmal fühlte ich mich so selbstsicher wie noch nie in meinem Leben. Ich war wirklich dabei, den Gegenduft zu finden! Nur bei zwei Zutaten war ich mir nach wie vor unsicher. Außerdem wusste ich nicht genau, wie viel von jeder einzelnen Zutat verwendet worden war.

Durch die Wand hörte ich Schuhsohlen über die Steinfliesen poltern. Im selben Moment setzte mein Herzschlag aus. Oh nein! Es waren kräftige Stiefel, die dort herumgingen. Aber so plötzlich, wie das Klacken aufgetaucht war, so plötzlich verstummte es wieder.

Jetzt war es still hinter der Wand.

Ich schrie beinahe auf, als ich das vertraute Quietschen der Fahrstuhltür hörte. Dann drei Schritte und wieder Quietschen.

Hektisch sah ich mich um. Wo konnte ich mich bloß verstecken?

Im selben Moment schwang hinter mir die Tür zum Labor auf. Ich blieb, wo ich war; unfähig, mich auch nur ein winziges Stück zu bewegen. Als hätte mich jemand in einen Würfel Eis eingefroren.

»Hab ich dich erwischt!«, donnerte da Willems Stimme in meinem Rücken.

Ich atmete tief und kräftig ein. Dann drehte ich mich ganz langsam zur Tür.

25

Zwei farblose Augen funkelten mich an. Ich starrte zurück. Die Stille zwischen uns vibrierte wie das straff gespannte Seil eines Bogens, der kurz davor war, seinen Pfeil abzuschießen.

Willem kam einen Schritt auf mich zu. »Was, bitte, gedenkst du, hier zu tun?« Ein erdiger Geruch breitete sich sofort in der Luft aus.

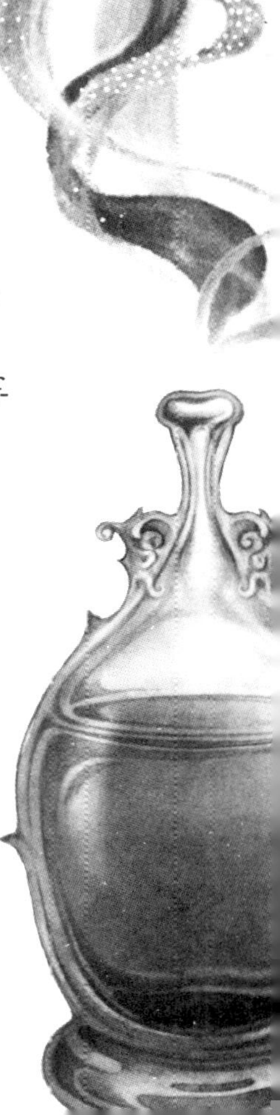

»Nichts!«, fiel es piepsig aus meinem Mund. Krampfhaft stellte ich mir vor, was wohl das Schlimmste war, das passieren konnte. Willem war schwer einzuschätzen. Seine leeren Augen, die mir unangenehm bekannt vorkamen, sagten mir nicht, was für eine Sorte Mensch er war. Mein Gefühl sagte mir nur, mich von ihm fernzuhalten.

»Gib mir augenblicklich den ›Duft des ewigen Vergessens‹ zurück!«, knurrte er und endlich brachten seine Worte den Eiswürfel um mich herum zum Platzen.

Wieso sollte bitte *ich* ihm einen Duft zurückgeben? Ich hatte doch gar keinen. Ich hob mein Kinn und funkelte zurück. »Keine Ahnung, wo Ihr Duft ist! Ich versuche nur, die Leute vor Ihnen zu beschützen.«

Ein kehliges Geräusch kam aus Willems Mund und es dauerte einen Moment, bis ich verstand, dass es ein Lachen sein sollte.

»Zu *beschützen?*«, äffte er mich nach. Seine Gesichtszüge waren dabei kantenhart.

Ich hob mein Kinn, verschränkte meine Arme vor der Brust und wartete auf eine vollständige Antwort von ihm.

»Vor mir braucht gewiss niemand beschützt werden!«, erklärte er endlich. »Aber vor *dir* und deiner maßlosen Neugier muss man sich in der Tat fürchten! Wenn du also nun die Güte besäßest, mir den fehlenden Flakon auszuhändigen, könnte meine Strafe möglicherweise sogar nachsichtiger ausfallen.«

Mehr sagte er nicht und ich war verwirrt. Und das nicht nur, weil es echt anstrengend war, Willems affiger Redeweise zuzuhören. Wollte Willem mir ernsthaft erklären, dass er gar nicht für das Vergessen verantwortlich war? »Sie glauben wirklich, *ich* hätte diesen Vergessensduft?«, fragte ich ungläubig.

Willem atmete geräuschvoll aus. »Nun, wer denn bitte sonst? Oder haben ihn vielleicht dein tölpeliger kleiner Freund und das Rotznasenkind eingesteckt?« Er kam näher. Langsam und bedrohlich. Mir wurde unangenehm warm und ich ging ebenso langsam rückwärts. Aber Willem lief nicht auf mich, sondern auf die Destille zu. Er griff sich den

Flakon, den Benno mit ein paar Millilitern gefüllt hatte, und hielt ihn sich vors Gesicht.

»Und zu guter Letzt auch das noch!« Durch den Flakon hindurch warf er mir einen messerscharfen Blick zu. »Mit einem meiner wertvollen und letzten Meteorreste habe ich mir diesen ›Vergissmeinnicht-Duft‹ angerührt, damit ich nicht ebenso leer im Kopfe werde wie all die anderen. Aber ihr müsst ja die Unverfrorenheit besitzen, meinen Duft just selbst zu verwenden!«

Ich schnappte nach Luft. »Wie? Sie kennen ein Mittel gegen das Vergessen und wollen es nur für sich allein benutzen?«

Willem schüttelte über meine Frage verständnislos den Kopf. »Herrgott. Soll ich mich auch noch für die ganzen Dummköpfe da draußen verantwortlich fühlen? Ist das wohl mein Problem?«

»Ja! Natürlich ist das Ihr Problem. Das ist immerhin *Ihre Duftapotheke.* Wenn mit den Düften etwas schiefgeht, dann müssen Sie sich darum kümmern!«

»Meine Duftapotheke …« Willem lachte herablassend und ließ den Flakon in seiner Latzhose verschwinden.

»Bitte, wir brauchen viel mehr von diesem ›Vergissmeinnicht-Duft‹. Nicht nur für meine Eltern, sondern für alle anderen! Wir müssen irgendetwas tun, damit sie sich wieder erinnern können. Ich mische es auch allein zusammen. Sagen Sie mir einfach, wie Sie es hergestellt haben. Wir … dann machen wir es einfach noch mal und …«

»Auf keinen Fall! Das wäre ja noch schöner.« Willem spuckte mir seine Worte entgegen, als hätte er etwas Ekliges im Mund. »Dafür verschwende ich kein Meteor! Das Pulver ist viel zu kostbar, als dass ich euch etwas davon überlasse. Tröste dich damit, dass ihr euer Gedächtnis nicht verlieren werdet. Euch kann der ›Duft des ewigen Vergessens‹ nichts mehr anhaben.«

»Wieso nicht?« Aber schon im nächsten Moment begriff ich, was Willem damit meinte. Wir hatten den »Vergissmeinnicht-Duft« ja eingeatmet, als er aus der Destille getropft war. Er hatte also doch eine Wirkung gehabt, wie alles in der Duftapotheke. Es war nur keine, die man sah und spürte. Jetzt verstand ich endlich, warum dieser Vergessensduft Benno, Mats und mir nichts ausgemacht hatte: Wir hatten den Gegenduft bereits eingeatmet.

»Wenn Sie den Vergessensduft nicht haben«, fing ich mit dünner Stimme an, »und wir auch nicht, wer hat ihn denn dann?«

»Das ist in der Tat eine gute Frage«, gab Willem zu.

Bislang war ich mir sicher gewesen, dass der Gärtner der Schuldige war, und Willem war sich offenbar genauso sicher gewesen, dass wir das alles ausgelöst hatten. Was ging hier nur vor? Wer wusste noch von der Duftapotheke?

Doch dann erinnerte ich mich wieder. An dem Tag hatten uns Dutzende Nachbarn besucht. Und jeder von ihnen hätte den Flakon einstecken können. Und wenn ich mir Willems Blick so ansah, dann dachte er wohl dasselbe. Er hatte es ja schließlich mit seinen eigenen Augen gesehen.

»Wie geht das eigentlich alles?«, fragte ich leise. »Hat die Duftapotheke wirklich magische Kräfte?«

Abschätzig wanderten Willems Augen zu mir hinüber. »Zum Henker! Die Duftapotheke hat niemanden zu interessieren. Verstanden?!«

Damit ging er ein paar Schritte durch das Labor und fing an, hin und her zu tigern. »Hätte ich nur geahnt, dass Hanne schon so durcheinander ist, dass sie die Villa Evie verkauft … Aber nun gut. Jetzt ist es nicht mehr zu ändern. Und zum Glück habe ich hierfür bereits eine wunderbare Lösung.«

Plötzlich blieb er stehen. Seine Augen starrten auf die Arbeitsplatte, auf der der zerrissene Duftplan lag. »Wo hast du das her? Und wo ist der Rest davon abgeblieben?«

Ich hob die Schultern. »Ich habe nur das hier gefunden.«

»*WO?!*«, brüllte mir Willem seine Frage ins Gesicht.

Ich verschränkte meine Arme. »Wieso sollte ich Ihnen irgendetwas verraten, wenn Sie es auch nicht tun?«

Willem kam mir bedrohlich nah. Seine fast hellgrauen Augen bohrten sich in mich. »Weil du es bitter bereuen könntest, du freches kleines Ding!«

Ich schluckte. Gegen Willem hatte ich hier unten keine Chance. Besser, ich gab ihm keinen neuen Grund, wütend auf mich zu werden. »Er war an der Rückwand im Schreibtisch versteckt.«

»Teufel noch mal! Wie lang das wohl her sein mag …« Willem strich ehrfürchtig mit der Hand über die Tintenzeichnungen auf dem Papier. »Dumm war sie ja nicht, unsere Hanne.« Er redete mehr mit sich selbst als mit mir. So, als versuchte er, sich etwas zu erklären, was ihm nicht einleuchtete.

»Hanne?«, fragte ich völlig perplex. »Warum hat *Hanne* den Plan versteckt? Woher kennt sie den überhaupt?«

Willem hob den Kopf. »Sie kennt den Plan nicht mehr. Glücklicherweise vermag die Duftapotheke, eine Menge Probleme zu lösen.« Er lächelte zufrieden, griff sich den Duftplan und zog langsam einen neuen Flakon aus seiner Tasche. Ein Sprühverschluss war daraufgeschraubt. »Ich fürchte, ich muss wohl leider bei dir etwas Ähnliches anwenden.«

Ich zog scharf die Luft ein. »Was haben Sie mit Hanne gemacht?«

Willems Miene blieb unbeweglich. »Das werde ich dir ganz sicher nicht erzählen. Und für neugierige kleine Bälger habe ich hier auch keine Verwendung.«

»Wie … Was meinen Sie damit?« In meinem Kopf sausten die Gedanken kreuz und quer. Was war Hanne passiert? Und was würde er jetzt mit mir machen?

Oh Gott, ich hätte nie hier runterkommen dürfen.

Der Flakon in Willems Hand enthielt eine schlierige braune Flüssigkeit, die mich an funkelnden Dreck erinnerte. Sein Zeigefinger schwebte über dem Sprühknopf. Dieser Duft hatte es sicher in sich. Ich ging so weit rückwärts, bis ich mit dem Rücken an die Arbeitsplatte stieß.

Im selben Moment quietschten wieder Scharniere. Im Nebenraum schob sich eine Tür auf. Ich hörte das vertraute Geräusch von Gummisohlen auf dem Boden der Duftapotheke.

Jemand rannte durch den Raum.

Für einen Moment verhallten die Schritte wieder.

»Na, sind das deine Freunde?« Willem lächelte zufrieden. »Wunderbar. Dann habe ich gleich alle auf einen Streich.«

Damit griff er mich am Arm und zog mich aus dem Labor heraus in Richtung Duftapotheke.

26

Mats! Pass auf!« Mein Herz machte einen Sprung, als ich seine dunklen Locken durch den Türspalt entdeckte. Bevor ich mir überlegen konnte, was ich jetzt am besten tat, zerrte Willem mich schon durch die Tür und Mats stand vor uns. Seine Augen wanderten von mir zu Willem und eine Falte grub sich zwischen seine Augen.

Ich verstand zwar nicht, weshalb Mats wieder zurückgekommen war, aber ich war unendlich froh, dass er seine Meinung geändert hatte.

Willem grinste und hielt seinen Flakon drohend höher. »Vortrefflich! Das erspart mir ein wenig Mühe. Nun fehlt uns nur noch der Rotzlöffel.«

Mats sagte nichts, sondern riss plötzlich den Korken aus einem Flakon, den er gerade noch hinter seinem Rücken versteckt gehalten haben musste. Er kippte ihn Willem mitten ins Gesicht, der sofort entsetzt aufschrie.

Ich wollte mich losreißen, aber Willem hielt mich weiterhin am Arm fest. Ein paar Tropfen spritzten mir deshalb genauso ins Gesicht. Schnell rieb ich sie mir mit meinem Ärmel weg, während Willem sich hektisch über sein tropfendes Gesicht wischte.

Die Luft roch intensiv nach Lavendel und Kamille. Um Willem herum wehten violette Dunstschwaden und nebelten auch mich zur Hälfte ein. Ich sah kaum noch etwas. Meine Beine wurden weich und ich musste mich am Regal neben mir abstützen, um nicht zusammenzusacken.

»Du kleiner Teufelsbraten!«, fluchte Willem. Seine Stimme klang matter als sonst. Unfreiwillig lockerte er seinen Griff um meinen Oberarm. Erst jetzt fiel mir auf, wie fest er zugedrückt hatte. Seine Hand rutschte herunter und plötzlich stand Willem nicht mehr neben mir, sondern sank bewusstlos auf den Boden.

»Was ist das?« Ich starrte Mats an und hoffte, dass er wusste, was er da tat.

»Keine Sorge!« Mats winkte ab. »Das ist nur die ›Schnarchende Brise‹.«

Ich atmete erleichtert aus. »Und wo ist Benno?«

»In Sicherheit!«

Bei wem?, wollte ich noch fragen, aber ich fühlte mich

plötzlich so schwer und meine Lippen ließen sich nicht mehr bewegen.

Mats baute sich vor Willem auf und sah zu ihm runter. »Wieso tun Sie das? Was haben die Leute Ihnen getan?« In Mats brodelte ein Vulkan, der jeden Moment überlaufen konnte. »Haben Sie das auch mit meinem Vater gemacht?«

Aus dem violetten Dunst um Willem herum kam keine Antwort, sondern nur ein leises Schnarchen.

Ich konnte mich gar nicht mehr bewegen und selbst Mats' Bewegungen wurden schlaffer, trotzdem schaffte er es, Willem den braun glitzernden Flakon abzunehmen, den er noch in seiner Hand hielt.

Ich musste Mats etwas sagen, etwas ganz Wichtiges. Aber ich konnte nicht. Ich war viel zu müde, ich wollte einfach einschlafen. Angestrengt hielt ich die Augen offen.

Da spürte ich Hände an meinen Oberarmen und lächelte kraftlos, als mich Mats aus der Duftwolke zog, die um Willem herumwaberte.

Tief holte ich Luft und versuchte, meinen Mund zu bewegen, aber das Sprechen war trotzdem noch anstrengend. »Er hat … einen … Duft … in der … Hosenta…!« Meine Lippen waren aus Blei. »… *Vergissmeinnicht …*«

Mats schien zu verstehen. Er bückte sich und durchsuchte Willems Taschen. Dann reichte er mir den kleinen Flakon und ich umklammerte ihn glücklich mit beiden Händen, damit er mir in meiner Schläfrigkeit ja nicht runterfiel.

Im nächsten Moment zuckte ich zusammen. In unsere angespannte Stille hinein quietschte wieder etwas. Es kam aus dem Flur, der ins Gewächshaus führte. Etwas schob sich auf und ein zweites Geräusch kam dazu. Schuhsohlen tapsten die Treppe in den Flur hinunter. Eine Sekunde lang schloss ich verzweifelt die Augen.

Diese Schritte erkannte ich sofort.

Ich warf Mats einen vorwurfsvollen Blick zu, aber der hob nur die Schultern.

Wach auf, befahl ich mir. Ich musste aus meiner Schläfrigkeit rauskommen!

»Luuuuzie? Maaats?« Bennos Stimme hallte durch den Flur. »Wo seid iiiihr?«

Türscharniere knarzten und mein Bruder lugte in die Duftapotheke.

»Luzie?« Ich hörte sofort die Enttäuschung in seiner Stimme. »Wieso bist du doch hier?«

Mir fiel keine Erklärung ein, nicht mal eine Entschuldigung. Wortlos stolperte ich auf Benno zu und zog ihn an mich. Was konnte ich schon sagen?

»Ich … ich wollte Ma und Pa zurückzuholen«, leierte ich mit aller Kraft und hoffte, dass er mich verstand.

Doch bevor Benno etwas antworten konnte, quietschte es noch mal aus dem Flur zum Gewächshaus. Länger diesmal. Harte Schuhsohlen klackten die Treppe herunter in den Flur.

Wer konnte das jetzt noch sein?! Ich sah erst zu Mats und dann zu Benno, aber die sahen genauso ratlos zu mir wie ich zu ihnen.

Die Schritte wurden lauter und bei jedem Tritt hörten wir spitze Absätze auf den Boden donnern.

27

Über Benno hinweg sah ich, wie Hanne van Velden die Tür aufschob. Ihr Mund stand sperrangelweit offen, während ihre Augen über die zahllosen Flakons auf den Brettern wanderten.

»Hanne!« Mats' Stimme klang so wütend wie noch nie. »Sie sollten auf Benno aufpassen!«

»Ich … hab es ja wirklich versucht.« Sie haspelte ihre Antwort, ohne den Blick eine Sekunde von den Flakons zu lösen. Dabei sah sie aus, als hörte sie nur mit halbem Ohr zu. »Er ist ausgebüxt. Hierhin!«

Benno hielt mir einen verschlossenen hellbraunen Flakon vor die Nase.

Ich verstand nicht, was er mir sagen wollte. »Was ist denn? Was ist das für ein Duft?«

»Der vergessliche Duft!« Benno

starrte mich weiter an, als müsste ich wissen, was er mir sagen wollte. Ich blickte wieder zu Hanne hinüber, der immer noch der Mund offen stand. Schritt für Schritt, fast träumerisch, wanderte sie von Regal zu Regal.

Benno zog mich am Ärmel. »*Sie* hatte den vergesslichen Duft! Hanne hat das alles gemacht! Und sie wollte, dass ich dran rieche und ihr sage, *wie* der riecht. Sie … sie wollte hören, an was der mich erinnert!«

»*Was?!*« Ich griff mir den Flakon aus Bennos Hand und schaute auf das Etikett. Tatsächlich, da stand »Der Duft des ewigen Vergessens«.

Benno nickte und japste weiter: »Deshalb hab ich euch gesucht! Der Flakon war bei Hanne! Im Bad. Der stand auf einer Kommode! Sie sprüht die Leute damit an. *Sie* ist schuld. An allem!«

Hanne drehte sich verwirrt zu Benno. »Woran bin ich schuld?«

Benno stemmte seine Arme in die Seite. »Daran, dass alle vergesslich werden!«

»*Ich?*« Hanne schien noch immer wie geblendet von der Duftapotheke. Ihre Augen hingen an den unzähligen Fläschchen fest. »Wieso sollte ich daran schuld sein? Von diesem Raum träume ich schon seit Ewigkeiten. Immer wieder. Mein ganzes Leben lang. Ich hätte nie gedacht, dass es ihn wirklich gibt. Und dann auch noch unter der Villa!«

»Aber wieso haben Sie dann den Flakon?«, fragte Mats. »Wieso tun Sie das?«

Hanne blieb stehen und seufzte. »Es ist mir furchtbar

peinlich und ich weiß, so etwas tut man nicht. Aber als ich den Flakon auf dem Küchentisch bei euch gesehen habe, ist mir für einen kurzen Moment etwas eingefallen. Es war wie ein Blitzschlag. Eine Sekunde lang habe ich mich an etwas erinnert, das ich vor einer halben Ewigkeit vergessen haben muss. Etwas ganz Unglaubliches und sehr Wichtiges! Nur für einen ganz kurzen Moment wusste ich es wieder ... Wer ich einmal war ... für was ich bestimmt war. Wisst ihr, was ich meine? Aber dann war es sofort wieder weg. Genau so, wie es mit meinem eigenartigen Traum von diesem Raum hier immer war. Und ich dachte ... ich dachte, wenn ich den Flakon mitnehme, dann fällt mir wieder ein, an was er mich erinnert hat.«

Hanne machte ein zerknirschtes Gesicht und mit einem Mal tat sie mir furchtbar leid. »Ich weiß, dass es wirklich etwas sehr, sehr Wichtiges war, deshalb habe ich auch so vielen Leuten den Flakon gezeigt und sie daran riechen lassen. Ich selber rieche ja kaum etwas und hatte gehofft, dass andere mir sagen könnten, an was sie der Duft im Flakon erinnert. Aber niemand konnte mir helfen. Es tut mir so leid ... ich wollte doch niemandem Schaden zufügen.«

Ich drehte mich zu Willem. Die violetten Wolken um ihn herum waren verdampft, aber er schnarchte immer noch. »Und was hat der mit Ihnen gemacht?«

Hanne sah jetzt wieder ganz so aus wie vor einigen Tagen, als sie an den Rosen gerochen hatte und verzweifelt versuchte, sich den Duft wieder ins Gedächtnis zu rufen.

Langsam wurden meine Gedanken klarer, Minute um Minute wurde ich wacher. Mir fiel auf, dass ich ja einen

Flakon in meiner Hand hielt. Einen Flakon, der gerade jetzt unheimlich nützlich sein könnte.

Ich ging auf Hanne zu, entkorkte den »Vergissmeinnicht-Duft« und hielt ihr diesen unter die Nase. »Riechen Sie mal hier dran. Dann wird bestimmt alles besser.«

Ich hatte keine Ahnung, ob mein Plan funktionieren würde. Hanne roch ja kaum etwas. Trotzdem musste ich es irgendwie schaffen, dass ihr wieder einfiel, was sie vergessen hatte. Ohne Hannes Erinnerungen würde immer ein Puzzleteil zu diesem ganzen Dufträtsel fehlen.

Es dauerte eine gefühlte Ewigkeit, in der Hannes Nase über dem Flakon schwebte. Angestrengt schnupperte sie die hellblauen Duftwolken ein, die daraus aufstiegen.

Erschreckend schnell leerte sich der Flakon und endlich öffneten sich Hannes Augen wie zwei Garagentore. Auf ihrem Gesicht lag Fassungslosigkeit, dann sackten ihre Schultern tiefer und ein trauriger Ausdruck verdrängte ihre Empörung. Kurz sah sie mich so niedergeschmettert an, dass ich dachte, ihr würden gleich Tränen aus den Augen rollen. Doch im nächsten Moment wechselte wieder ihr Gesichtsausdruck und Ärger loderte in ihren Augen auf.

Mit einem Ruck drehte sie sich zu Willem und ging mit zwei knallenden Schritten auf ihn zu: »Wieso bist du noch am Leben?«

Da zuckte auch Willem zusammen und öffnete die Augen. Er sah Hanne an, als hätte sie ihm einen Eimer eiskaltes Wasser ins Gesicht gekippt.

»Du hast den ›Duft der Ewigkeit‹ benutzt, stimmt's?« In Hannes Augen zuckten Blitze. »Wie konntest du nur? Du hattest kein Recht, die Duftapotheke auf diese Art zu übernehmen! Verflucht sollst du sein, Willem Boer! Gib mir auf der Stelle meinen Schlüssel zurück! Und was hast du da überhaupt in der Hand?«

Willems farblose Augen wurden riesig, doch noch immer lag darin etwas Finsteres.

»Ist das etwa der Duftplan?« Hannes Absätze hämmerten bedrohlich auf ihn zu. »Du kannst dich nicht länger in der Villa Evie verstecken. Das ist jetzt vorbei! Ich frage mich, was wohl in deiner Polizeiakte steht? Sicher interessieren sich nicht nur die Behörden für einen Mann wie dich.« Damit streckte Hanne ihm ihre Hand entgegen und wartete. »Und jetzt möchte ich sofort meinen Schlüssel *und* den Duftplan zurück!«

Langsam schob sich Willem am Regal, an dem er gelehnt hatte, in die Höhe. Den gerollten Duftplan hielt er fest umklammert und auch einen Schlüssel überreichte er Hanne nicht, stattdessen machte er einen Satz auf sie zu, stieß sie dabei zur Seite und griff sich ein paar Flakons aus dem Regal hinter ihr. Einen dunkelblauen warf er noch im Rennen. Das Glas zersprang und die Duftschwaden verwandelten sich sofort in Eis. Hannes, Bennos und meine Füße froren direkt am Holzboden fest und auch Mats konnte nicht rechtzeitig zur Seite springen. Im nächsten Moment knallte die Tür hinter Willem zu und wir hörten in mit seinen schweren Stiefelsohlen durch den Flur rennen.

»So ein Mist!«, rief ich und versuchte, mich zu bewegen.

Mats zog die Schubladen in seiner Reichweite auf und

griff nach einem Messinglöffel. Damit klopfte er das Eis erst um seine Füße ab, dann um meine.

»Er darf auf keinen Fall mit dem Duftplan entkommen!«, rief Hanne aufgeregt.

Ich nickte und drehte mich zu meinem kleinen Bruder. »Benno, du bleibst bei Hanne! Hier unten!«

Als wir in Richtung Tür rannten, hielt ich kurz am Regal mit den flüchtigen Düften inne. Konnten sie uns irgendwie helfen? Wenn Willem sich mit Flakons bewaffnet hatte, brauchten wir auch welche. Ich schüttelte meine Müdigkeit weg, zum Grübeln war jetzt keine Zeit – und Mats war längst verschwunden! Schnell griff ich mir zwei Fläschchen, dann folgte ich Willem und Mats in Richtung Gewächshaus.

28

Ich rannte durch den Flur und nahm immer zwei Stufen auf einmal die Treppe rauf. Mats musste sich gerade von hier ins Gewächshaus gedreht haben, zumindest stand ich vor einer Mauer. Kurz suchte ich den Bodenhebel und drückte ihn nach unten. Die Wand vor mir drehte sich und ich stieg in den Geräteschuppen wie in ein Karussell. Als der Boden unter meinen Füßen wieder anhielt, lugte ich durch die offen stehende Tür der Kammer ins Gewächshaus.

In welche Richtung waren sie wohl gerannt? Ich lief ein Stück geradeaus und lauschte, aber das Gewächshaus war zu groß, um zu hören, wo die beiden steckten. Es hatte keinen Sinn, einfach loszurennen.

»Mats!«, rief ich, so laut ich konnte.

»Luzie! Hier!«, hörte ich ihn von weit weg zurückrufen. Ich spitzte die Ohren, um herauszufinden, aus welcher Richtung seine Stimme kam. Aber alles war leise. Was komisch war. Zumindest Willems schwere Stiefel hatte ich bis jetzt immer durch das Gewächshaus poltern hören.

Ich hielt noch die zwei Flakons in meinen Händen, die ich mir in der Eile mitgenommen hatte. Die »Duftranke« hatte ich mir gegriffen, weil ich sie schon kannte. Aber für den zweiten Duft hatte ich mich entschieden, weil ich wirklich hoffte, dass er uns helfen konnte. Es war ein runder Flakon, in dem eine grüne Flüssigkeit wallte. Auf dem Etikett stand »Rückspulender Dampf« und vielleicht hatte ich so die Chance, alles noch einmal zu erleben. Beim zweiten Mal würde ich bestimmt schneller reagieren und Willem würde uns nicht entwischen.

Mit zittrigen Fingern zog ich den Korken und betete, keine böse Überraschung zu erleben. Als die erste hellgrüne Wolke aufstieg, hielt ich mir den Duft mit ausgestrecktem Arm über den Kopf. Sofort kräuselten sich dicke Schwaden in Richtung Glasdach und blieben als mächtige grüne Wolken dort hängen.

Ich wartete darauf, dass sich alles zurückspulen würde, aber nichts passierte. So ein Mist! Also musste ich den beiden doch hinterherrennen. Ich machte einen Schritt nach vorne – ging stattdessen aber rückwärts. Noch ein Schritt und wieder ging ich einen Schritt nach hinten.

Bevor ich richtig begreifen konnte, was das bedeutete, hörte ich, wie sich Mats und Willem fluchend gegen den Duft wehrten und dagegen ankämpften. Ich lächelte in mich hinein, weil ich jetzt verstand, wie der Duft funktionierte! Je mehr man sich bewegte, desto schneller lief alles wieder rückwärts. Jeder Schritt ging im wahrsten Sinne des Wortes nach hinten los. Zumindest hoffte ich das. Ich selbst rührte mich nicht und hielt den »Rückspulenden Dampf« weiter in die Luft. Ich brauchte nur zu warten, bis Willem hier wieder ankam.

Und dann war es Zeit für den zweiten Flakon in meiner Hand.

Es dauerte nicht lange und ich hörte Schritte. Es waren die Sohlen von Mats' Turnschuhen. Er kam rückwärts hinter einer wankenden Palme auf mich zu. Nur dass jede Bewegung falsch herum war. Es sah fast zum Lachen aus, wie Mats die Füße von der Zehenspitze zur Ferse abrollte und nicht umgekehrt.

»Luzie!«, motzte er. »Was soll das?«

»Beweg dich nicht mehr! Bleib ganz still stehen!«

»Und dann?«

»Vertrau mir einfach!«, rief ich und hielt die »Duftranke« fest umklammert.

Schritte hallten uns entgegen. Willem polterte und kämpfte, aber es half ihm nichts. Jede Bewegung wiederholte seine letzte und trieb ihn auf uns zu. Als er uns am Geräteschuppen entdeckte, fror auch er in seiner Bewegung ein und blieb stehen.

»Ihr dämlichen Blagen! Wenn der Duft verfliegt, geht das

ganze Spiel nur wieder erneut los! Ihr habt vergessen, dass ich die Düfte weitaus besser kenne als ihr.«

Entschlossen ballte ich die Hände zu Fäusten. Willem war sich zu sicher. Aber das war gut so, denn noch wirkte der »Rückspulende Dampf« – und es war Zeit, mich auf meinen nächsten Schritt vorzubereiten.

Ich suchte Mats' Blick, und als ich ihn fand, formte ich mit den Lippen lautlos: *Duftranke.* Seine Augenbrauen hoben sich und ich war unendlich froh, dass er mich auch so verstand.

Unauffällig lehnte ich mich immer mal wieder ein Stück vor, um zu testen, wann der Duft nachließ. Sobald er verflog, musste ich handeln.

Als ich endlich nicht mehr nach hinten gedrückt wurde, grinste mich auch Willem schon an und schob die Hand in seine Hosentasche.

»Jetzt!«, rief ich mit pochendem Herzen.

Und dann ging alles rasend schnell.

Während ich hastig den »Rückspulenden Dampf« abstellte, um mit der »Duftranke« gut zielen zu können, stürmte Mats auf Willem zu und riss ihm den Duftplan aus der Hand. Damit hatte Willem nicht gerechnet.

Allerdings überraschte auch Willem uns: Gerade als ich die »Duftranke« entkorkte, hielt er plötzlich ebenfalls einen Flakon in der Hand. Ich zielte auf den alten Gärtner, aber Willem kippte schon eine milchige Flüssigkeit über dem Boden aus. Eine weiß dampfende Pfütze glänzte zwischen uns und ich spürte einen beißenden Luftzug, als ich Willem die »Duftranke« entgegenschüttete. Egal, gleich würden die Ranken Willem umwickeln und er wäre gefangen.

Doch dann ... Ich konnte kaum glauben, was da passierte. Aus der Pfütze zwischen Willem und uns stieg ein kräftiger Wind auf und wehte den Flascheninhalt einfach zu uns zurück.

Wir schnappten nach Luft, als sich die feinen hellgrünen Triebe direkt vor unseren Füßen aus dem Boden in die Höhe schoben. In Sekundenschnelle wurden aus ihnen aststarke Ranken. Zwischen uns und Willem wucherte eine grüne Mauer.

Wir versuchten, uns durch die Ranke zu kämpfen, aber vergeblich. Aus der Pfütze vor unseren Füßen zischten dichte Wolkenschwaden hervor.

Hinter der Ranke hörte ich Willem lachen, während sich vor, über und um uns herum ein mächtiger Sturm zusammenbraute.

Jetzt fing auch der Boden unter unseren Füßen an zu schwanken. Wie ein Seemann stellte ich mich breitbeiniger, um nicht das Gleichgewicht zu verlieren. Windböen wehten mir meine Haare vors Gesicht und die Palme neben mir bog sich gefährlich vor und wieder zurück. Aus dem Blumenbeet neben uns stoben Blütenblätter auf und wirbelten bunt durch die Luft. Draußen schien die Morgensonne auf das Glasdach und der Himmel leuchtete blau. Aber hier drinnen wütete ein Sturm dunkel und wild.

Willems kratziges Lachen war nur noch leise zu hören, dann gar nicht mehr.

Mir wurde von dem schwankenden Boden unter uns

ganz übel, also stützte ich mich am Blumenkübel der Palme ab. Immer mehr Blätter wirbelten auf und drehten sich wie ein riesiger Strudel im Kreis durch das Gewächshaus. Ich versuchte, einen Schritt nach vorn zu machen, aber der Wind bäumte sich vor mir auf und ich spürte, wie er mich langsam vom Boden hob.

»Bleib, wo du bist!«, warnte mich Mats und griff nach meiner Hand. Seine Finger verhakten sich mit meinen und zogen mich wieder nach unten.

Blumentöpfe zerbrachen und auch die Fensterscheiben ächzten. Zwischen meinen Beinen fegte der Wind und der Boden schwankte in Wellen. Inmitten der wirbelnden Blütenblätter grollte Donner und etwas weiter entfernt knallte ein Blitz in einen Ginkgobaum und spaltete ihn in der Mitte.

»Was machen wir jetzt?!«, rief ich Mats entgegen, doch der hatte alle Mühe, uns am Boden zu halten. Wir kamen Willem nicht mehr hinterher.

»Wir müssen hier raus!«, schrie Mats über den Lärm zurück.

»Aber Willem –«

Mats schüttelte den Kopf. »Keine Chance!«

Also hielten wir uns aneinander fest und zogen die Köpfe ein. Mit aller Kraft retteten wir uns durch den Sturm und über den schwankenden Boden in den Geräteschuppen.

Ich drückte den Hebel nach unten und hielt mich mit zitternden Armen an Mats fest.

29

Mit weichen Knien stolperten wir zurück in die Duftapotheke und erzählten um die Wette, was passiert war.

Benno hörte auf, die letzten Eisklumpen von seiner Schuhsohle zu kratzen, und sah Hanne mit aufgerissenen Augen an. »Aber was ist, wenn Willem wiederkommt? Der hat doch noch den Schlüssel!«

»Stimmt. Aber viel wichtiger ist, dass wir den Duftplan zurückhaben!« Hanne seufzte und lehnte sich in dem großen Samtsessel zurück. »So schnell kommt der nicht wieder. Nicht nach allem, was passiert ist. Er konnte die Duftapotheke ja nur benutzen, weil ich mich nicht mehr an sie erinnert und ihm deshalb all seine Lügengeschichten geglaubt habe.« Hanne sah sich traurig um. »Ich hab ihm die ganzen Jahre über vertraut.«

Bennos Augen wurden noch größer. »Aber was ist, wenn er mit einem schlimmeren Duft wiederkommt?«

Hanne winkte ab. »Keine Sorge. Er weiß genau, dass ich nicht bloß die Erbin, sondern auch die rechtmäßige Duftapothekerin bin. Das wird ihn erst mal fernhalten.« Hannes Blick wanderte an den Flakons entlang und sie lächelte zufrieden. »Außerdem kenne ich jetzt sein Geheimnis. Willem wird nicht riskieren, mir entgegenzutreten. Zumal ich nicht nur weiß, welchen Duft er regelmäßig benutzen muss, sondern auch, welcher ihm großen Schaden zufügen könnte! Willem wird sich nicht einfach so in meine Nähe trauen.«

Wir alle sahen verwirrt zu Hanne. Willem sollte Angst haben? Vor einer alten Frau wie ihr?

»Wieso?«, fragte ich. »Welcher Duft schadet ihm denn?«

Hanne zeigte auf einen gelb sprudelnden Flakon im Regal. »Dieser hier!«

Mats und ich beugten uns über das Etikett. Es war der Duft mit der roten Banderole.

»›Der Duft der Endlichkeit‹?« Ich verstand nur Bahnhof.

Noch etwas hatte Hanne gerade gesagt, was mich stutzig machte. »Und welchen Duft *muss* er regelmäßig benutzen?«, fragte ich.

Hanne schmunzelte. »Nun ja … es ist ein Duft, der absolut verboten gehört und sicher der Grund dafür ist, warum er mir das alles angetan hat.«

»Bedeutet das etwa, dass …«, unterbrach Mats Hanne.

Ihm schien plötzlich ein Licht aufzugehen. »Also nach dem Brief von diesem Monsieur Bernard, der ja angeblich schon seit Ewigkeiten tot ist, hab ich mir schon gedacht, dass da irgendwas nicht stimmt. Ich hab mich immer wieder gefragt, ob es nicht doch sein könnte, dass dieser Bernard noch lebt, weil er … weil er einen Duft bestellt, der das möglich macht. Ich weiß, das kann eigentlich gar nicht sein. Niemand kann hundertsiebzig Jahre alt werden. Aber die Duftapotheke macht ja lauter Dinge möglich, die normalerweise absolut unmöglich sind. Und dann wäre es gar nicht mehr so absurd, dass Bernard diese Briefe selbst schreibt, oder? Und falls das so ist, dann haben alle, die denselben Duft wie Bernard bestellen, dasselbe Geheimnis. Dasselbe wie auch Willem!«

Benno starrte Mats mit offenem Mund an. »Was für ein Geheimnis?«

Hanne lächelte und nickte Mats zu.

»Versteht ihr nicht?«, Mats sah zu Benno und mir. »Willem hat sich, seit ich hier wohne, nicht verändert. Er sah schon immer so aus wie heute. Und wie er redet … wie aus einem anderen Jahrhundert. Ich war echt blöd, dass ich das nicht früher gemerkt habe.«

Jetzt verstand ich endlich, worauf Mats hinauswollte. Ich sah zu Hanne. »Kann das sein? Kann die Duftapotheke Menschen so viel älter werden lassen? Kann sie dafür sorgen, dass Menschen *ewig* leben?«

Hanne wiegte ihren Kopf hin und her. »Ja, es gibt einen Duft, der das kann – zumindest solange man ihn regelmäßig anwendet. Es ist der ›Duft der Ewigkeit‹. Ein Duft, den meine Familie niemals verkauft hätte. Mit ewigem Leben spielt man nicht. So etwas tut kein anständiger Duftapotheker! Deshalb habe ich natürlich noch nie von jemandem gehört, ob der Duft tatsächlich wirkt. Aber so, wie es aussieht, scheint es möglich zu sein. Willem ist der lebende Beweis, nicht wahr?«

»Wie alt ist er denn?«, fragte ich, fast im Flüsterton.

»Hm? Schwer zu sagen.« Hanne strich sich ihren Rock glatt. »Willem hat bereits bei Daan de Bruijn als junger Gärtner angefangen. Mein Vater hat immer Witze über Willems robuste Gesundheit gemacht, ist aber natürlich nie auf die Idee gekommen, unser Gärtner könnte da nachgeholfen haben. Willem hat seinen Geburtstag nie gefeiert und über sein Alter eisern geschwiegen. Er könnte also zu der Zeit, als mein Vater starb, schon über hundert Jahre alt gewesen sein. Dann wäre er mittlerweile mindestens hundertsechzig.«

»*Was?!*« Es fiel mir schwer zu glauben, was die beiden da sagten. Aber natürlich hatte ich in den letzten Tagen so viele unglaubliche Dinge erlebt, dass wohl auch das hier stimmen musste.

Mein Blick fiel wieder auf das gelb blubbernde Duftfläschchen im Regal. »Und der ›Duft der Endlichkeit‹ …?«

»Erinnerst du dich noch an das Rezept aus dem Notizbuch?« Mats hob seine Augenbrauen. »Der kann die Wirkung anderer Düfte aufheben.«

»Ja klar! Und er war extrem gefährlich! Irgendwas mit *gelegentlich tödlich* stand dabei, oder?«

Mats lächelte. »Stimmt.«

»Genau«, stimmte auch Hanne zu. »Und deshalb wird Willem vorerst nicht zurückkommen.«

»Und was …«, setzte ich vorsichtig an. Es würde ihr bestimmt nicht leichtfallen, meine nächste Frage zu beantworten. »Was genau hat er mit Ihnen gemacht?«

Hanne strich mit ihrer Hand an den Regalbrettern entlang und ließ sich Zeit mit ihrer Antwort. »Er hat mich an einem Flakon riechen lassen. Ich war noch ziemlich jung, gerade mal elf Jahre alt. Es war der Flakon, den Benno bei mir gefunden hat. Ich wusste, dass ich dieses Fläschchen schon mal irgendwo gesehen hatte und dass es mir einmal große Angst gemacht hat. Jetzt weiß ich wieder, warum.«

Ich setzte mich auf den Tresen und versuchte, meine Gedanken zu sortieren. Neben mir stand der braun schillernde Flakon, mit dem Willem mich im Labor hatte besprühen wollen. Ich hielt ihn gegen das Licht. Es war nicht »Der Duft des ewigen Vergessens«, wie ich anfangs vermutet hatte. Auf dem Etikett stand etwas anderes. Er hieß »Ein Stoß Ahnungslosigkeit«.

Ich sah zu Hanne. »Hatte Willem mit mir etwas Ähnliches vor wie mit Ihnen?«

»Das nehme ich an.« Hanne holte tief Luft, bevor sie zu erzählen begann: »Hätte Willem mich damals nicht gezwungen, den ›Duft des ewigen Vergessens‹ zu riechen, hätte er niemals die Duftapotheke übernehmen können. Ich schätze, er hat mich viel zu oft daran riechen lassen. So oft, dass ich wahrscheinlich deshalb meinen Geruchssinn verloren habe. Ich weiß noch, dass ich als Kind eine ganz feine Nase hatte. Am liebsten habe ich immer im Gewächshaus gespielt. Ich kannte alle Blumen und Pflanzen und ihre Gerüche, selbst mit geschlossenen Augen konnte ich die Arten bestimmen.«

»Aber wieso haben Ihre Eltern das nicht verhindert?«, fragte ich.

»Das konnten sie nicht.« Hanne verzog bekümmert ihren Mund. »Als Kind war ich ständig mit meinem Vater hier unten, er hat mir alles gezeigt und mir viel von meinem Urgroßvater Daan de Bruijn erzählt, dem Erfinder unserer Duftapotheke. Seit ihrer Gründung sollte sie von Generation zu Generation weitervererbt werden. Ich wäre die nächste gewesen. So war der Plan, wenn nicht …« Hanne brach ab und hielt sich die Hand vor den Mund, um ein Schluchzen zu verdrängen.

»Was ist passiert?«, fragte Mats vorsichtig.

»Mein Vater starb früh und unerwartet. Er hatte keine Zeit mehr, mich fertig auszubilden. Ich war ja auch erst zehn bei seinem Tod, also übergab er Willem, unserem alten Gärtner, die Verantwortung und nahm ihm das Versprechen ab, sich um meine Ausbildung zu kümmern. Willem kannte sich etwas aus mit der Duftherstellung und den Rezepten, er hatte ja von meinem Vater, meiner Großmutter – und vor allem von meinem Urgroßvater – einiges gelernt. Nur an sein Versprechen hat er sich nicht gehalten, wie ihr seht.«

Benno hatte seine Arme wütend in die Seiten gestemmt. »Aber warum?«

Hanne hob die Schultern. »Ist das nicht offensichtlich? Willem wollte die Duftapotheke für sich. Sein Wunsch nach ewigem Leben war scheinbar zu groß.« Sie nahm mir behutsam den Flakon ab und drehte ihn zwischen ihren Fingern umher. »Ich muss all die Jahre für ihn eine Art Schutzschild gewesen sein. Als rechtmäßige Erbin habe ich in der Villa gewohnt, niemand hat Fragen gestellt und die Duftapotheke war sicher versteckt. Der Duft hatte mich so unter Kontrolle, dass Willem mir alles erzählen konnte. Ich habe ihm immer geglaubt.«

Mats und ich sahen uns lange an. Das war alles so furchtbar! Wie konnte man jemandem nur so etwas antun? Nahm man einem Menschen seine liebsten Erinnerungen, stahl man ihm doch sein Leben!

Da wurde mir ganz heiß. Nicht nur Hanne hatte schließlich ihre Erinnerungen verloren! Nur leider hatte sie nahezu den ganzen »Vergissmeinnicht-Duft« verbraucht. Als ich ihr diesen unter die Nase gehalten hatte, hatte ich nicht dran gedacht, dass sich die Düfte der Duftapotheke ja viel schneller leerten. Jetzt gab es nicht mehr genug davon für Ma und Pa oder alle anderen, denen es genauso ging.

»Was machen wir jetzt mit den vielen Leuten, die den ›Duft des ewigen Vergessens‹ eingeatmet haben?«, fragte ich sie.

Hanne hievte sich aus ihrem Samtsessel. »Irgendwo habe ich alte Unterlagen versteckt. Damals, als Kind. Ich muss bloß überlegen, wo genau. Es war etwas, von dem ich nicht wollte, dass Willem es in die Hände bekommt.« Hanne lief ein paarmal die Apotheke auf und ab und dachte nach. »Ja, jetzt erinnere ich mich! Ich glaube, ich weiß es wieder.« Sie drehte sich zur Tür zum Gewächshaus und winkte uns hinterher. Mit einem Spaten lief sie eilig durch die Blumenbeete hinaus in den hinteren Teil des Gartens. Unter einer Birke blieb sie stehen.

»Hier muss es sein!« Hanne ging drei Schritte vom Baum weg und stach mit dem Spaten in den Boden. Schaufel um Schaufel hob sie die Erde zur Seite, bis sie auf etwas Hartes stieß. Wir fassten alle mit an und zogen eine Holzkiste aus der Erde.

Benno klatschte begeistert in die Hände: »Da ist eine Schatztruhe. Guckt!«

Mats und ich konnten nicht anders: Wir prusteten los. Natürlich sollte Benno am Ende doch recht behalten.

Selbst Hanne konnte sich ein Lachen nicht verkneifen, während sie die verschlossene Kiste mit ihrem Spaten aufbrach. Dann winkte sie Benno zu sich. »Komm her, kleiner Pirat. Du darfst als Erster in meine alte Schatztruhe schauen.«

Mein Bruder beugte sich neugierig in die Truhe. Dann zog er den Kopf aber schnell wieder heraus und sah enttäuscht zu Mats und mir hinauf. »Manno. Ist gar kein Gold drin.«

Hanne lächelte und zog ein paar alte Briefe und Bücher hervor sowie einen Umschlag, der mir ziemlich vertraut vorkam.

Ich kniete mich neben Benno und starrte Hanne an. »Ist das etwa …?«

Hanne nickte und holte etwas hervor, wonach ich schon lange gesucht hatte. Er war der zweite Teil des Duftplans! Mein Herz machte Luftsprünge. Jetzt konnte ich einen Duft herstellen, der allen ihre Erinnerung zurückbrachte.

Mats kniete sich ebenfalls hin. »Was sind das für Bücher?« Hanne nahm eins nach dem anderen behutsam heraus, pustete den Staub und die Erdkrümel davon herunter und lugte hinein. Sofort wanderten ihre Mundwinkel in die Höhe. »Das ist mein Erbe. Der Familienschatz.«

Benno zog eine Schnute. »Das ist kein Schatz.«

»Doch, mein Kleiner. Das sind alte Aufzeichnungen und Mitschriften von meinem Urgroßvater Daan de Bruijn. Tagebücher von seinen Expeditionen. Darin ist Wissen verborgen, wie ihr es euch nicht mal vorstellen könnt.« Hanne drückte die alten Ledereinbände fest an ihre Brust. »Machen wir eine Pause. Ich muss nachsehen, was Daan alles in seine Tagebücher geschrieben hat. Bestimmt finde ich darin auch etwas über Willem. Immerhin war er seit der Gründung der Duftapotheke hier Gärtner. Ganz sicher finde ich etwas in den alten Schriften, womit ich ihn in der Hand habe.« Hanne ließ die Kiste zuklappen und rappelte sich mit den vielen Büchern und Briefen im Arm hoch. »Bis später, Kinder. Wir sehen uns in der Duftapotheke!« Dann rauschte sie davon.

»Aber …?« Ich überlegte, wie ich Hanne am besten dazu brachte, uns jetzt zu helfen. Doch dann sah ich wieder auf den Duftplan in meiner Hand und ließ es bleiben. Wir brauchten Hanne nicht.

»Na los, kommt schon!« Ich zwinkerte den zwei Jungs zu und winkte sie mir hinterher. »Wir haben einiges zu tun!«

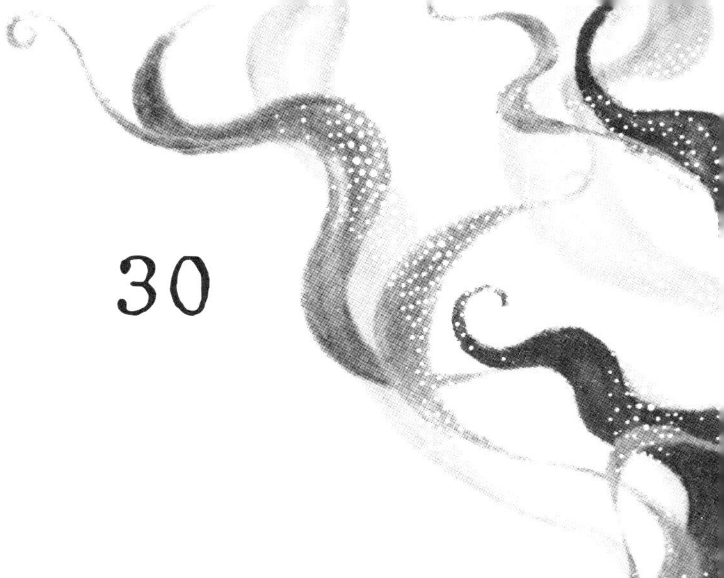

30

Zurück im Labor der Duftapotheke war ich froh, dass Mats Willem den zweiten Teil des Duftplans wieder abgenommen hatte und wir jetzt beide Teile endlich zusammenfügen konnten.

Doch nicht nur dafür war ich ihm dankbar. Bevor ich mich zur Destille aufmachte, drehte ich mich zu ihm um und lächelte ihn an. »Danke, dass du zurückgekommen bist.«

Mats machte sofort ein Knautschgesicht. »Und mir tut's leid, dass wir gestritten haben. Ich wollte nicht, dass … und … ich kam mir dann so blöd vor, weil ich einfach abgehauen bin und dich mit eurem Problem allein gelassen habe. Als dann auch noch Benno plötzlich bei mir

Sturm geklingelt hat und meinte, dass du verschwunden bist, sind wir beide losgerannt. Und dann … dann hab ich Willem gesehen, wie er ins Gewächshaus gegangen ist, und da wusste ich: Jetzt wird es ernst. Ich habe Benno zu Hanne gebracht und bin zurück.«

Ich lächelte Mats an und merkte, wie ein warmes Gefühl für ihn in mir aufstieg.

Bevor ich noch was Dummes machte, drehte ich mich wieder dem Umschlag zu, den Hanne in ihrer Truhe versteckt hatte, und legte endlich beide Teile nebeneinander. Jetzt war der Duftplan wieder komplett und ich hatte eine Anleitung, um mehr vom »Vergissmeinnicht-Duft« herzustellen. Schließlich brauchten wir wirklich viel davon, es waren ja eine ganze Menge Leute, denen Hanne ihren Flakon unter die Nase gehalten hatte. Ich beugte mich darüber und verglich meine Aufzeichnungen der Zutatenliste mit denen auf dem Duftplan.

»Was ist das?« Benno war auf einen Stuhl gekrabbelt und schaute mir zu.

»Eine Anleitung zum Düfteherstellen«, sagte ich.

Mats strich mit seinem Finger auf den haarfeinen Linien entlang. »Verstehst du das Teil echt?«

Ich nickte. Einfach alles, was man wissen musste, stand zusammengefasst auf diesem Plan. Er zeigte uns, aus welchen Zutaten die einzelnen Düfte bestanden, wie sie genau wirkten, wodurch sie sich gegenseitig verstärkten, veränderten oder sogar aufhoben.

Es war schlau von Hanne gewesen, ihn damals in der Mitte durchzureißen. Auf diese Weise war auf keinem der beiden Hälften noch ein einziger Duft vollständig abgebildet. Der Plan funktionierte nur im Ganzen.

»Guck mal genau hin!«, sagte ich und legte meinen Finger an die Stelle, an der der »Duft des ewigen Vergessens« stand. Dann fuhr ich die Linie entlang, die von dort zum »Vergissmeinnicht-Duft« führte.

Mats' Augen folgten mir und langsam fing er an zu verstehen. Neben dem Duftplan lag das Notizbuch, in dem ich versucht hatte, die Zutaten aufzulisten, die ich in der Destille gefunden hatte. Jetzt konnte ich das Rezept ganz leicht herausfinden. Auf der Duftkarte standen natürlich noch die Mengenangaben und die zwei Zutaten, bei denen ich mir unsicher gewesen war. Während Mats' Kinnlade immer tiefer sank, vervollständigte ich das Rezept.

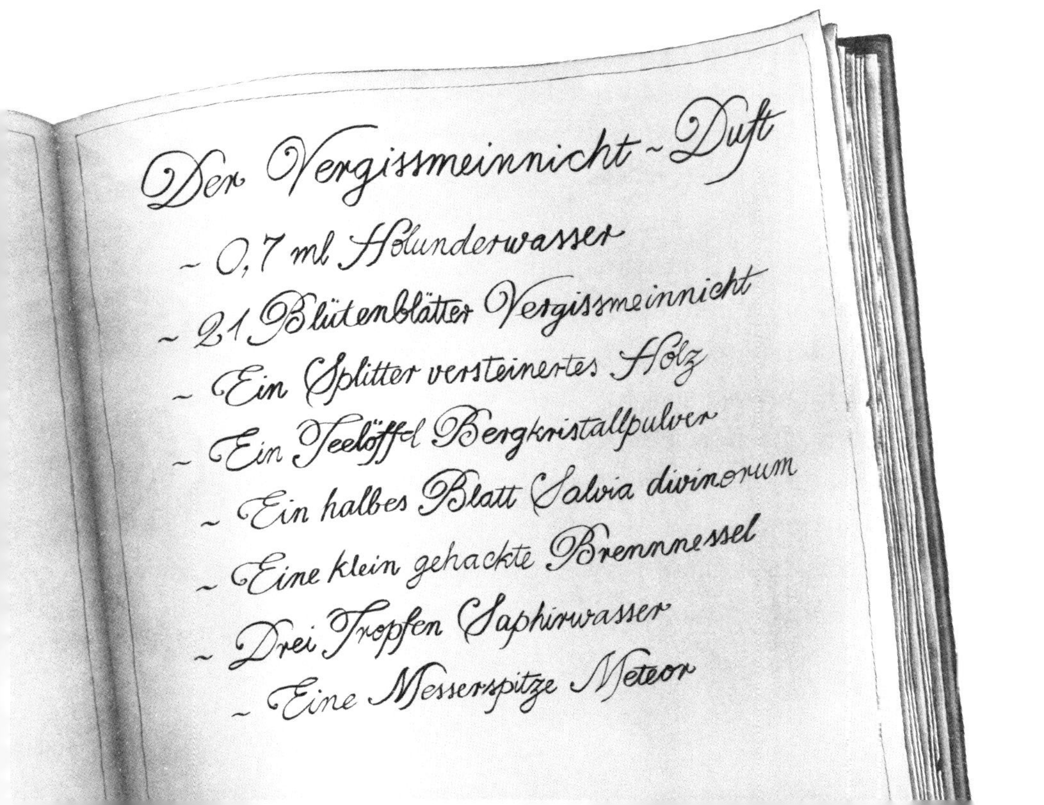

Wir brauchten uns nur noch die Zutaten für unseren Erinnerungsduft aus den Kisten und Gläsern zusammenzusuchen. So war das Duftherstellen fast ein Kinderspiel.

Diesmal durfte Benno ganz feierlich die Flamme am Bunsenbrenner anstellen. Schließlich hatte uns sein kleines Missgeschick vor dem »Duft des ewigen Vergessens« beschützt. Stolz brachte er die Flamme unter der Destille zum Brennen und wir sahen zu, wie sich langsam eine hellblaue Flüssigkeit entwickelte, die Tropfen um Tropfen in den Flakon fiel.

»Meinst du eigentlich, diese Leute, die bei Willem einkaufen, werden wiederkommen?«, fragte Mats. »Um Nachschub für ihre Düfte zu bekommen?«

»Weiß nicht«, gab ich zu. »Hanne hat gesagt, man muss den ›Duft der Ewigkeit‹ regelmäßig benutzen, damit er wirkt. Bisher wissen wir immerhin von Monsieur Bernard. Und bestimmt bestellt auch die Baronin diesen Ewigkeitsduft. Sie hat immer so nach Erde gerochen, genau wie Willem. Ich wette, so riecht dieser Duft.« Ich merkte, wie sich die Härchen auf meinen Armen hochstellten. »Und noch was war ähnlich: Ihre Augen, die waren ganz komisch ... als hätten sie über die Jahre hinweg ihre Farbe verloren.«

Mats nickte und kratzte sich an der Stirn. »Wahrscheinlich gibt es sogar *noch* mehr von denen. Immerhin hat Willem mit zwei anderen Kunden telefoniert. Was mir daran Sorgen macht, ist, dass dann nicht nur Willem, sondern sehr viel mehr Leute an der Duftapotheke interessiert sind. Leute, die daran gewöhnt sind, ewig zu leben. Ich glaube, das werden die nicht einfach so aufgeben wollen.«

Mir wurde heiß. »Du hast recht! Deshalb hat die Baronin vor unserer Tür gestanden!«

Mats' Augenbrauen schoben sich immer höher. »Das heißt, dass wir nicht bloß Probleme mit Willem bekommen werden, sondern auch mit seinen Kunden. Mit allen, die diesen ›Duft der Ewigkeit‹ weiterhin brauchen.«

Ich schluckte. Doch dann erinnerte mich wieder daran, wie schwer es gewesen war, die Duftapotheke überhaupt zu finden. Und immerhin hatten wir nun die rechtmäßige Duftapothekerin an unserer Seite.

An dem Tag, an dem irgendjemand hier eindringen wollte, würden wir bereit sein.

Ich lächelte Mats aufmunternd zu und sah zur blubbernden Destille. »Das schaffen wir schon! Jetzt schnappen wir uns erst mal den ›Vergissmeinnicht-Duft‹ und wecken die Stadt wieder auf!«

31

Benno und ich machten uns mit zwei vollen Flakons auf nach Hause. Pa döste auf dem Sofa. Er trug seine riesigen Kopfhörer, die eigentlich viel zu groß für ihn waren. Seine Augen waren geschlossen und er hörte wahrscheinlich Musik. Auf Zehenspitzen schlichen wir uns an ihn ran. Vorsichtig öffnete ich den ersten Flakon, bückte mich zu ihm runter und hielt ihm, so dicht es ging, den Duft unter die Nase. Die hellblauen Duftwolken stiegen auf.

Erst passierte gar nichts, als Benno aber nach einer Weile wütend mit dem Fuß auftrat, öffnete Pa die Augen und erschrak. Wir standen ja auch direkt über ihm und sahen auf ihn hinunter.

Pa blickte uns genau so an, wie er uns zuletzt noch angesehen hatte. Ohne irgendein Anzeichen dafür, dass er uns erkannte. So als träumte er ein bisschen und wusste deshalb nicht, wo er eigentlich war.

Funktionierte unser Duft nicht? Ängstlich drückte ich Pa den Flakon fester unter die Nase, aber er wich nur ärgerlich zurück.

»Pa!« Meine Stimme klang so streng wie die eines Soldaten. »Gib dir mehr Mühe!«

Aber er schloss bloß wieder die Augen. »Stört mich nicht, ich bin müde.«

Jetzt reichte es endgültig. Ich gab Benno den Flakon, damit er ihn Pa weiter hinhielt, und ging zur Stereoanlage. Dann drehte ich die Musik voll auf. Im nächsten Moment machte Pa einen Satz und stand. Endlich hatte er sich die Kopfhörer von den Ohren gerissen und schaute uns an.

Seine Mundwinkel zuckten.

Erst nur schwach, dann zogen sie sich wie früher nach oben. Immer stärker, bis er uns endlich anlachte. Mein Herz hüpfte stärker, als es Platz dafür hatte.

»Da seid ihr ja endlich! Wo habt ihr euch denn so lange rumgetrieben?« Pa wuschelte Benno durchs Haar und mein kleiner Bruder verschluckte sich fast beim Luftholen. Jetzt schlang er seine Ärmchen so fest um Pa, dass keiner von beiden noch Luft bekam.

»Ich hab dich vermisst!«, rief Benno glücklich.

»Aber ich war doch die ganze Zeit hier, mein Schatz!«

»Nein, warst du nicht!« Benno griff sich Pas Hand. »Komm!« Dann marschierte er aus dem Wohnzimmer. In der einen Hand hielt er den zweiten »Vergissmeinnicht-Duft«, mit der anderen zog er Pa hinter sich her.

Ich hätte Benno blind folgen können, ich wusste, wohin er ging. Und weil er keine Hand mehr frei hatte, öffnete ich ihm die Tür zu Mas Arbeitszimmer.

Es dauerte auch bei ihr einen Moment, bis sie endlich wieder aus ihrer Wolke aus Vergessen herauskam und sich ungläubig die Augen rieb. Endlich erkannten sich unsere Eltern wieder. Nach und nach tropfte die Erinnerung zurück in ihre Köpfe und Herzen.

Ich stellte den größten Topf, den ich finden konnte, auf den Herd, nahm die restliche Milch, die ich gekauft hatte, aus dem Kühlschrank und goss sie hinein. Unsere verdatterten Eltern schob ich auf zwei Küchenstühle und schenkte jedem von uns eine dampfende Tasse mit Kakao ein. Benno und ich hatten den beiden schließlich einiges zu erzählen. Und das war gar nicht so leicht, ohne ihnen das Geheimnis der Duftapotheke zu verraten. Wer wusste schließlich schon, was Eltern mit so einer Geschichte anstellten?

Aber zum Glück gab es auch so wieder genug, worüber wir stundenlang reden konnten.

Mats und Hanne hatten in der Zwischenzeit versucht, die Leute ausfindig zu machen, denen Hanne den »Duft des ewigen Vergessens« unter die Nase gehalten hatte. Aber weil sie nicht so schnell alle aufspüren konnten, warf der Postbote noch tagelang die Briefe in unsere Mülltonne, bis Hanne ihn endlich am Gartenzaun abfing. Auch die Kassiererinnen im Supermarkt, der Zahnarzt, ein paar Bankangestellte und Busfahrer waren nicht so leicht zu finden. Die meisten von ihnen vertrieben sich irgendwo die Zeit, bis Hanne, Mats, Benno und ich endlich alle Schwimmbäder, Kinos und Parks abgelaufen waren und die letzten gefunden hatten, die wir aus ihrer Wolke des Vergessens erlösen konnten.

Tagelang herrschte weiter Chaos. Wir hatten in der Zeit kein Geld, weil Ma nichts bei der Bank bekam, und so mussten wir fürs Erste unser Müsli mit Wasser statt Milch essen. Aber wir wussten, dass auch das vorübergehen würde. Und mit dieser Aussicht machte es sogar ein bisschen Spaß, die durchgedrehten Erwachsenen zu beobachten.

Ich stand am Küchenfenster und sah nach draußen. Hanne stand wie jeden Tag an ihren Rosenbüschen und suchte sie nach verwelkten Blüten ab. Ich überlegte, wie alles angefangen haben musste. Pa hatte den »Duft des ewigen Vergessens« wahrscheinlich eingeatmet, als er bei Hanne etwas reparieren sollte, und Ma war von ihr zum Kuchenessen eingeladen worden und danach völlig wirr im Kopf.

Draußen drehte Hanne die Blüten hin und her, roch an ihnen und sah einfach nur glücklich aus. Ich lächelte in mich hinein und freute mich für sie. Hannes Geruchssinn kam also langsam wieder zurück. Überhaupt war ich einfach furchtbar froh, dass das Vergessen ein Ende hatte.

So ging der Sommer langsam zu Ende und bald würde die Schule anfangen. Ich bibberte ein bisschen vor dem ersten Tag, aber ich fand die Vorstellung, in eine neue Schule zu kommen, nicht mehr so furchtbar, wie ich es bei unserem Umzug gefunden hatte. Selbst wenn es die Schule war, in der Pa als Musiklehrer arbeitete. Ich würde schließlich mit Mats in eine Klasse gehen, da konnte der erste Tag gar nicht mehr schrecklich werden.

Ich ging zum Briefkasten und fragte mich, ob wohl Monsieur Bernard wieder geschrieben hatte. Es waren noch ein paar Briefe von ihm angekommen, in denen er Daan de Bruijn an seine Bestellung erinnerte. Von Brief zu Brief klang er ärgerlicher. Aber dann war kein Umschlag mehr aufgetaucht, genau wie die Telefonanrufe im Büro der Duftapotheke verstummt waren. Offensichtlich hatten sich alle damit abgefunden, dass der »Duft der Ewigkeit« nicht mehr lieferbar war.

Ich stand vor unserem Briefkasten und fischte eine einzige Postkarte heraus. Da rollte plötzlich eine schwarze Limousine über den Lavendelweg. Direkt vor unserem Gartentor hielt sie an. Kurz wunderte ich mich, doch schon im nächsten Moment erkannte ich das Auto wieder.

Diesmal stieg die Baronin jedoch nicht aus. Durch die dunklen Fensterscheiben erkannte ich sie nicht, aber ich hatte das Gefühl, dass sie mich beobachtete. In meinem Magen breitet sich ein ungutes Gefühl aus. Eine gefühlte Ewigkeit stand ich da und wartete. Aber nichts passierte, bis der Fahrer plötzlich wieder Gas gab und das Auto davonfuhr.

Was sollte das denn? Ich schüttelte mein ungutes Gefühl ab. Sollte die Baronin ruhig dumm aus ihrem Auto glotzen.

In die Duftapotheke würde sie niemals kommen!

In meiner Hand hielt ich immer noch die Postkarte aus unserem Briefkasten. Vorne drauf war ein Foto des Berliner Fernsehturms.

Sofort bekam ich gute Laune. Post von Mona, hurra! Und schon in zwei Wochen würde sie mich besuchen kommen, das hatten wir vor einigen Tagen endlich am Telefon ausgemacht.

Freudestrahlend steckte ich die Karte ein und lief über den Kies rüber zum Gewächshaus. Die Vögel zwitscherten über mir und die Sonne kitzelte auf meiner Nase, als ich die Glastür aufschob.

Hinter mir kam Benno angerannt. »Ich will mitkommen!«

»Hanne?«, riefen wir gemeinsam durch die Pflanzen.

Auf dem Boden lagen noch immer die vielen beim Sturm herabgefallenen Blüten. Ich griff mir einen der Besen und fegte den Gang entlang zur Abstellkammer. Wie jeden Tag stand Hanne an einem der Blumenbeete und buddelte neue Setzlinge ein. Es verging kaum ein Tag, an dem sie nicht mehrere Stunden mit ihren Pflanzen verbrachte.

»Na endlich, Luzie!« Sie machte eine eilige Handbewegung. »Die Duftapotheke wartet, es wird Zeit.«

Na endlich!, dachte auch ich und war froh, nicht mehr Lizzie, Luise oder sonst wie zu heißen.

»Mats ist schon unten, er will euch etwas zeigen.«

Sie klopfte sich die Erde von den Händen und öffnete die Tür zur Abstellkammer.

Wir warteten, bis Hanne die Tür des Schuppens wieder hinter uns schloss. Dann drehten wir uns wie gewohnt in den Flur, der zur Duftapotheke führte. Das Licht der Gaslampen zischte bereits über uns, und als wir die Treppe hinunterstiegen, kam Mats uns aus der Apotheke entgegen.

Mit meiner Hand strich ich über die Tapete im Flur. Aus den Bilderrahmen lachte mir der immer selbe Mann in seinen altmodischen Reiseklamotten entgegen. Es war Daan de Bruijn, wie ich mittlerweile wusste. Ich blieb stehen, drehte mich zu Hanne um und zeigte auf die vergilbten Schwarz-Weiß-Fotos. »Warum hat dein Uropa die Duftapotheke eigentlich gebaut?«

»Warum?«, fragte Hanne lächelnd, während Mats zu Benno ging und ihn hochhob. »Schaut ihn euch genau auf den Fotos an. Daan de Bruijn war seiner Zeit weit voraus. Er war ein Reisender, Forscher, Querdenker, einer, der die ganze Welt sehen wollte. Er hatte natürlich auch das große Glück, als Aristokrat des 19. Jahrhunderts geboren zu sein.«

»Also, in heutige Sprache übersetzt heißt das, er hatte haufenweise Kohle auf dem Konto, ohne dafür einen Finger krumm machen zu müssen?«, sagte Mats und grinste.

»Ja, so könnte man das übersetzen.« Hanne lachte zurück. »Mein Vater hat mir immer von ihm erzählt, wisst ihr? Daans große Leidenschaft war die Botanik. Von überallher hat er Pflanzen, Blumen und Sträucher mitgebracht, sie hier eingepflanzt und versucht, neue Pflanzenarten aus ihnen zu züchten.« Sie tippte auf das Glas eines Bilderrahmens. Daan war darauf in einer seiner Expeditionsausrüstungen zu sehen. Allein stand er auf einem tiefschwarzen funkelnden Gesteinsbrocken und streckte seinen Arm in einer Siegerpose in die Luft. Es war das einzige Foto, auf dem weder ein Ort noch eine Jahreszahl stand.

Ich beugte mich ganz nah an das Foto heran. »Wo ist das aufgenommen worden?«

Hanne hob die Schultern. »Das hat Daan niemandem erzählt. Selbst meiner Großmutter nicht. Aber was ich weiß, ist, dass aus dem schwarzen Gesteinsbrocken unter ihm die Spezialsubstanz gemacht ist, ohne die es die Duftapotheke nicht gäbe. Er hat entdeckt, dass ein Pulver aus diesem Stein die Wirkung bestimmter Heilpflanzen auf magische Weise verstärkte. *Meteor,* so hat Daan es genannt.«

Hanne ging weiter an den Fotos vorbei den Flur hinunter. Dabei tippte sie mit ihrem Zeigefinger von einem Bilderrahmen auf den anderen. »Daans Düfte waren ein Geheimtipp für alle, die ein unlösbares Problem hatten. Angeblich hat mein Ururopa seine Apotheke strengstens geheim gehalten. Er hat die Düfte zwar quer durch die Welt verschickt, sich aber genau ausgesucht, an wen. Leider hat es eine Weile gedauert, bis er begriffen hatte, dass manche Düfte nicht nur halfen, sondern auch ungewollte Nebenwirkungen mit sich brachten. In seinen alten Tagebüchern habe ich gelesen, dass der ›Duft des ewigen Vergessens‹ ursprünglich zur Linderung von Trauer gedacht war. Der ›Duft der Langeweile‹ sollte wiederum Hektik und innere Unruhe kurieren. Nicht alle Düfte haben sich so entwickelt, wie Daan es gehofft hatte.« Hanne sah uns ernst an. »Tja, es ist wie mit allem im Leben, ganz egal, wie großartig und wunderbar etwas ist, es gibt immer auch eine Schattenseite.«

Ich betrachtete Daan de Bruijn auf dem Foto, wie er stolz auf seiner Entdeckung stand und lachend den Arm in die Höhe streckte. Ich lächelte zurück zu dem Mann in Schwarz-Weiß, von dem ich so wenig wusste und doch so viel gelernt hatte.

Mats zog mich am T-Shirt. »Na los jetzt. Ich muss euch was zeigen!« Er winkte uns in die Duftapotheke hinein und wie immer empfing mich ein vertrautes Wirrwarr aus Gerüchen.

Mit den Augen streifte ich die Regale entlang und prüfte im Vorbeigehen, ob alle Flakons dort standen, wo sie hingehörten. Alles war wie gewohnt, nur auf dem Tresen lag etwas, das dort vorher nicht gewesen war. Es war ein Buch, ein sehr altes Buch mit angestoßenen Ecken und abgeschabtem braunen Ledereinband.

Ich ging neben Mats darauf zu. »Ist es das, was du uns zeigen willst?«

»Ja, das dritte Notizbuch! Das die ganze Zeit über verschwunden war.« Mats blätterte eine Seite auf und schob mir das Buch hin. »Ich hab es vorhin im Gewächshaus gefunden. Willem hat es in einem der Blumentöpfe versteckt. Beinahe hätte ich eine Gießkanne Wasser darüber ausgeleert. Zum Glück hab ich es vorher noch gesehen.«

Die Seite war mit inzwischen halb verblichener Tinte beschrieben worden. Mittlerweile war ich ganz gut darin, die schnörkeligen Buchstaben zu entziffern.

Ich beugte mich näher und las laut vor, was Daan in sein Tagebuch geschrieben hatte:

Expeditionstagebuch von Daan de Bruijn

Nach all den Jahren, muss ich gestehen, kann ich immer noch nicht recht fassen, wozu das Meteorpulver in der Lage ist.

Und wäre es nicht viel zu ungeheuerlich, könnte ich mich fast zu der Annahme hinreißen lassen, dass dies ein Stern ist, der vom Himmel gefallen ist. So fremd und unergründlich ist dieser Gesteinsbrocken in seiner glitzernden Schönheit.

Immer wieder habe ich mich gefragt, wie es nur zu erklären ist, dass die Düfte aus meiner Duftapotheke solch außergewöhnliche – ja fast magische – Veränderungen hervorbringen können. Bis heute bin ich mir unschlüssig. Vielleicht wecken die Düfte der Duftapotheke nur ein Gefühl oder eine Erinnerung in uns? An Altbekanntes oder auch an Unbekanntes?

Ob dies dazu führen kann, dass wir die Welt mit anderen Augen sehen, ist eine schwierige Frage und mir bis heute unmöglich zu beantworten.

Abschließend kann ich nur festhalten: Jede Duftapotheke muss mit Bedacht geführt werden und darf niemals in die falschen Hände fallen!

Auf die letzte Seite hatte Daan einen Satz geschrieben, den ich schon lange von ihm kannte: *Die Augen sind der Schlüssel zur Seele, aber die Nase ist das Tor.*

Ich klappte das Expeditions-Tagebuch zu und sah zu Mats hinüber.

Was wir hier entdeckt hatten, war wirklich kaum zu glauben.

»Also gut. Es ist so weit«, sagte Hanne und strich sich feierlich über den Rock. »Eröffnen wir die Duftapotheke!« Sie lächelte mich an. »Ich könnte mir keine bessere Partnerin vorstellen als dich, Luzie. Du hast gezeigt, was man mit Talent, Mut und Mitgefühl bewirken kann. Ohne dich würde niemand von uns jetzt hier stehen. Von nun an gibt es noch eine zweite Duftapothekerin!« Hanne hielt mir ihre ausgestreckte Hand entgegen. »Auf eine erfolgreiche Neueröffnung!«

Ich lachte und schlug ein.

Dann sah ich zu Mats und Benno hinüber und hielt ihnen meine linke Hand hin. »Ab heute Duftapotheker?«

Mats lächelte, kam auf mich zu und schlug ebenfalls ein. Und dann drückte ich ihm ohne Vorwarnung einen schnellen Kuss auf die Backe. Mein Herz pochte mir bis in die Ohrläppchen hoch. Trotzdem war es diesmal nicht ich, die rot anlief, sondern Mats.

Na gut, ein kleines bisschen rot wurde ich auch. Aber wirklich nur ein ganz winziges bisschen.

Benno lachte und machte einen Hopser auf uns zu. »Ja! Duftapotheker! Für immer!«

Düfte verbergen Geheimnisse

Willst du sie alle entschlüsseln?

Die Fortsetzung der »Duftapotheke« erscheint im Herbst 2018!

Anna Ruhe

Seeland

Per Anhalter zum Strudelschlund

Max will raus aus dem öden Kaff Bittie Cross und seinen Vater finden, der seit Jahren verschwunden ist. Zusammen mit der seltsamen Emma gerät er auf der Suche in eine unglaubliche Welt: Seeland! Hier gibt es Städte auf Stegen und Häuser wie Eisberge, kauzige Pilzsammler, Unterwasserpiraten, freundliche Riesenquallen und echte Meerjungfrauen. Und ausgerechnet in Seeland entdeckt Max eine Spur seines Vaters. Wie kann das sein? Zusammen mit Emma taucht Max ab in das größte Abenteuer seines Lebens.

Arena

Auch als E-Book erhältlich

288 Seiten • Klappenbroschur
ISBN 978-3-401-50694-4
www.arena-verlag.de

Anna Ruhe

Mount Caravan

Die fantastische Fahrt im Nimmerzeit-Express

Jake war sein Leben lang Außenseiter. Dass er jetzt noch in ein Internat für Schwererziehbare gesteckt wird, ist echt das Letzte. Doch das seltsame Mount Caravan ist nicht das, was es vorgibt zu sein. Insgeheim beschützt die Schule ein uraltes Buch, und in diesem steht nichts Geringeres als die Zukunft der Menschheit! Plötzlich ist es an Jake und seinen Freunden Ava und Finley es vor den machthungrigen Feinden der Schule zu beschützen ...

Auch als E-Book erhältlich und
als Hörbuch bei Rubikon

272 Seiten • Gebunden
ISBN 978-3-401-60200-4
www.arena-verlag.de